Jack Ritchie

Vor Redaktionsschluß Mord

Geschichten
Aus dem Amerikanischen von Monika Elwenspoek und Irene Rumler

Diogenes

Nachweis am Schluß
des Bandes
Umschlagzeichnung von
Tomi Ungerer

Deutsche Erstausgabe

80/94/24/1
ISBN 3 257 22762 0

Inhalt

Zwischen vier und zwölf

Fünfzig Meter vor ihm sprang die Ampel auf warnendes Gelb. Fred Martin brachte sanft seinen Wagen zum Stehen, als sie gerade rot wurde.

Er mußte jetzt vorsichtig sein. Er konnte sich keinen Unfall leisten. Nicht einmal einen unbedeutenden.

Martin hatte nicht etwa Angst, daß man Beatrices Leiche im Kofferraum entdecken könnte. Er wußte, daß es selbst im Falle eines kleinen Unfalls für niemanden einen Grund gab, da hinten hineinzuschauen.

Wenn die Polizei kam, würden sie höchstens versuchen, Ursache und Schuld zu klären. Wahrscheinlich würden auch die Fahrer überprüft, um festzustellen, ob einer oder beide getrunken hatten.

Aber Martin war stocknüchtern. Inzwischen jedenfalls.

Er wartete geduldig auf Grün und fuhr wieder an.

Nein. Ein Unfall an sich wäre nicht weiter besorgniserregend. Aber sein Kennzeichen würde notiert, und das konnte Martin nicht gebrauchen. Nicht um diese ganz bestimmte Abendstunde.

Er hielt sich genau an die auf der Capitol vorgeschriebene Geschwindigkeitsbegrenzung von 40 km/h. Als er die Siebzehnte erreichte, fädelte er sich vorsichtig auf die linke Spur ein, betätigte den Blinker und schwenkte auf den Highway 32.

Es herrschte relativ schwacher Verkehr um halb acht an diesem Abend, und der Dreiviertelmond machte aus der

Straße ein kühl-helles Band. Wenn ihm ein Wagen entgegenkam, blendete Martin jedesmal gewissenhaft ab.

In einer Viertelstunde würde er das Waldstück erreichen. Es lag an einer Seitenstraße, und alles war bereit. Er hatte das flache Grab am Sonntag abend gegraben, und es wartete auf Beatrice.

Ihr Verschwinden würde natürlich einiges Mißtrauen bei der Polizei erregen. Schließlich gehörte es zu deren Beruf, mißtrauisch zu sein. Aber am Ende würden sie zwangsläufig zu dem Schluß kommen, daß sie schlicht ihre Koffer gepackt und ihn verlassen hatte.

Martin konnte sich sein Gespräch mit der Polizei vorstellen. Es würde um zehn Uhr morgens stattfinden. Ungefähr eine Stunde, nachdem Martin aus dem Gefängnis entlassen worden war. Er würde eindeutig verkatert wirken, und er würde schwarzen Kaffee trinken. »Als ich heute morgen nach Hause kam«, würde er sagen, »habe ich gemerkt, daß Beatrices Bett unberührt war.«

Der Sergeant würde darüber nachdenken. »Könnte es nicht sein, daß sie ihr Bett schon gemacht hat und zum Einkaufen gegangen ist oder so etwas?«

Martin würde zögern. »Also, normalerweise schläft Beatrice ziemlich lange. Meist bis zwölf oder eins.«

Der Sergeant würde sich eine Meinung über Beatrice bilden. Vielleicht wäre er auch verdrossen darüber, daß Martin so schnell die Polizei eingeschaltet hatte. »Sie haben uns gleich gerufen?«

»Etwa fünf Minuten, nachdem ich festgestellt hatte, daß sie nicht zu Hause war. Zuerst dachte ich, Beatrice hätte die Nacht womöglich bei ihrer Schwester verbracht. Das tut sie manchmal. Aber ihre Schwester sagt, daß sie Beatrice seit zwei Tagen nicht gesehen hat.«

»Haben Sie sonst noch jemanden angerufen?«

»Nein. Beatrice hat nur wenige Freunde. Eigentlich gar keine, von denen ich weiß. Ich habe überlegt, ob ich bei den Krankenhäusern anrufe, aber es stehen so viele im Telefonbuch, da dachte ich, es sei besser, gleich die Polizei zu verständigen. Dort wüßte man wahrscheinlich, ob es einen Unfall gegeben hat.«

Der Sergeant würde wieder seine Notizen ansehen. »Sie sind heute morgen gegen halb zehn nach Hause gekommen? Arbeiten Sie nachts?«

»Nein. Ich arbeite von vier Uhr nachmittags bis Mitternacht.« Martin würde den Eindruck erwecken, als zögere er weiterzusprechen, aber dann würde er die Wahrheit herausposaunen. »Ich war bis vor zwei Stunden im Gefängnis.«

Der Sergeant würde vielleicht eine Augenbraue heben.

Und Martin würde erklären. »Als ich kurz nach Mitternacht aus der Fabrik kam, bin ich noch in eine Kneipe in der Nähe gegangen.«

Der Sergeant würde ermunternd sagen: »Ja...?«

»Ich fürchte, da habe ich ein bißchen viel getrunken. Auf der Heimfahrt bin ich ein paar Häuser weiter gegen ein geparktes Auto gefahren.« Martin würde milde Entrüstung demonstrieren. »Noch nie in meinem Leben hatte ich einen Unfall. Nicht einmal einen Strafzettel für Falschparken. Aber als die Polizei kam, mußte ich mit auf die Wache. Heute morgen um neun haben sie mich gegen Kaution auf freien Fuß gesetzt.«

Sehr wahrscheinlich würde der Sergeant trocken sagen: »Betrunkene Fahrer steckt man in dieser Stadt über Nacht ins Gefängnis. Auf die Weise hält man sie von der Straße fern, bis sie wieder nüchtern sind.«

Diese Tatsache war Martin bekannt – und er hatte sie in

seine Planung mit einbezogen. Aber er würde sehr erstaunt tun.

Der Sergeant würde darum bitten, sich das Schlafzimmer ansehen zu dürfen. Er würde die beiden Einzelbetten registrieren und in den halbleeren Schrank schauen.

Martins Unterkiefer würde leicht nach unten sacken. »Ihre Kleider sind fast alle weg!«

Und sie würden feststellen, daß auch zwei Koffer, die guten, fehlten.

Der Sergeant würde fragen: »Als Sie Ihre Frau zuletzt gesehen haben, was hatte sie da an?«

Martin würde überlegen. »Tut mir leid, aber da kann ich Ihnen nicht viel weiterhelfen. Sie war noch im Morgenmantel, als ich gestern um Viertel nach drei aus dem Haus gegangen bin.«

»Hatten Sie und Ihre Frau irgendwelche... häuslichen Schwierigkeiten?«

Martin würde froh sein, darüber die Wahrheit zu sagen. Damit würde er ein Motiv für ihr Verschwinden liefern. Allerdings würde er sich den Anschein geben, nur zögernd damit herauszukommen. »Na ja, hin und wieder. Aber ich glaube, wir sind nicht besser und nicht schlechter miteinander ausgekommen als die meisten, bis...« Hier würde er innehalten, als wäre ihm plötzlich ein fragwürdiger Gedanke gekommen.

»Bis?«

»Also, vor etwa sechs Monaten wurde in meinem Betrieb die Stelle eines Aufsehers frei. Ich dachte, und Beatrice dachte es auch, daß ich angesichts meines Alters und meiner Betriebszugehörigkeit... Dummerweise haben wir wohl beide zu fest damit gerechnet. Es hätte einen ganz schönen Gehaltssprung für mich bedeutet.«

»Sie war darüber erbittert?«

»Ich fürchte ja.«

»Hat Sie Ihnen die Schuld gegeben? Oder Ihrem Betrieb?«

Martin würde hierauf nichts sagen, aber der Sergeant konnte sich leicht seinen Reim darauf machen.

Martin erinnerte sich an seine tiefe Enttäuschung, nachdem man ihn übergangen hatte. Der Personalchef hatte offenbar ein etwas schlechtes Gewissen, denn er machte sich die Mühe, Martin beiseite zu nehmen und ihm zu erklären, wie es dazu gekommen war.

Der Posten als Aufseher verlange einen Mann mit mehr Tatkraft, einen Mann, der Befehle erteilen, Entscheidungen treffen könne. Martin habe ja eine hervorragende Leistungsbilanz, aber trotzdem...

Der Personalchef hatte unsicher gelacht. »Sie sind irgendwie farblos, Martin. Sie heben sich kaum von der Tapete ab. Keiner merkt, daß Sie überhaupt da sind.«

Er hoffe, Martin verstehe das und nehme es sich nicht allzu sehr zu Herzen.

Martin nahm jetzt das Gas weg und bog in den Schotterweg ein. Er fuhr noch einen knappen Kilometer, dann parkte er den Wagen im Schatten von Birken und Kiefern.

Mit Mühe hob er Beatrices Leiche aus dem Kofferraum und trug sie die dreißig Meter bis zu dem offenen Grab.

Dann ging er zum Wagen zurück, um die Schaufel und die beiden Koffer zu holen.

Beatrice hatte einen leichten Tod gehabt.

Den hatte sie eigentlich nicht verdient, überlegte Martin, aber er hatte keine Sauerei riskieren wollen.

Er hatte die Schlaftabletten gesammelt, hatte immer eine

nach der anderen aus dem Fläschchen genommen, das Beatrice im Medizinschränkchen aufbewahrte. Es hatte einige Zeit gedauert, aber er wollte sichergehen, daß er genug hatte, um die Sache gründlich zu machen.

Heute morgen hatte er alle zusammen in der Flasche Brandy aufgelöst, die Beatrice im Kühlschrank stehen hatte.

Heute nachmittag um Viertel vor drei hatte sie ihr Glas gefüllt und einen Schuß Sodawasser hinzugefügt. Um die Zeit fing sie immer an zu trinken.

Er hatte gerade in der Küche seine Brote zurechtgemacht und in die Lunchdose gepackt und das Hochgefühl kaum unterdrücken können, als er sie den ersten Schluck trinken sah.

Als er eine halbe Stunde später das Haus verließ, füllte sie eben ihr Glas nach.

Martin grub die Büsche wieder ein und klopfte sorgfältig die Erde ringsum fest. Im Mondlicht betrachtete er sein Werk und fand nichts daran auszusetzen.

Beatrice und die beiden Koffer waren für immer verschwunden.

Er machte die Schaufel gründlich sauber und ging zum Auto zurück. Er schaltete die Zündung ein und startete den Motor.

Sie waren zehn Jahre verheiratet gewesen, und jedes Jahr war ihm wie eine Ewigkeit aus Drangsaliererei und Herumkommandiererei erschienen. Aber Martin hatte immer ein Pflichtgefühl gegenüber dieser Ehe empfunden und sich nicht gern eingestehen wollen, daß die Dinge sich nie bessern würden.

Er hatte nie das Wort Scheidung erwähnt, bis die Sache mit dem Aufseherposten passierte. Als es nicht klappte, war Beatrice giftiger geworden denn je.

Für Martin war ihre Ehe damit endgültig aus gewesen. Aber in Beatrices Blick hatte das Wort Scheidung einen Ausdruck unabänderlicher Sturheit ausgelöst. Vielleicht war ihr klargeworden, daß sie nie einen anderen Mann finden würde, der ihre spitze Zunge, ihre Faulheit, ihr Trinken tolerieren würde.

Am Vorfahrtsschild hielt Martin an und bog dann auf den Highway 32 ein.

Der Sergeant würde zweifellos sehr gründlich vorgehen. Nachdem er festgestellt hatte, daß Beatrice nicht im Krankenhaus lag, würde er heikle Fragen stellen müssen.

»Mr. Martin, war Ihre Frau versichert?«

Martin würde den Kopf schütteln »Nein. Sie glaubte nicht an Versicherungen für sich selbst. Aber ich habe zwei Lebensversicherungen über fünfzehntausend Dollar.«

Der Sergeant würde »Keine Versicherung« auf seinem Block notieren. »Sie sagten, daß Sie von vier Uhr bis Mitternacht arbeiten?«

»Ja.« Martin würde seine Worte sorgsam wählen. »Aber ich fahre meist um Viertel nach drei. Man fährt nur eine halbe Stunde, aber ich riskiere es nicht gern, zu spät zu kommen und vom Parkplatz ausgeschlossen zu werden.«

Darüber würde der Sergeant mehr wissen wollen. »Ausgeschlossen?«

»Ja. Vom Betriebsparkplatz. Es ist ein Gelände von etwa zwei Häuserblocks im Quadrat, umgeben von einem zwei Meter fünfzig hohen Zaun. Wissen Sie, vor zwei Jahren sind Autos gestohlen worden, während die Leute bei der Arbeit waren. Danach hat die Firma den ganzen Bereich eingezäunt. Die Tore werden zehn oder fünfzehn Minuten nach Schichtbeginn geschlossen.«

»Und wenn Sie später kommen?«

»Habe ich Pech gehabt. Dann muß ich mir einen Parkplatz auf der Straße in der Nähe suchen.«

Vielleicht nicht gleich, aber irgendwann würde der Sergeant weiterbohren. »Wie viele Tore gibt es?«

»Zwei. Eins am nördlichen Ende und eins am südlichen. Jedes hat eine Ausfahrt- und eine Einfahrtspur.«

»Und Ihr Wagen war von etwa vier Uhr bis Mitternacht drinnen?«

»Natürlich. Ich habe ja gearbeitet.«

Der Sergeant würde ganz nebenbei fragen: »Würde sich einer der Parkwächter daran erinnern, ob Sie drin geparkt haben oder draußen an der Straße?«

Martin würde darüber nachdenken. »Ich komme immer durchs Südtor. Da sitzt Joe Byrnes. Ja, ich glaube, er würde sich erinnern. Er kennt mich.«

Und Joe Byrnes würde sich erinnern. Wenn man bei der Einfahrt anhält, um eine Fünfdollarschuld zurückzuzahlen, dann sollte der Mann sich erinnern.

»Angenommen, Sie müssen aus irgendeinem Grund vor Ende Ihrer Schicht weg. Zum Beispiel, wenn Sie plötzlich krank werden und nach Hause wollen. Wie kommen Sie raus?«

»Ich gehe einfach zu einem der Parkwächter. Ich weise mich aus, und er notiert sich meinen Namen und meine Autonummer. Dann läßt er mich raus.« Martin würde kurz lachen. »Wahrscheinlich soll dadurch verhindert werden, daß jemand über den Zaun steigt und ein Auto stiehlt. Sie wollen sicherstellen, daß man tatsächlich der Besitzer ist.«

»Ist immer ein Parkwächter an den Toren?«

Martin würde nicken. »Ja.«

Aber das stimmte nicht ganz. Joe Byrnes sollte eigentlich auf seinem Posten sein, aber Martin wußte, daß Joe, sobald die Tore geschlossen waren, immer zu Ed Parker am Nordtor spazierte, um dort den größten Teil des Abends totzuschlagen.

Joe ging davon aus, daß jeder, der vor Ende der Schicht hinauswollte, sowieso das Nordtor benutzen würde. Es war praktischer und lag näher an den Fabrikgebäuden.

Aber Joe würde dem Sergeant gegenüber niemals zugeben, daß er nicht die ganze Zeit an seinem Tor gesessen hatte. Und Ed Parker würde auch nichts sagen, denn sie wußten beide, daß Joe entlassen werden konnte, wenn es herauskam.

Als Martin am Nachmittag zur Arbeit gekommen war, hatte er seinen Wagen in der Nähe des Südtores geparkt. Um sieben hatte er sich davongeschlichen, sich versichert, daß Joe und Ed im Pförtnerhäuschen am Nordtor saßen, und war dann zu seinem Wagen gegangen.

Ruhig hatte er das Südtor aufgeschlossen, seinen Wagen hinausgefahren und hinter sich wieder abgeschlossen.

Der Sergeant würde vielleicht fragen: »Hat außer dem Parkwächter noch jemand einen Schlüssel für die Tore?«

»Das weiß ich nicht genau.«

»Keine Duplikate?«

Martin würde die Achseln zucken. »Wahrscheinlich schon. Ich nehme an, irgendwo werden welche verwahrt.«

Aber Joe Byrnes war in solchen Dingen schludrig. Martin hatte oft genug bei ihm hereingeschaut und wußte das. Und als Martin merkte, wie einfach es war, einen Zweitschlüssel zu stehlen, hatte er den ganzen Plan, Beatrice loszuwerden, erst ausgeheckt.

Er hatte den Schlüssel jetzt seit mehr als drei Monaten, und soweit er wußte, hatte Joe ihn nicht vermißt. Trotzdem mußte Martin daran denken, ihn zurückzulegen. Für den Fall, daß jemand nachsah.

Martin hielt an der Ampel vor dem Capitol und bog rechts ab. Er sah, daß die schwarze Limousine hinter ihm auch abbog.

Der Sergeant würde weitere Fragen stellen.

»Sie haben Ihren Wagen heute nacht nicht aus irgendeinem Grund vom Parkplatz gefahren, oder?«

»Nein. Wie gesagt, ich habe gearbeitet.«

»Können Sie mir Ihre Autonummer sagen?«

»C 25-388.«

»Und als was arbeiten Sie in der Fabrik?«

»Als Materialdisponent.«

Der Sergeant würde nicht wissen, was das war.

»Ich achte darauf, daß auf dem Montageband nicht irgendwelche Teile ausgehen. Wenn zum Beispiel eine bestimmte Sorte Bolzen knapp wird, gehe ich sofort zur Lagerabteilung und stelle sicher, daß die Bolzen schnellstens herübergeschickt werden.«

»Dann sind Sie also während Ihrer Schicht ständig auf dem Fabrikgelände unterwegs? Viele Leute könnten bestätigen, daß Sie zwischen vier und Mitternacht da waren?«

»Natürlich. Dutzende.«

Hier lag ein Schwachpunkt, aber das konnte man nicht ändern. Niemand kann an zwei Orten gleichzeitig sein, aber Martin hatte so gut wie möglich vorgesorgt. Er hatte es so eingerichtet, daß ihn viele Leute vor sieben gesehen hatten, und er würde sicherstellen, daß ihn noch mehr nach neun sahen.

Er baute auf die Unruhe und das ständige Hin und Her in der Fabrik und war sicher, daß einige Leute sich »erinnern« würden, ihn zwischen sieben und neun gesehen zu haben – sollte das je notwendig werden. Oder zumindest würden sie nicht sicher sein, ob sie ihn gesehen hatten oder nicht.

»Sind Sie der einzige Materialdisponent im Betrieb?«

»Nein. Es gibt noch etwa zehn andere. Wir arbeiten alle von Mr. Hansons Büro in der Fabrikhalle aus.«

»Würde man Sie vermissen, wenn Sie ein paar Stunden nicht da wären?«

Martin würde lachen. »Das will ich doch hoffen.«

Aber man würde ihn nicht vermissen. Da war Martin ziemlich sicher. Bei fast einem Dutzend Disponenten, die ständig in seinem Büro ein- und ausgingen, würde Hanson nie merken, wenn Martin zwei Stunden nicht da war. Genaugenommen würde er nur anderthalb Stunden weg sein, da seine Pause in der Zeit enthalten war.

Martin warf einen Blick in den Rückspiegel, als er auf die Zwanzigste einbog.

Die dunkle Limousine war immer noch hinter ihm.

Martin runzelte die Stirn.

»Wie lange waren Sie nach der Arbeit in dieser Kneipe?« würde der Sergeant fragen.

»Ungefähr eine Stunde.«

»Wie heißt das Lokal?«

»›Pete's Tap‹. Es liegt ein paar hundert Meter von der Fabrik entfernt.«

Pete würde diesen Teil der Geschichte bestätigen können. Seit Martin seinen Plan entworfen hatte, Beatrice loszuwerden, hatte er es sich zur Regel gemacht, jeden Abend nach seiner Schicht auf einen Drink in der Kneipe vorbeizuschauen. Pete kannte ihn inzwischen gut.

Der Sergeant würde noch eines herausfinden müssen. »Wer hat Ihres Wissens als letzter Ihre Frau gesehen?«

»Der Reinigungsmann. Er hat Sachen aus der Reinigung

vorbeigebracht und neue zum Reinigen mitgenommen. Das war gegen drei Uhr.«

Der Mann von der Reinigung kam immer montags um drei. Aber Martin war etwas kribbelig gewesen, bis er tatsächlich auftauchte.

Und das wäre es dann so ungefähr.

Von da an konnte der Sergeant sich selbst alles zusammenreimen.

Der Mann von der Reinigung sieht sie um drei Uhr. Martin verläßt das Haus Viertel nach drei, um gegen vier auf dem Parkplatz zu sein. Sein Auto ist bis Mitternacht auf dem Parkplatz eingeschlossen. Danach verbringt Martin eine Stunde in ›Pete's Tap‹. Um eins oder ein paar Minuten später hat er einen Unfall und wird ins Gefängnis gebracht. Um neun Uhr am nächsten Morgen wird er entlassen, fährt direkt nach Hause, und ruft fünf oder zehn Minuten später die Polizei an.

Nein. Falls er seine Frau umgebracht hatte, war ihm nicht genügend Zeit geblieben, um sich ihrer Leiche zu entledigen. Es sei denn, sie war noch im Haus. Und das wäre durchaus möglich.

Martin lächelte.

Vielleicht würden sie sogar nach ihr suchen.

In Greenfield blinkte Martin und bog rechts ab. Die dunkle Limousine folgte etwa hundertfünfzig Meter hinter ihm.

Martin erlebte eine Schrecksekunde. War das ein Streifenwagen? Aber warum sollte der ihm folgen?

Sein Blick wanderte zum Tacho. Er war unter der Geschwindigkeitsgrenze. Beruhigend darunter.

Als er an einer Ampel anhalten mußte, linste er verstohlen in den Rückspiegel.

Nein, es war kein Streifenwagen. So viel konnte er sehen.

Aber es konnte eine Zivilstreife sein, dachte Martin, während seine Panik wuchs. Ist etwas an meinem Auto nicht in Ordnung? Habe ich eine rote Ampel überfahren?

Er schüttelte fast ärgerlich den Kopf. Das konnte es nicht sein. Die hätten mich gleich angehalten.

Er warf einen Blick über die Schulter. Nein. Ein Polizist konnte das nicht sein. Es war ein kleiner Mann. Sogar aus dieser Entfernung erkannte Martin es. Die Polizei stellte so kleine Männer gar nicht ein.

Als die Ampel umsprang, fuhr Martin los. An der nächsten Ecke bog er ab.

Die Limousine folgte.

Martin fing an zu schwitzen. Vielleicht war das so etwas wie ein Überfall. Womöglich wollte der warten, bis Martin an einer dunklen Kreuzung anhalten mußte. Oder er dachte, Martin sei auf dem Heimweg und wollte ihn ausrauben, wenn er seinen Wagen in die Garage fuhr.

Martin umrundete den Häuserblock, um auf die gutbeleuchtete Greenfield Avenue zurückzukommen.

Sein Blick ging heimlich zum Rückspiegel, und er atmete erleichtert auf.

Die Limousine war nicht mehr hinter ihm.

Das Ganze war wohl einer dieser Zufälle gewesen. Das Auto hatte ihn gar nicht verfolgt.

Am Parkplatz des Fabrikgeländes schloß Martin umsichtig das Südtor auf, das verlassen im Halbdunkel lag. Er stellte seinen Wagen ab und ging auf dem Weg zur Fabrik am Pförtnerhäuschen des nördlichen Tores vorbei.

Joe Byrnes und Ed Parker spielten Gin Rommé.

Niemand schien Notiz von ihm zu nehmen, als Martin

das Fabrikgebäude betrat. Und Hanson hing wie immer am Telefon.

Er drückte Martin einen Auftrag in die Hand. »Erledigen Sie das gleich.«

Martin war überhaupt nicht vermißt worden.

»Wird gemacht«, sagte Martin zu Hanson.

Der kleine Mann parkte seine dunkle Limousine und betrat das sechsstöckige Gebäude. Er fuhr mit dem Fahrstuhl in den vierten Stock und ging zu einer unbesetzten Schreibmaschine in der Lokalredaktion. Er schrieb eine Reihe von Zahlen aus seinem Notizbuch ab und brachte das Blatt zu einem der Redakteure.

Der Redakteur blickte auf. »Ich wünschte, ich hätte Ihren Job.«

»Das denken Sie bloß. Die halbe Nacht hinter irgendwelchen Autos herzufahren, ist kein Honigschlecken.«

Der Redakteur warf einen Blick auf die Liste. »Welcher ist der Glückspilz? Wer bekommt den Preis von fünfzig Dollar?«

Der kleine Mann deutete auf eine Zeile. »Der da. Ich habe ihn vor einer Weile aufgegabelt und bin ihm fünf Kilometer weit gefolgt. Er hat nicht mal eine einzige Regel der Straßenverkehrsordnung gebrochen.«

Der Redakteur schürzte die Lippen. »Angesichts der Verkehrssicherheitswoche kommen die Kennzeichen alle auf die Titelseite. Finden Sie raus, wem C25-388 gehört. Machen Sie ein kurzes Interview mit Foto. Das bringen wir dann zusätzlich.«

Machtwechsel

Wäre er nicht Ed Kubak gewesen, er hätte fast überallhin verschwinden können, und ich hätte ihn nie gefunden, selbst mit meinen Verbindungen nicht. Er hätte in jeder Stadt des Landes untertauchen können und wäre vor mir sicher gewesen.

Aber er war Ed Kubak, und das machte es unmöglich. Er war früher mal mein Boss, und jeder Ganove im ganzen Land kannte Ed. Sie kannten sein Gesicht, und sie wußten, daß ich fünfzehn Riesen springen lassen wollte, nur um zu wissen, wo er war.

Ich mußte Ed nicht nachjagen, ich blieb, wo ich war, und ließ andere die Suche für mich erledigen. Ich wartete und dachte über Helen nach und die Organisation, die jetzt meine war. Ich dachte über die Stadt nach, die jetzt meine war.

Ed war der Alleinherrscher gewesen, als ich noch Eintreiber war und meine Runden von einem Buchmacher zum nächsten drehte. Er war ein König, während ich noch Pflaster trat. Aber mein Blick war auf Höheres gerichtet, und ich war bereit, die Gelegenheit beim Schopf zu packen, wenn sie kam, und sogar bereit, diese Gelegenheit selbst herbeizuführen.

Die Gelegenheit kam, als Stacey Hanlon den Fehler beging, sich in ein und derselben Nacht zu betrinken und kein Geld mehr zu haben. Stacey war einer von Kubaks Muskelprotzen und selbst in nüchternem Zustand nicht allzu helle. Und so fiel er mit fast einem Liter Schnaps im Bauch in alte Gewohnheiten zurück und torkelte in einen Lebensmittelladen, um sich etwas Kleingeld zu beschaffen.

Seine Wahl fiel auf den kleinen Laden eines alten Mannes, der ihn vor lauter Todesangst eigentlich hätte anbetteln müssen, den letzten Cent aus seiner Kasse zu nehmen. Aber der klapprige Alte hatte keine Todesangst, sondern hatte eine 38er unter dem Ladentisch.

Nachdem Stacey vergeblich versucht hatte, die Kugeln aus seinen Lungen zu husten, und statt dessen sein Leben ausgehustet hatte, gab es in Ed Kubaks Nähe eine freie Stelle, und ich beschloß, sie zu übernehmen.

Es war ein leichtes, bis zu Eds Tür zu kommen. Ich nahm einfach den Fahrstuhl in den obersten Stock, ging eine Eisentreppe hinauf und war da. Aber von hier an wurde es schwierig.

Zwei große Männer mit wachsamen Augen machten die Tür auf, langsam und nicht allzu weit. Keiner der beiden war ganz so groß wie ich, aber sie waren zu zweit, also lächelte ich höflich.

»Ja?« sagte der eine, während er die Augen gegen den Rauch seiner Zigarette zusammenkniff.

»Ich bringe die Wocheneinnahmen«, sagte ich und hielt meine Aktentasche hoch.

Er runzelte die Stirn.

»Ich bin Eintreiber«, sagte ich. »Pferderennen.«

»Junge«, sagte er und nahm die Kippe aus dem Mund. »Du bist wohl neu, sonst wüßtest du's besser, als die Knete hierher zu bringen. Gib sie bei Sullivan ab, der verwaltet die Einnahmen.«

»Ich weiß«, sagte ich. »Aber Sullivan ist da drin, oder?«

»Na und?« sagte der ohne Zigarette, der rotes Haar

hatte. »Sullivan hat ein Büro und an die zwanzig Angestellte. Warum also die persönliche Lieferung?«

»Das ist ein Geheimnis zwischen ihm und mir«, erklärte ich. »Er wird sauer, wenn er mich nicht zu sehen kriegt.«

Ihre harten Augen betrachteten mich weiter abschätzend, während sie versuchten, zu einem Schluß zu kommen. Ich hob die Arme über den Kopf. »Ich bin sauber«, sagte ich. »Und ich beiße nicht allzu fest zu.«

Der Mann, den wahrscheinlich alle Red nannten, tastete mich ab und schaute in meine Aktentasche. Er sah den anderen an und zuckte die Achseln. »Wir können ja fragen.«

Sie ließen mich rein, und ich stand in einer kleinen Diele mit Teppichboden und einer sehr soliden Tür am anderen Ende. Red ging zu der Tür und drückte auf einen Knopf.

Ein ausladender Glatzkopf zeigte uns seine Visage. Red sprach mit ihm. »Frag mal Sullivan, ob er den da sehen will.« Er deutete mit dem Daumen auf mich.

»Warren«, sagte ich. »Max Warren.«

Glatze machte die Tür zu, und wir drei standen da und stierten uns an.

Ich lächelte sanft und ließ die Aktenmappe aus der Hand gleiten. Instinktiv folgten ihr die Blicke der beiden, als sie zu Boden fiel, und ich nutzte die Sekunde, um aus der Schulter heraus einen rechten Haken an Reds hagerem Kinn zu landen. Er hatte gerade noch Zeit, überrascht zu gucken, bevor er fiel, und damit blieben ich und der Zigarettenraucher. Er griff an seine Seitentasche und kriegte fast die Pistole heraus, bevor ich ihn erwischte.

Ich versicherte mich, daß beide schliefen, trat die glimmende Kippe auf dem Teppich aus und ging zu der zweiten Tür, um dort zu warten.

Ein paar Minuten später machte Glatze auf. »Sullivan sagt, raus mit diesem...«

Meine Faust in seinem Gesicht machte der Konversation ein Ende, und ich stieß fest zu. Er schwankte auf den Fersen herum und setzte sich hart auf den Boden. Ich machte einen Schritt über ihn hinweg und stand im Zimmer.

Ungefähr ein Dutzend Paar Augen starrten mich an, und was immer zur Debatte gestanden hatte, war kein Thema mehr. Hände griffen nach Schulterhalftern, und ich blickte in fünf starre Mündungen.

Sullivan schob die Brünette von seinem Schoß und stand auf; sein Gesicht war rot angelaufen. »Verdammt noch mal, Max«, knurrte er, »wenn ich sage, ich will dich nicht sehen, dann bleibt's auch dabei.«

Ich wandte mich an Kubak. Er hatte einen dicken Bauch und dunkelbraune Augen. Sein Gesicht war blaß und schlaff, sein Atem ging schwer und keuchend.

»Ich wollte mit Ihnen sprechen, Mr. Kubak«, sagte ich. »Nicht mit Sullivan.«

In seinen Augen blitzte es interessiert auf. »Warum fragen Sie dann nach Sullivan?«

»Hätten Sie mich denn empfangen?«

»Nein«, sagte er.

»Deswegen habe ich nach Sullivan gefragt. Damit war ich halb drin und konnte von da aus weitermachen.« Ich sah ihn an. »Sie brauchen einen Ersatz für Stacey Hanlon.«

Er maß mich mit Blicken, und sein schwerer Atem war das einzige Geräusch im Raum. Schließlich sagte er: »Stacey war nicht von Pappe.«

Ich gab ihm Zeit, zu hören, wie Red hinter mir stöhnend in diese Welt zurückkehrte. »Sehe ich aus, als wäre Blumenpflücken meine Lieblingsbeschäftigung?«

Kubak lächelte leicht und sah die anderen an. Er nahm die Zigarre aus dem Mund. »Sullivan« sagte er, »machen Sie dem Mann einen Drink.«

Mit Staceys Job war nicht allzuviel Arbeit verbunden, und die Bezahlung war gut. Meistens blieb ich einfach in Kubaks Nähe, mixte seine Drinks, zündete ihm die Zigarren an und vermittelte ihm ein Gefühl von Sicherheit. Aber gelegentlich gab Kubak mir einen Auftrag, und ich war ein paar Stunden unterwegs. Manchmal mußte ich meine Knarre reinigen, bevor ich Kubak Bericht erstattete, aber nicht so oft, wie ich erwartet hatte. Bei manchen Leuten genügen schon ein paar freundliche Worte oder vielleicht nur eine Andeutung der rauheren Gangart, damit sie begreifen, daß es nicht gut war, Kubak zu ärgern.

Ich fuhr neben Kubak in der großen Limousine, stieg immer als erster aus, nur für den Fall, und ging zu allen Parties, zu denen Kubak ging. Darum war ich dabei, als Sullivan Helen Wesley mitbrachte.

Ich habe immer gefunden, daß es blöd von Sullivan war, aber ich hatte von vornherein keine hohe Meinung von seiner Denkfähigkeit. Wenn sie mir gehört hätte, dann hätte ich darauf geachtet, sie von jedem fernzuhalten, der mehr Geld hatte als ich. Aber wahrscheinlich dachte Sullivan, daß Kubak zu alt und müde sei, um noch Interesse zu haben, und Sullivan hätte sich nicht tiefgreifender irren können.

Wir feierten gerade unsere Ausdehnung über die Staatsgrenzen, als Helen an Sullivans Arm hereinkam. Und als sie das Zimmer betrat, sah man plötzlich, daß alle anderen anwesenden Frauen nur Dämchen waren, die zu laut redeten und zu viel Make-up benutzten.

Helen war honigblond und hatte braune Augen, und ein Blick genügte, um zu wissen, daß Geld das einzige war, was sie zum Schmelzen bringen konnte. Nicht etwa, daß sie hartgesotten gewirkt hätte, aber sie strahlte es einfach aus.

Ich saß neben Kubak, als Sullivan sie herüberbrachte, und zum ersten Mal sah ich ihn aufstehen, als er einer Frau vorgestellt wurde.

Sie sah ihn offen kalkulierend an, dann trafen sich unsere Blicke. Ich grinste, bis sie wegsah.

Kubak hing den ganzen Abend in ihrer Nähe herum, und ich merkte, daß sie mehr bei ihm auslöste als nur ein Augenflimmern. Es ging tiefer.

Und Sullivan wußte es auch, denn er ließ sich ziemlich vollaufen und mußte am Ende der Party hinausgetragen werden. Ich sorgte dafür, daß Red ihn sich über die Schulter warf und zu seinem Auto brachte. Red fuhr Sullivan nach Hause, und ich fuhr Helen in meinem Wagen zu ihrer Wohnung.

Sie hatte nichts dagegen, als ich mit ihr die Treppe hinauf und in ihre Wohnung ging. Schweigend machte sie Drinks zurecht und reichte mir ein Glas.

»Hallo«, sagte ich.

Sie zündete sich eine Zigarette an und schritt quer durchs Zimmer.

Ich lächelte sie an. »Alles, was Sie von mir wollen, sind Informationen. Stimmt's?«

Sie blickte angestrengt aus dem Fenster, runzelte die Stirn, und drehte sich dann um. »Sullivan hat mir erzählt, er sei der Chef«, sagte sie.

»Gelegentlich glaubt er das.« Ich legte die Füße auf ein Sitzkissen und entspannte mich. »Und jetzt sind Sie unzufrieden.«

Ihr Blick wanderte über mich. »Sind Sie jemand Wichtiges? Ich wüßte gern, ob ich höflich sein muß.«

»Nein«, sagte ich. »Sie müssen mich schon um meiner selbst willen lieben.«

Helen zog langsam an ihrer Zigarette. »Kubak hat's schwer erwischt. Meinen Sie, es gibt Ärger, wenn ich mich von Sullivan verabschiede?«

»Das kommt darauf an«, sagte ich, »ob er glaubt, daß Sie den Ärger wert sind.«

Sie lächelte. »Ich halte mich im Hintergrund, bis es vorbei ist.«

Ich stellte mein Glas ab, stand auf und ging zu ihr hin.

Sie stand stocksteif da. »Es wird kalt. Eisig kalt.«

Ich nahm sie in die Arme, und es war kalt. Ihre Lippen waren fest und unnachgiebig. Und dann, als ich sie enger an mich drückte, fühlte ich so etwas wie ein langsames Auftauen.

Sie schob mich rasch weg.

»Ich verstehe«, sagte ich grinsend. »Du hast das falsche Elternhaus gehabt. Dein Alter hat gesoffen und dich verprügelt. Mit vierzehn bist du von zu Hause abgehauen. Lausige Jobs gehabt. Kellnerin? Oder war's Tingeltangel? Endlich hast du beschlossen, daß viel Arbeit und wenig Geld nichts für Helen sind. Erzähl mir davon. Ich mag solche Geschichten. Möchte am liebsten heulen, wenn ich sie höre.«

Sie wurde ein bißchen rot. »Vergessen Sie Ihren Hut nicht.«

Ich nahm ihn und ging zur Tür. »Kubak fängt normalerweise mit Blumen an, aber sei nicht enttäuscht. Die dicken Sachen kommen nach einer Woche oder so.«

Am nächsten Tag schickte Kubak mich zweimal aus. Einmal am Morgen und einmal am Nachmittag. Am Nachmittag brachte ich ihm die Zeitung, die er bestellt hatte, schlug sie auf und legte sie ihm auf den Schoß.

Er las die Schlagzeilen und die Titelgeschichte. »Da steht, daß Sullivan und irgend so ein kleiner Buchmacher außerhalb der Stadt eine Auseinandersetzung mit Schußwaffen hatten. Keine Überlebenden.«

»Soso.«

Er blickte wieder auf die Zeitung. »Zeugen auch nicht, und niemand hat die Schüsse gehört. Aber die Polizei glaubt, daß es gegen zehn passiert ist. Stimmt das?«

»Eher gegen halb elf«, sagte ich.

Er faltete die Zeitung zusammen und lehnte sich zurück. »Sorg dafür, daß er ein hübsches Begräbnis kriegt. Der Buchmacher auch.«

Ich reichte ihm eine Zigarre aus dem Humidor und zündete sie ihm an.

»Und jetzt?« fragte er. »Ich glaube, dir geht was im Kopf herum.«

»Ich glaube, Sie müssen einen Ersatz für Sullivan finden«, sagte ich. »Ich dachte, Sie sollten wissen, daß ich lesen, schreiben und rechnen kann.«

»Das ist nett«, sagte er. Fast eine Minute hielt er die Augen geschlossen. »Also gut. Du hast den Job. Was du liest oder schreibst, interessiert mich nicht, aber mach keine Fehler beim Rechnen.« Er öffnete die Augen. »Und werde nicht allzu ehrgeizig. Ich beobachte dich.«

Aber er beobachtete mich nicht, und darauf verließ ich mich. Seine Augen und sein Gehirn waren mit Helen beschäftigt.

Ich war ihr dankbar für das, was sie an Kubak tat.

Sicher, sie hatte ihre eigenen Gründe dafür, aber es half auch mir.

Ich hatte jetzt einen Fuß in der Tür, und ich drängte mich langsam hinein. Helen verstand es gut, Kubak das Geschäft vergessen zu machen, und es dauerte nicht lange, da kamen die Jungs zu mir, wenn eine Entscheidung zu treffen war. Kubak konnte man nicht belästigen.

Zuerst ging ich langsam und vorsichtig zu Werk, nahm nicht zuviel auf meine Kappe, aber die Jungs kapierten bald, was ich zu vermitteln versuchte. Kubak verlor an Boden, er wurde alt.

Ich ließ sogar hier und dort verlauten, daß Kubaks Anteil meiner Ansicht nach zu hoch sei. Ich ließ bekanntwerden, daß diese Tatsache mich traurig stimmte und daß ich fand, es sollte eine Anpassung geben.

Es dauerte etwa sechs Monate, bevor ich mir meiner Position sicher genug war, um ein Treffen der großen Kaliber einzuberufen, ohne Kubak zu unterrichten. Ich nahm kein Blatt vor den Mund, und innerhalb von fünfzehn Minuten waren wir alle der Meinung, daß Kubak einen Urlaub brauchte. Ein bißchen länger dauerte es, bis sie einsahen, daß ich das Format hatte, seinen Platz einzunehmen. Sie versuchten, dagegen zu reden, aber ich machte den Mund weiter auf als vorher, und sie beschlossen mitzumachen.

Bei Kubaks nächster Party saßen wir alle da und lächelten ihn an, bis er endlich merkte, daß es ein anderes Lächeln war, als er es sonst gesehen hatte.

Ich stand auf, klopfte mit meinem Feuerzeug ans Glas und sah ihn freundlich an. Kubak setzte sich etwas aufrechter hin und zog die Stirn kraus.

»Kubak«, sagte ich, »uns ist aufgefallen, daß Sie in letzter Zeit etwas müde zu sein scheinen.«

»Quatsch«, bellte er.

Ich lächelte Helen zu und sah ihn wieder an. »Genaugenommen haben wir einstimmig beschlossen, daß Sie einen Urlaub brauchen.«

Seine braunen Augen waren hart. »Ihr schmeißt mich nicht raus.«

»Wir könnten darüber debattieren«, sagte ich, »aber ich glaube nicht, daß Sie viel Beistand bekommen.«

Er ließ den Blick von Gesicht zu Gesicht wandern und verlor schließlich etwas die Farbe.

»Aber wir wollen keine Debatte«, fuhr ich sanft fort. »Sie wissen ja, wie hitzig die Temperamente sind und wie unschön es für den Verlierer wird.« Ich hielt inne. »Wenn Sie also vernünftig sind und sich damit abfinden, glaube ich, daß Sie sich auf ein glückliches Alter in einer warmen Gegend freuen können.«

Kubak sah wieder von einem zum anderen, und plötzlich wurde er alt. Er seufzte müde, und ich merkte, wie die Anspannung etwas von mir wich. Wir hatten gewonnen, und die Jungs standen auf und gingen zur Tür.

Ich hing noch herum, bis sie alle gegangen waren. Dann nahm ich Helens Hermelin über den Arm. »Fertig?« fragte ich.

Kubak drehte sich abrupt zu Helen um. Sie betrachtete ihn nachdenklich, während sie das Für und Wider abwog.

Sein Blick war verwirrt. »Helen! Du wirst doch nicht daran denken, mich zu verlassen?«

»Ich bin jetzt der Chef«, sagte ich leise. »Der oberste.«

Sie warf Kubak noch einen Blick zu und kam dann zu mir.

Kubak stand auf, seine Stimme klang verzweifelt. »Helen! Du weißt doch, daß ich dich liebe.«

Ich legte ihr den Hermelin um die Schultern.

Kubak machte noch einen Versuch. Ich spürte, daß er jetzt erkannte, was Helen war, aber er wollte sie trotzdem. »Ich habe Geld, Helen«, sagte er ruhig. »Viel Geld.«

Helen zögerte, und ich lächelte ihr zu. »Na, Baby?«

Unsere Blicke trafen sich, und ich wußte, was sie dachte. *Kubak hat Geld, aber du wirst eines Tages noch viel mehr haben.*

Ich hielt die Tür auf, und sie ging hinaus.

»Max«, sagte Kubak mit angespannter Stimme. »Ich liebe sie, und wenn ich sie nicht haben kann, kriegt sie keiner.«

Ich trat in den Flur und machte die Tür hinter mir zu.

Kubak verließ die Stadt am Ende der Woche, aber vorher tat er noch etwas.

Es war der Nachmittag, an dem ich den neuen Jaguar abholte, als ich feststellte, daß Kubaks letzte Worte nicht nur heiße Luft gewesen waren. Ich fuhr zu Helens Wohnung, und als ich aufschloß, stand ich in einem Zimmer voller Polizisten.

Sie zeigten mir Helen auf dem Fußboden im Schlafzimmer. Auf der Vorderseite ihres braunverschmierten Kleides war kein frisches Blut mehr, und sie fühlte sich eiskalt an, als ich sie berührte.

Es hätte vielleicht Schwierigkeiten für mich geben können, außer daß ich in der fraglichen Zeit im Autohaus gewesen war und drei Verkäufer das bestätigen konnten.

Sie verhörten mich ein paar Stunden, aber ich hatte nichts zu erzählen. Ich wußte, daß sie irgendwann auf die Verbindung zwischen Kubak und Helen stoßen und anfangen würden, nach ihm zu fahnden. Aber es dauerte wohl noch ein Weilchen, und ich wollte, daß Kubak entkam, wenigstens der Polizei.

Als sie mit mir fertig waren, fuhr ich in meine Wohnung und fing an herumzutelefonieren. Ich ließ verbreiten, daß ich Kubak finden wollte und daß mir das fünfzehntausend wert war. Ich wollte nur wissen, wo er war. Ich wollte nicht, daß ihm auch nur ein Haar gekrümmt wurde, und ich wollte nicht, daß die Polizei davon erfuhr.

Es dauerte zwei Monate, bis ich das Telegramm aus Palm Beach bekam. »Ein Freund von Ihnen ist hier«, stand darin. »Bringen Sie fünfzehn Riesen mit.« Es war gezeichnet mit Rieber.

Die Dämmerung fiel schon, als das Flugzeug landete und ich von einem kleinen, drahtigen Mann im gelben Sporthemd in Empfang genommen wurde. »Rieber mein Name«, sagte er.

Wir stiegen in seinen Wagen, und er fuhr aus dem Flughafengelände.

»Sind Sie sicher?« fragte ich.

Auf seinem Gesicht lag ein ständiges angespanntes Lächeln, während seine Augen die Straße beobachteten. »Sie werden Ihre Knete heute nacht noch los.«

Er schaltete die Scheinwerfer ein. »Er ist in einem kleinen Motel außerhalb der Stadt. Ziemlich abgewrackte Absteige. Es sind also nicht viele Gäste da, die Ihnen Sorgen bereiten können. Ich habe einen Jungen dort postiert, falls er beschließt, sich zu verändern.«

Wir fuhren eine halbe Stunde, dann bremste Rieber und bog schwungvoll in den Hof eines Motels. Er brachte den Wagen zum Stehen und machte eine Handbewegung: »Da drüben«, sagte er. »Wo das Licht brennt. Nummer 24.«

Ich ging auf das Zimmer zu, die 45er in der Hand. Ich näherte mich vorsichtig auf Zehenspitzen und trat erst an ein Seitenfenster.

Kubak saß an einem kleinen Tisch, vor ihm stand eine Flasche Bourbon, daneben ein Glas, das bis über die Hälfte mit dem Zeug gefüllt war.

Ich ging zur Vordertür und drehte langsam den Türknauf. Die Tür war nicht abgeschlossen, und ich drückte sie auf.

Kubak sah ohne Überraschung zu mir hoch. Er wirkte jetzt ziemlich gealtert. Seine Gesichtshaut hing schlaff und müde, und seine Augen lagen tief und matt in den Höhlen.

Er drehte das Glas mit dem Bourbon einen Moment zwischen den Fingern und seufzte dann. Er stellte es aufs Fensterbrett. »Du hast mich gefunden, weil ich aufgehört habe davonzulaufen, Max«, sagte er.

»Trinken Sie den Whiskey«, sagte ich. »Das macht es vielleicht einfacher.«

Sein Blick ging zu dem Glas und löste sich wieder davon. »Ich sterbe, Max«, sagte er. »Du könntest noch einen Monat warten, dann brauchtest du dir nicht die Mühe zu machen.« Er sah auf. »Leber, Nieren, alles da drin ist verbraucht und schlecht. Aber hauptsächlich das Herz.«

»Ein Monat ist zu lang, Kubak. Ihre Probleme werden in diesem Moment gelöst.«

Kubak sah mich neugierig an. »Du hast sie nicht geliebt, Max. Nicht so sehr, daß du dies persönlich in die Hand nehmen würdest. Was dich wütend macht, ist nur, daß jemand dir etwas weggenommen hat, wovon du dachtest, es gehöre dir.«

»Sie *hat* mir gehört, Kubak. Natürlich habe ich sie geliebt.«

Kubak rieb sich müde die Augen. »Ich bin derjenige, der sie wirklich geliebt hat. Ich habe sie so sehr geliebt, daß ich blind war für das, was sie war. Aber selbst als ich es wußte, liebte ich sie immer noch.«

Ich wurde langsam ungeduldig. »Kein Gebet und kein Drink?« Mein Finger krümmte sich um den Abzug.

Es war ein sauberer Schuß, und er hatte einen leichten Tod. Das einzige war der Schock in den Augen eines Mannes, der merkt, daß der Tod nicht ganz das ist, was er erwartet hat, dann fiel er.

Ich nahm das Glas vom Fensterbrett und trank es mit wenigen Schlucken aus. »Ich habe sie genauso geliebt wie du«, sagte ich.

Der Whiskey brannte in meinem Magen. Ich ging zum Wasserhahn und trank ein Glas Wasser und wartete, daß das Brennen aufhörte.

Aber es hörte nicht auf. Es wurde schlimmer, bis ich mich zusammenkrümmte und mir den Magen hielt. Ich sah Kubak an, wie er da lag, und plötzlich wußte ich über den Whiskey Bescheid. Ich wußte, warum Kubak aufgehört hatte davonzulaufen. Der Drink sollte sein letzter auf dieser Erde sein. Aber er hatte ihn für mich aufgehoben. Als meinen Siegestrank. Als meinen Todestrank.

Ich fing an zu fluchen. Ich fluchte über den brennenden Schmerz, und weil ich Angst hatte zu sterben, und weil ich wünschte, ich hätte Helen nie gesehen.

Ich hoffte, sie briet in der Hölle.

Wie man Ire wird

Ich zog eine Augenbraue hoch, als Harold Winster sagte: »Ich möchte gern verschwinden.«

Er nickte. »Darum habe ich beschlossen, einen Experten aufzusuchen. Ich meine, als Detektiv müssen Sie ja regelmäßig Leute wiederfinden, die sich verdünnisiert haben, da schien es mir nur logisch, daß Sie auch wissen, wie man es anstellt, sie verschwinden zu lassen. Und zwar endgültig. Ich habe nicht das geringste Bedürfnis, je wieder gefunden zu werden.«

»Warum wollen Sie verschwinden?«

Er antwortete mit einer Gegenfrage. »Warum wohl wollen Leute absichtlich verschwinden?«

Ich zuckte die Achseln. »Weil sie gestohlen haben, weil sie ihre Frau nicht ertragen können, weil ihnen irgendwelche Schulden über den Kopf wachsen, und natürlich aus allen möglichen anderen Gründen.«

Harold Winster war ein Mann mit abfallenden Schultern, der aussah, als habe er schon einiges mitgemacht.

»Es ist meine Frau«, sagte er »Sie ist tyrannisch, faul und selbstsüchtig. Mit einem Wort: unerträglich.«

Aber wenigstens nicht untreu, dachte ich. Meine Gedanken schweiften für einen Augenblick zu meiner Frau Laura und James Porter. Sollte ich beide umbringen? Oder nur sie?

Ich wandte mich wieder Harolds Problem zu. »Wäre nicht eine Scheidung genau das richtige für Sie?«

»Das habe ich meiner Frau vorgeschlagen, woraufhin sie versprach, mir allen nur möglichen Ärger zu machen, wenn ich es versuche. Und glauben Sie mir, Ärger machen kann sie. Nein, ich denke, das sicherste für mich ist es, einfach zu verschwinden.«

Ich betrachtete ihn einige Sekunden. »Wie kommen Sie darauf, daß ich Ihnen helfen würde, Ihrer Frau davonzulaufen? Kommt Ihnen das nicht unmoralisch vor?«

Er lächelte matt. »Mr. Carson, ich habe in der Zeitung über Sie gelesen. Und es war nie schmeichelhaft. Wenn Sie nicht völlig falsch beurteilt werden, bekommt man den Eindruck, daß moralisches Verhalten nicht gerade Ihre Stärke ist.«

Winster glaubte natürlich, er spräche mit Charles Carson, dessen Name draußen an der Tür stand.

Ich heiße auch Carson. Edward Carson. Charles Carson war mein Onkel.

Der Tag hatte damit begonnen, daß ich um zehn Uhr morgens in meiner Wohnung angerufen wurde.

»Sind Sie Edward Paul Carson?« hatte die Stimme gefragt.

»Ja«, hatte ich gesagt. »Wer spricht da?«

»Mein Name ist Villars. Ich rufe aus dem Memorial Hospital an. Sind Sie verwandt oder verschwägert mit einem Charles Frederick Carson?«

»Ja. Das ist mein Onkel. Was ist passiert?«

»Ich muß Ihnen leider mitteilen, daß er verstorben ist. Herzanfall. Ihr Name stand in seinem Adreßbuch, und da Sie denselben Nachnamen haben, dachte ich, ich versuche es als erstes bei Ihnen. War er verheiratet?«

»Nein«, sagte ich. »Ich bin sein einziger lebender Verwandter.«

Die Nachricht stimmte mich irgendwie traurig, aber mehr auch nicht. Onkel Charley und ich hatten uns nicht sonderlich nahe gestanden, und ich wußte sehr wenig Konkretes über ihn, außer, daß er seinen Lebensunterhalt als Privatdetektiv verdiente.

Ich hatte ihn als stattlich, rotgesichtig und überschwenglich in Erinnerung. Er war immer teuer gekleidet und trug einen großen Diamantring.

Villars räusperte sich und fuhr fort: »Wir wären Ihnen dankbar, wenn Sie herkommen könnten. Um die Leiche eindeutig zu identifizieren, wissen Sie, und die nötigen Maßnahmen zu treffen.«

»Natürlich«, sagte ich. »Ich bin in einer halben Stunde bei Ihnen.«

Laura kam ins Zimmer. »Wer war das?«

»Das Memorial Hospital«, sagte ich. »Mein Onkel Charley ist gestorben. Ich muß mich darum kümmern.«

Laura hatte dunkles Haar und kühle Augen. »Ist das der mit dem großen Diamantring?«

»Genau.«

Ich hatte meinen freien Tag und war noch nicht rasiert. Nachdem ich das erledigt hatte, ging ich in die Garage unseres Apartmenthauses hinunter.

Im Krankenhaus versicherte ich mich, daß es tatsächlich Onkel Charley war, und folgte dann Villars in sein Büro.

Er hatte offenbar etwas mit der Verwaltung des Krankenhauses zu tun.

»Der Tod ist um acht Uhr dreißig heute früh eingetreten. Offenbar war er gerade beim Frühstück in einem Restaurant.« Er sah die Adresse nach. »716 East Mason.«

Die Anschrift kam mir bekannt vor. Dann fiel es mir ein. »Er hatte sein Büro in dem Gebäude.«

Ich rieb mir den Nacken. »Diese Maßnahmen, die ich ergreifen soll. Ich habe so etwas noch nie gemacht.«

»Suchen Sie sich einfach irgendein Beerdigungsunternehmen. Die werden dann das meiste erledigen. Aber natürlich müssen Sie sich um die anderen, weniger dringenden Dinge kümmern. Seine Vermögensangelegenheiten und dergleichen.«

Ich suchte aufs Geratewohl einen Beerdigungsunternehmer aus dem Telefonbuch heraus. Nachdem ich die Sache in seine Hände gelegt hatte, ging ich zurück zu meinem Wagen.

Was wurde jetzt von mir erwartet? Sollte ich Onkel Charleys Freunde verständigen? Ich hatte nicht die leiseste Ahnung, wer sie waren.

Sicher mußte ich mit seinem Vermieter sprechen und dafür sorgen, daß sein Büro geschlossen wurde.

716 Mason Street war ganz in der Nähe. Also fuhr ich erst einmal dort vorbei.

Es war ein fünfstöckiges Gebäude im älteren Teil der Stadt, und im Erdgeschoß waren eine Reihe unterschiedlichster Geschäfte, unter anderem ein Drugstore, ein Restaurant, ein Schuhgeschäft und ein Discountladen.

Ich merkte, daß ich Hunger hatte, außerdem war ich neugierig. Ich betrat das Restaurant und bestellte Kaffee und ein Sandwich.

Ich war im Augenblick der einzige Gast, und es dauerte nicht lange, bis der Besitzer sich in allen Einzelheiten über die Aufregung des Morgens verbreitete.

»Er war Privatdetektiv«, sagte er. »Hat oft hier gegessen. Charley Carson hieß er.«

»Ich weiß«, sagte ich. »Er war mein Onkel.«

Er schien überrascht, als könnte man es als Zufall ansehen, daß ich hier war. »Also, was Sie nicht sagen.« Er ging zur Garderobe und kam mit einem rehfarbenen Mantel und einem Hut zurück. »Charley hat Hut und Mantel hiergelassen. Ich meine, in der ganzen Aufregung habe ich vergessen, den Sanitätern die Sachen mitzugeben.« Er zögerte. »Sind Sie wirklich sein Neffe?«

Ich zeigte ihm meinen Führerschein, und damit schien er zufrieden.

Als ich mein Sandwich aufgegessen hatte, nahm ich den Hut und den Mantel und ging. Ein paar Schritte weiter rechts war der Haupteingang des Gebäudes, und ich trat in eine kleine, schäbige Halle.

Der Wandtafel entnahm ich, daß Onkel Charleys Büro im dritten Stock lag. Dann konnte ich eigentlich auch gleich nach oben gehen und seiner Sekretärin Bescheid sagen, falls sie noch nichts von seinem Tod wußte.

Als ich die Tür zu dem Büro aufmachen wollte, stellte ich fest, daß sie abgeschlossen war. Seine Sekretärin wußte offenbar schon Bescheid und war nach Hause gegangen.

Ich legte Onkel Charleys Mantel von einem Arm auf den anderen und hörte dabei einen Schlüsselbund klappern. Ich durchsuchte die Taschen und förderte zwei Schlüsselringe zutage. Der eine gehörte offensichtlich zu seinem Auto. Wahrscheinlich war es in der Nähe geparkt. Ich mußte dafür sorgen, daß es irgendwo untergestellt wurde oder so etwas.

Am anderen hingen ein halbes Dutzend oder mehr Schlüssel, die wohl zu seinem Büro und seiner Wohnung gehörten.

Ich zögerte kurz, dann nahm ich mir den zweiten Ring mit Schlüsseln vor und fand schließlich einen, der in das Schloß paßte. Ich schloß die Tür auf.

Charleys Suite, wenn man es so nennen konnte, bestand aus einem kleinen Wartezimmer und einem ebenso kleinen Büro dahinter. Beide waren sauber, aber es roch nach altem Gemäuer.

Im Büro standen ein Schreibtisch, zwei Stühle und ein Aktenschrank mit drei Schubladen.

Unversehens war ich dabei, die Schreibtischschubladen durchzusehen, fand aber nichts Interessantes und betrachtete den Aktenschrank.

Soweit ich wußte, verdiente Onkel Charley seinen Lebensunterhalt, und das war ungefähr alles. Aber immerhin war da dieser große Diamantring, und ich erinnerte mich, daß Onkel Charley stets einen großen Wagen neuester Bauart gefahren hatte.

Ich trat an den Aktenschrank. Wie erwartet, war er abgeschlossen, aber einer der Schlüssel löste dieses Problem.

Ich blätterte in einigen Aktenordnern herum. Wie es schien, hatte Onkel Charley eine vielschichtige und interessante Klientel gehabt.

Nach einem Weilchen machte ich den Aktenschrank zu, und als ich gerade, an Onkel Charleys Schreibtisch sitzend, über sein Einkommen grübelte, klopfte Harold Winster leise an die Glastür, die das Wartezimmer vom Büro trennte.

Wahrscheinlich hätte ich ihn sofort davon in Kenntnis setzen sollen, daß ich nicht Charles Carson war, aber die Neugier, was wohl für Leute zu Onkel Charley kamen, war größer, und ich dachte, es könnte nicht schaden, ein paar Minuten zuzuhören.

Und dann hatte Harold Winster mir zu einer angenehmen neuen Idee verholfen.

»Wie lange sind Sie verheiratet?« fragte ich jetzt.

»Zwölf Jahre. Ich habe mich wirklich sehr bemüht, mich anzupassen, Mr. Carson. Aber es war unmöglich. Schon seit acht Jahren plane ich, sie zu verlassen.«

»Acht Jahre Planung?« fragte ich.

»Nun ja, nicht direkt geplant. Mich darauf vorbereitet. Wissen Sie, ich wollte erst alles ordnen. Die Hypothek abtragen, verstehen Sie. Und ich hinterlasse ein ansehnliches Bankkonto, Aktien und natürlich das Girokonto. Und dann noch das Auto. Neues Modell von diesem Jahr.«

»Und was um alles in der Welt wollen Sie mitnehmen, wenn Sie gehen?«

»Nur soviel Kleidung, wie in einen Koffer geht, und zweihundert Dollar.«

»Das ist nobel von Ihnen«, sagte ich, und wir wußten beide, daß ich es nicht meinte.

Er errötete. »Nicht nobel natürlich. Es ist nur, daß ich ein ziemlich schlechtes Gewissen wegen des Weglaufens habe.«

Ich schob Onkel Charleys Aschenbecher ein paar Zentimeter nach rechts. »Eigentlich schade, daß Sie das Haus und das Auto, die Aktien und das Spar- und Girokonto einer Frau zurücklassen müssen, die das alles offensichtlich gar nicht verdient. Sie haben Jahre gearbeitet, um sich diese Dinge zu schaffen, oder?«

Er seufzte. »Ich habe sogar noch zusätzlich einen zweiten Job angenommen.«

Ich ging vorsichtig an die Sache heran. »Haben Sie jemals daran gedacht – vielleicht nur einen winzigen Augenblick –, Ihre Frau umzubringen?«

Sein Blick flackerte. »Wie können Sie nur etwas so Radikales vorschlagen? Außerdem würde ich nie ungeschoren davonkommen.«

»Manchen gelingt es.«

»Ich wäre der erste, den man verdächtigen würde.«

»Natürlich.«

Schweigen.

»Ich würde ein absolut wasserdichtes Alibi brauchen«, sagte er.

Ich nickte.

Er beugte sich etwas vor. »Sie glauben doch nicht, daß man jemanden anheuern könnte, um so etwas wie einen Mord zu begehen?«

»Ich habe nicht die leiseste Ahnung«, sagte ich.

Er starrte mich vorwurfsvoll an und hatte offensichtlich das Gefühl, aus der Reserve gelockt worden zu sein.

Diesmal schob ich den Aschenbecher nach links. »Haben Sie schon mal daran gedacht, Morde zu tauschen?«

Er runzelte die Stirn. »Morde tauschen? Sie meinen, daß ich zum Beispiel Ihre Frau umbringe und Sie meine?«

»Man könnte darüber nachdenken.«

Er dachte darüber nach, und Schweißperlen bildeten sich auf seiner Stirn. »Ich glaube, es ist besser, wenn ich einfach nur verschwinde.«

»Natürlich«, sagte ich. Ich zog mir ein Blatt Papier heran und griff nach einem Stift. »Ihr voller Name und Ihre Adresse bitte?«

Er gab sie mir. »Ich weiß, daß es eigentlich ganz leicht ist zu verschwinden. Man steigt in einen Bus, einen Zug oder ein Flugzeug und fährt einfach in einen anderen Teil des Landes. Jahr für Jahr tun es Tausende. Nein, die eigentlichen Schwierigkeiten liegen darin, eine neue Identität anzunehmen. Schließlich habe ich nicht vor, Einsiedler zu werden. Und heutzutage scheinen alle möglichen

Papiere und Dokumente nötig zu sein, um zu beweisen, daß man existiert.«

Ich stimmte ihm zu und erklärte: »Ehrlich gesagt habe ich noch nie jemandem geholfen zu verschwinden. Ich muß mich damit befassen. Könnten Sie am Mittwoch wiederkommen? Gegen elf?«

Er nickte. »Was wird das kosten?«

»Ich bin sicher, daß wir zu einer Einigung kommen werden, die uns beide gleichermaßen zufriedenstellt.«

Sein Blick glitt suchend durchs Büro. »Sie haben nicht zufällig ein Bild von ihr?«

»Ein Bild von wem?«

»Ihrer Frau.«

»Der Rahmen war beschädigt«, sagte ich. »Ich habe es zur Reparatur gebracht. Vielleicht ist es ja bis Mittwoch fertig.«

Als er weg war, lehnte ich mich im Stuhl zurück.

Laura hatte mich hauptsächlich geheiratet, um eine Basis zu haben, von der aus sie sich etwas Besseres suchen konnte. Ich war mir dessen natürlich zu Beginn unserer Ehe nicht bewußt gewesen.

Daß es so war, ging mir allmählich auf, als ich merkte, daß Laura alles über die Männer wissen wollte, mit denen wir bei Geselligkeiten zusammenkamen, wobei ihr besonderes Interesse deren finanzieller Situation galt. Unser gesellschaftliches Leben spielte sich auf keinem allzu hohen Niveau ab – schließlich war ich nur Buchhalter bei der Baufirma Bradley –, aber hie und da kamen wir schon mit den besseren Kreisen in Berührung.

Im Lauf der Zeit wurde Laura mir gegenüber zunehmend kühler, und es kam zu nicht erklärten Abwesenheiten und direkten Lügen ihrerseits.

Kurz, die ganze Situation sah sehr nach einer faulen Sache aus. Ein anderer Mann?

Erst überlegte ich, ob ich zu Onkel Charley gehen und ihn bitten sollte nachzuforschen. Doch weitere Überlegungen brachten mich zu der Überzeugung, daß es besser sei, wenn jemand Neutraler das übernahm.

Die Agentur Wells, ›Vertrauliche Ermittlungen‹, bestätigte mir rasch, daß Laura tatsächlich ein außerhäusliches Interesse hatte, wobei es sich um einen gewissen James Wilson handelte, stellvertretender Direktor von Bradley Bau, mit dem Doppelten meines Einkommens.

Das war der Schlüssel zu Laura, dachte ich. Nicht Männer, sondern Geld. Wahrscheinlich konnte sie dem Geld treu sein.

Natürlich war ich empört, als ich von der Affäre erfuhr. Mein erster Impuls war, beide zu erschießen.

Doch als ich weiter darüber nachdachte, zögerte ich. Es wäre zwar befriedigend, Laura und diesem Wilson zu geben, was sie verdienten, aber andererseits, was hatte ich davon, wenn ich festgenommen und ins Gefängnis gesteckt wurde?

Nein, wie ein Narr mußte ich mich nicht unbedingt benehmen. Die Morde an meiner Frau und Wilson mußten gekonnt und risikolos ausgeführt werden.

Aber wie? Das war mein Problem gewesen.

Das Telefon neben mir klingelte, und ich nahm den Hörer ab.

»Charley?« fragte die Stimme.

»Tut mir leid«, sagte ich, »aber Charley ist nicht da. Wer spricht denn?«

Er war ein bißchen vorsichtig. »Wer sind Sie?«

»Charleys Neffe.«

Er beschloß, mir zu trauen – jedenfalls bis zu einem gewissen Grad »Aha. Hier ist Pinky Muller. Sagen Sie Charley, wenn er wiederkommt, daß ich angerufen habe, und er soll mal zurückrufen.«

»Tut mir leid, Mr. Muller, aber mein Onkel kommt nicht wieder. Nie mehr.«

Es folgte eine Pause. »Wie meinen Sie das?«

»Er ist heute morgen gestorben. Herzanfall.«

Er ließ die Information sacken. »Puh, das tut mir aber leid. Er war immer einer meiner besten –« Er seufzte. »Na ja, das ist der Lauf der Welt. Heute noch da, und morgen tot. Ich werde auf die Anzeigen achten und Blumen schicken.«

Als er aufgelegt hatte, schloß ich das Büro ab und fuhr zu Onkel Charleys Wohnung. Mit einem der Schlüssel von seinem Bund schloß ich die Tür auf.

Es war ein Einzimmerapartment. Ich schaute in den kleinen Kühlschrank im Küchentrakt. Onkel Charley war zum Essen ganz offensichtlich ausgegangen. Ich fand nur einen Sechserpack Bier, von dem eine Flasche fehlte.

Ich setzte mich in den einzigen Sessel und sah mich um. Nicht viel zu sehen hier.

Ich mußte an Onkel Charleys Diamantring denken. Wahrscheinlich würde ich ihn erben.

Wie würde das Verfahren sein? Gerichtliche Testamentseröffnung oder so etwas? Und wie lange würde es dauern? Würde ich den Ring verkaufen müssen, um die Erbschaftssteuern bezahlen zu können?

Ich stand auf und fing an, das Zimmer zu durchsuchen, ohne genau zu wissen, was ich eigentlich suchte.

Ich fand nichts.

Offensichtlich war Onkel Charley nicht der Typ, der

Geld unter der Matratze versteckte. *Wenn* er Geld hatte. Und ich hatte kein Sparbuch gefunden. Nur einen Kontoauszug, dem zu entnehmen war, daß sich Ende des letzten Monats auf Charleys Girokonto 273 Dollar und 86 Cents befanden.

Als ich mein Taschentuch hervorziehen wollte, berührte ich zufällig den Schlüsselring. Ich holte ihn heraus.

Der kleine da. Vielleicht der Schlüssel zu einem Bankschließfach?

Ich fuhr zur Bank, bei der Charley sein Girokonto hatte und trug mich mit seinem Namen ins Buch ein.

Unten im Keller verglich ich die Schlüsselnummer mit einem der Schließfächer und schloß es auf.

Laura probierte den neuen Chinchilla an.

»Wenn er nicht paßt, bringe ich ihn wieder zurück«, sagte ich.

»Er paßt«, sagte sie. »Woher hast du das Geld?«

»Mach dir darüber keine Gedanken«, sagte ich. »Die Finanzen laß mal meine Sache sein.«

»Von wegen!« Sie sah mich an. »Hast du Firmengelder veruntreut?«

»Nein«, sagte ich. »Ganz bestimmt nicht. Ich schwöre es.«

Ihre Augen wurden zu Schlitzen. »Hat dein Onkel Charley dir ein Päckchen hinterlassen?«

Ich legte das Seidenpapier in die lange Schachtel zurück. »Als Onkel Charley starb, hatte er keine dreihundert Dollar auf seinem Girokonto.«

»Ich hatte nicht gerade den Eindruck, daß er arm sei.«

»Er hat ja auch ganz gut verdient, aber er hat es genauso schnell wieder ausgegeben, wie es hereinkam.«

»Und sein riesiger Diamantring?«

»Glas«, sagte ich. »Oder woraus man heutzutage Imitationen herstellt.«

Sie ließ nicht locker. »Wo zum Teufel hast du dann das Geld her?«

»Laura«, sagte ich, »manchmal ist es besser, wenn man nicht zuviel weiß. Wenn du je von den Finanzbehörden gefragt wirst –« Ich machte den Karton zu. »Ich will damit sagen, daß die beste Möglichkeit, sich Ärger vom Hals zu halten, immer darin besteht, nichts zu wissen.«

Sie starrte mich an. »Gibt es Ärger?«

»Nein«, sagte ich. »Ich bin ganz sicher, daß es keinen geben wird. Trotzdem halte ich es für besser, auf Nummer Sicher zu gehen, findest du nicht?«

Nach einem Weilchen lächelte sie leicht. »Also gut, richten wir uns nach dir. Jedenfalls für den Augenblick.«

Harold Winster hielt seine Verabredung am Mittwoch ein.

Er blickte finster drein. »Sie sind gar nicht Charles Carson. Ich habe die Todesanzeige gelesen.«

»Charles Carson war mein Onkel«, sagte ich. »Ich habe sein Geschäft übernommen. Tut mir leid, daß ich vergaß, es Ihnen zu sagen. Mein Name ist Edward Carson.«

Er fand sich damit ab und sah sich wieder im Büro um. »Ich sehe ihr Bild nicht.«

»Der Rahmen ist noch nicht repariert«, sagte ich.

Harold seufzte. »Also, zu meinem Verschwinden. Erfinden wir einen neuen Namen für mich? Und fälschen wir meine Ausweispapiere?«

»Nein«, sagte ich. »Keine Fälschungen. Es ist immer besser, jemand zu sein, der wirklich existiert, für den Fall, daß es einer nachprüfen will. Wie alt sind Sie?«

»Achtunddreißig.«

»Wenn wir Ihnen sowieso eine neue Identität verpassen«, sagte ich, »wären Sie gern älter oder jünger?«

Er dachte einen Moment nach. »Nein, ich glaube achtunddreißig paßt mir eigentlich ganz gut.«

Ich ging mit ihm zu meinem Wagen, und wir fuhren zur Stadtbücherei, wo wir uns eine Zeitung aus dem Jahr 1928 heraussuchten. Ich schlug die Seite mit den Geburtsanzeigen auf. »Suchen Sie sich einen Vater aus«, sagte ich.

Er sah sich die Liste an. »Ich habe die Iren immer sehr bewundert. Patrick Aloysius O'Brien klingt doch gut. Aber wir wissen immer noch nicht, wie ich dann heißen werde. Hier steht nur: Wir gratulieren zur Geburt eines Sohnes, und dann die Namen der Eltern.«

Als der Bibliothekar das Einwohnermeldebuch für 1930 aus dem Keller brachte, schlugen wir unter Patrick Aloysius O'Brien nach und stellten fest, daß er in der West Galena Street 136 wohnte. In dem Jahr war er Vater von acht Kindern, der Zweijährige hieß Michael Byrnes O'Brien.

Harold wiederholte den Namen: »Michael Byrnes O'Brien, das gefällt mir gut. Es klingt sehr melodisch.«

Ich schaute ins neueste Einwohnermeldebuch und sah, daß Michael Byrnes O'Brien immer noch in der Stadt wohnte und inzwischen selbst Vater von drei Mädchen war. Ich schrieb mir die Adresse heraus.

Dann gingen wir zu meinem Auto zurück.

Harold wirkte während der Fahrt nachdenklich. »Ich habe über das Auto nachgedacht.«

»Auto? Welches Auto?«

»Mein Auto«, sagte Harold. »Ehrlich gesagt das Beste, was ich je hatte. Und es ist abbezahlt und alles.«

»Sie werden es zurücklassen müssen«, sagte ich. »Es ist

auf Ihren Namen zugelassen, und der steht auch im Führerschein. Dadurch könnte man Ihre Spur finden.«

Er stimmte zu, aber ziemlich traurig. »Sie haben wahrscheinlich recht.«

Ich fuhr an der Stelle vorbei, wo eigentlich West Galena Street 136 sein sollte. Jetzt erstreckte sich über dieses und die benachbarten Grundstücke ein riesiger Supermarkt. Hie und da gab es noch Einfamilienhäuser, aber es war schon deutlich, daß alles sich hier veränderte und die Gegend in eine dieser Hochhauslandschaften umgewandelt werden sollte.

Ich fuhr herum, bis ich die nächste katholische Kirche fand. »Zuerst besorgen wir Ihnen eine Geburtsurkunde. Sagen Sie dem Priester, Sie hätten das Original verloren.«

Harold war unsicher. »Woher wissen wir, daß Michael Byrnes O'Brien katholisch war?«

Ich sah ihn nur an, und er wurde rot. »Das war wohl eine törichte Frage. Aber muß ich, um eine Geburtsurkunde zu bekommen, nicht beweisen, daß ich Michael Byrnes O'Brien bin?«

»Nein«, sagte ich. »Ihr Wort genügt. Priester gehen nicht davon aus, daß man sie anlügt.«

Im Pfarrhaus sah ein junger Pfarrer im Taufregister des Jahres 1928 nach, um sich über die Taufe eines gewissen Michael Byrnes O'Brien zu vergewissern, und füllte dann einen neuen Taufschein aus.

Auf dem Weg nach draußen warf Harold fünf Dollar in die Sammelbüchse für die Armen.

Im Auto seufzte Harold erneut. »Ein Jammer, daß ich Flora das Haus lassen muß. Sie hat sich nie besonders dafür interessiert.«

»Vergessen Sie das Haus«, sagte ich. »Sie können es

nicht mitnehmen.« Ich sah ihn neugierig an. »Sie denken doch nicht daran, die Sache abzublasen, oder?«

»Gütiger Himmel, nein«, erklärte er energisch. »Ich könnte es keinen Monat länger mit dieser Frau aushalten. Die einzige Lösung ist, daß ich weggehe.«

»Natürlich«, sagte ich.

In der Innenstadt parkten wir in der Nähe des Rathauses und gingen dann nach oben zum Geburtenregister.

Wir stellten uns an einem der Schalter an, und Harold folgte meinen Anweisungen.

»Ich kann meine verdammte Geburtsurkunde nirgends finden«, beschwerte er sich. »Was muß ich tun, um ein Duplikat zu bekommen?«

»Genau das, was Sie gerade tun«, sagte der Mann hinter dem Schalter. »Wie heißen Sie?«

»Michel Byrnes O'Brien«, sagte Harold stolz. Er gab die Adresse des nichtsahnenden Michael Byrnes O'Brien an.

Harold sah zu, wie der Angestellte ein Formular ausfüllte. »Wenn drei Töchter im Haus herumgeistern, müssen ja zwangsläufig Sachen verlorengehen.«

Der Angestellte nickte abwesend. »Können Sie sich irgendwie ausweisen? Haben Sie vielleicht Briefe dabei oder so etwas?«

»Das nicht«, sagte Harold. »Aber ich habe meinen Taufschein ausgebuddelt. Genügt der?«

Der Mann warf einen Blick auf das Papier.

Harold deutete mit dem Daumen auf mich. »Eddie wird für mich bürgen, nicht wahr, Eddie? Unsere Schreibtische stehen seit fünfzehn Jahren Seite an Seite.«

Ich sah flüchtig auf meine Armbanduhr. »Und wir werden Seite an Seite gefeuert, wenn wir nicht vor eins wieder dransitzen.«

Der Angestellte konsultierte im hinteren Teil seines Kabäuschens ein Adreßbuch und schien zufrieden. Fünf Minuten später hatte Harold seine Geburtsurkunde.

Wir gingen den Gang entlang zum Büro der Führerscheinstelle.

Harold sprach einen Angestellten an. »Mein Name ist Michael Byrnes O'Brien. Vor zwei Wochen ist mir die Brieftasche gestohlen worden. Ich hatte gehofft, der Kerl würde wenigstens soviel Anstand haben, sie leer in einen Briefkasten zu werfen, aber das ist nicht passiert. Ich fürchte, ich brauche ein Duplikat meines Führerscheins.«

Für den Angestellten war die Geschichte alltäglich. Er nickte mechanisch. »Haben Sie Ihre Geburtsurkunde mitgebracht?«

Nachdem wir unsere Mission erfüllt hatten, gingen wir zu den Fahrstühlen.

»Was ist mit meiner Sozialversicherungskarte? Bekomme ich da auch ein Duplikat?« wollte Harold wissen.

»Nein«, sagte ich. »Melden Sie sich einfach dort, wo Sie sich niederlassen wollen.«

»Werden die dann nicht wissen wollen, warum ich mit dem Antrag gewartet habe, bis ich achtunddreißig war?«

»Das bezweifle ich. Aber wenn Sie gefragt werden, sagen Sie einfach, daß Sie nie eine Sozialversicherungskarte hatten, weil Sie bis jetzt von privatem Vermögen gelebt haben. Das sei inzwischen verbraucht, und nun seien Sie gezwungen zu arbeiten.«

Im Auto wurde Harold wieder nachdenklich. Schließlich sagte er: »Als ich das erste Mal bei Ihnen war, haben Sie so was erwähnt wie – äh – Morde tauschen?«

»Ach das«, sagte ich. »Das war nur so ein Gedanke. Vergessen Sie's.« Ich ließ den Motor an und fädelte mich in den fließenden Verkehr ein. »Im großen und ganzen haben Sie jetzt alles, was Sie brauchen, um unterzutauchen. Wann gedachten Sie zu verschwinden?«

Er beobachtete den Verkehr auf der Gegenfahrbahn. »Na, vielleicht in vier oder fünf Tagen. Es gibt noch ein paar Kleinigkeiten, die ich erledigen und über die ich nachdenken muß.« Er holte tief Luft. »Ehrlich gesagt, es würde mir überhaupt nichts ausmachen, wenn meine Frau sterben würde. Überhaupt nichts.« Er stieß die Luft aus. »Ich komme noch einmal zu Ihnen, bevor ich gehe. Um Ihnen Ihr Honorar zu bringen, wissen Sie.«

»Lassen Sie uns eine Zeit vereinbaren«, sagte ich. »Ich bin nicht immer in meinem Büro.«

Wir stiegen in das große neue Auto, und ich fuhr los.

Nach einer Weile schloß Laura die Augen. Sie badete offensichtlich förmlich in dem Luxus dieser Ausfahrt.

»Wie gefällt dir die Kette?« fragte ich.

»Sie ist wunderschön.«

»Siebzehntausend wollten die dafür haben«, sagte ich.

Sie lächelte.

»Ich war nicht ganz sicher, ob du vielleicht lieber Perlen gehabt hättest.«

Sie öffnete die Augen und musterte mich. »Ich ziehe Diamanten vor.«

Auf dem Lake Shore Drive hielt ich an.

»Ist was?« fragte sie.

»Nein.« Ich deutete auf das große normannische Haus hinter dem zwei Meter hohen Eisenzaun. »Wie gefällt dir das?«

Sie starrte ein paar Sekunden lang hin, dann wandte sie sich mir zu.

Ich lächelte und startete den Wagen wieder. Ich schwenkte in die kreisförmige Auffahrt und hielt vor dem Haupteingang.

»Wem gehört es?« fragte sie vorsichtig.

Ich holte den Schlüssel aus meiner Tasche und ließ ihn vor ihrer Nase tanzen.

»Rate mal«, sagte ich.

Nachdem ich Laura in unsere alte Wohnung zurückgebracht hatte, damit sie sich ums Packen kümmerte, ging ich zur Telefonzelle hinunter und rief noch einmal bei der Agentur Wells an.

Zwei Tage später saß ich bei Eugene Wells im Büro.

Er stellte den Kassettenrekorder auf seinen Schreibtisch und stöpselte ihn ein. »Sie haben sich wie gewöhnlich im ›Antlers Hotel‹ getroffen.«

Wir setzten uns und hörten uns das Band an.

Als es durchgelaufen war, sagte Wells: »Bei der Wahl ihrer Worte, mit denen sie die Affäre beendet hat, war sie nicht gerade zimperlich, was?«

Ich stimmte ihm zu. »Und Sie glauben nicht, daß die beiden je wieder zusammenkommen?«

»Unmöglich«, meinte Wells. »Nicht nach dem, was sie ihm alles an den Kopf geworfen hat. Und umgekehrt.«

Ich rief mir Teile der Unterhaltung ins Gedächtnis. »Die Perlen hat sie ihm offenbar zurückgegeben, oder?«

Wells nickte. »Etwas voreilig, würde ich sagen. Selbst wenn es Zuchtperlen waren, wissen wir doch, daß Wilson fast fünfhundert Dollar dafür ausgegeben hat.« Er warf einen Blick auf den Bericht, der vor ihm lag. »Als sie weg war, ist Wilson noch zwanzig Minuten geblieben. Offenbar ist die Perlenkette gerissen, als sie ihm das Ding ins Gesicht geworfen hat. So lange hat er gebraucht, bis er sie alle wiedergefunden hatte.«

Harold Winster setzte sich und seufzte. »Ich kann es einfach nicht tun.«

»Was tun?«

»Eine fremde Frau umbringen.«

»Nein?«

»Nein«, sagte er. »Nach unserem letzten Treffen habe ich mir Ihre Adresse herausgesucht und bin hingefahren, um mir Ihre Frau vorher mal anzusehen. Ich habe an Ihrer Wohnungstür geklingelt und vorgegeben, Lexika verkaufen zu wollen.«

»Und?«

»Sie wollte kein Lexikon kaufen. Ich meine, als ich sie dann so direkt vor mir hatte, wußte ich, daß ich keinen Menschen umbringen kann. Meine Frau eingeschlossen, nehme ich an.«

»Aber Sie wollen sie immer noch verlassen?«

»Ja. Mord ist nicht die einzige Lösung.«

»Harold«, sagte ich. »Sie sind trotzdem ein Trottel.«

Als er gegangen war, schloß ich das Büro ab.

Ich starrte auf Onkel Charleys Namen an der Milchglastür.

Nein, Onkel Charley hatte mir nichts hinterlassen. In seinem Banksafe waren nur ein paar persönliche Papiere gewesen, und der Diamantring war tatsächlich eine Imitation. Wenn Onkel Charley Geld verdient hatte, war es schnell wieder weggegangen, das meiste an Pinkie Muller, seinen Buchmacher.

Ich ging nach unten zu meinem Auto und fuhr los.

Harold hatte es gesagt: »Mord ist nicht die einzige Lösung.« Und er hatte recht. Durch unseren Gedankenaustausch hatte ich von ihm gelernt. Es gibt eine Rache, die süßer schmeckt, ungefährlicher ist und länger währt.

Ich hatte meine Aktien verkaufen müssen, um all die Anzahlungen zu leisten, und das war ein Verlust, aber es tat mir nicht leid.

Bald würden sie kommen und die Diamanten zurückholen, und den Pelzmantel, und das Auto, und die Kleider. Bald würde sie merken, daß ich das Haus nicht gekauft hatte. Ich hatte es gemietet.

Alle diese Dinge hatten ihr gehört – für kurze Zeit –, und dann waren sie ihr weggenommen worden.

Ich lächelte.

Ja, Laura würde an mich denken. Ewig.

Ich parkte meinen Wagen und stieg aus.

Der ältere Priester, der am Schreibtisch saß, rauchte eine Briar-Pfeife.

Ich sah rasch noch einmal auf den Zettel, den ich in der Hand versteckt hielt.

»Mein Name ist Sean Egan O'Herlihy«, sagte ich. »Es tut mir leid, aber ich habe meinen Taufschein verloren und hätte gern ein Duplikat.«

Phantombild

Sergeant Walters stand vor seinem Kurs in der Polizeischule. »Bewußt haben wir ihn noch nie gesehen, dennoch meinen wir zu wissen, was der Bombenleger für ein Mensch ist und wie er aussieht.« Er lächelte. »Wir müssen ihn nur noch finden.«

Er trat an die Tafel und schrieb mit Kreide Zahlen an. »Vier Bomben sind explodiert. Drei Menschen sind dabei ums Leben gekommen. Sechs wurden schwer verletzt und dreiundzwanzig leicht.«

Er wandte sich wieder den vor ihm sitzenden Männern zu. »Sie haben oft gehört, daß man ein Buch nicht nach seinem Umschlag beurteilen kann, und doch stellen wir fest, daß Verbrechen bestimmter Metiers mental, emotional und sogar physisch oft erstaunliche Ähnlichkeit miteinander haben.«

Sergeant Walters warf einen Blick auf die Uhr an der Wand. Es war drei Minuten nach acht. »Wir wissen zum Beispiel, daß Scheckbetrüger meist den starken Wunsch haben, gefaßt und ins Gefängnis *zurückgebracht* zu werden. Sie empfinden eine bestimmte Art von homogener Gesellschaft angenehmer als die Welt im Ganzen.«

Der Sergeant war ein dünner Mann in makellos geschneiderter und gebügelter Uniform. »Und wir wissen bestimmte Dinge über Bombenleger.« Er drehte sich wieder zur Tafel und schrieb: »In unserem Stadtgebiet leben etwa vier Millionen Menschen.«

Er strich die Zahl aus und schrieb darunter: »Zwei Millionen.«

Dann lächelte er. »Zwei Millionen können wir gleich ausschließen. Der Bombenleger ist ein Mann.«

Ich sah mir die Kontakte an. Sie waren sauber und nicht korrodiert, und die Schaltuhr funktionierte einwandfrei.

Ich nickte. Ja, das Versagen war nicht mechanisch verursacht. Die Taschenlampenbatterien waren schuld. Sie waren einfach zu schwach, um den nötigen Strom für die Explosion zu liefern.

Normalerweise steht das Verfallsdatum auf dem Karton, aber ich hatte diesmal nicht so hochwertige Batterien gekauft, und wahrscheinlich hatten sie schon einige Zeit im Verkaufsregal gelegen.

Die durchdringende Stimme meiner Schwester Paula tönte über die Treppe ins Untergeschoß. »Harold, das Frühstück steht auf dem Tisch.«

Ich deckte eine Schutzhülle über die Bombe, knipste das Licht über meiner Werkbank aus und ging nach oben.

»Wasch dir die Hände«, sagte meine Mutter. »Sie sind ganz dreckig.«

Ich ging ins Bad, dann setzte ich mich an den Tisch. »Ich habe heute morgen kaum Hunger, Mutter.«

»Du ißt dein Frühstück auf«, befahl sie. »Ein gutes Frühstück ist der beste Start in den Tag. Trink deinen Orangensaft...«

»Wir können noch einmal etwa anderthalb Millionen Menschen ausschließen«, sagte Sergeant Walters. »Der Bombenleger ist ein Erwachsener zwischen fünfundvierzig und fünfundsechzig.«

Ein Schüler in der vordersten Reihe hob die Hand. »Was ist mit dem Johnson-Jungen? Er war erst neunzehn.«

»Sehr richtig, O'Brien«, räumte der Sergeant ein. »Aber er hatte es nur auf Polizeireviere abgesehen. Seit seinem zwölften Lebensjahr war er ständig in Schwierigkeiten und glaubte, daß die gesamte Polizei ihn haßte und verfolgte, also schlug er zurück. Aber nur die Jugend ist so schonungslos und direkt.«

Walters legte die Kreide in das Körbchen unter der Tafel und wischte sich die Finger an einem weißen Taschentuch ab. »In diesem Fall haben wir es aber mit einem Bombenleger zu tun, der wahllos zuschlägt. Er hinterläßt seine Päckchen in der U-Bahn, in Bussen, überall da, wo Menschen zusammenkommen.«

O'Brien war rothaarig und hatte einen leichten Silberblick. »Aber warum muß er ausgerechnet zwischen fünfundvierzig und fünfundsechzig sein?«

»Alle Erfahrungen mit dieser Art von Verbrechen machen den Schluß zwingend.« Walters zuckte die Achseln. »Wir wissen nicht genau, warum das Alter auf diesen Zeitraum beschränkt ist, aber wir vermuten, vor fünfundvierzig sind sie noch optimistisch, daß ihre Probleme sich lösen werden, und mit über fünfundsechzig ist es ihnen schlicht egal.«

Meine Schwester liest beim Frühstück immer die Zeitung. »Nichts weiter über die Bombenanschläge auf der ersten Seite«, sagte sie.

Ich stellte mein leeres Glas Orangensaft ab. »Warum auch? Seit acht Tagen hat es keinen mehr gegeben.«

»Harold«, sagte meine Mutter. »Was wünschst du dir zum Geburtstag?«

»Mutter, ich werde sechsundvierzig. Ich finde, es ist wirklich an der Zeit, daß wir um meinen Geburtstag kein Aufhebens mehr machen.«

»Und ich finde, man soll die Leute fragen, was sie sich zum Geburtstag wünschen«, sagte meine Mutter. »So bekommen sie, was sie wollen. Ich glaube, du könntest ein paar weiße Hemden gebrauchen.«

Paula blätterte weiter die Zeitung durch. »Hier ist etwas. Aber es ist nur eine Wiederholung.«

»Nimm nicht so viel Zucker, Harold«, sagte meine Mutter.

Paula hätte sich als Suffragette sauwohl gefühlt. »Warum glauben alle, daß es ein Mann sein muß?«

Ich nippte an meinem Kaffee. »Weil die Leute denken, Frauen seien von Natur aus sanfter und feinsinniger.«

Paula funkelte mich an. »Soll das vielleicht sarkastisch sein?«

»Kinder«, sagte meine Mutter. »Ich möchte keine Zankerei am Frühstückstisch. Paula, leg die Zeitung weg.«

O'Brien hob erneut die Hand. »Warum könnte es nicht eine Frau sein?«

Der Sergeant lächelte. »Frauen gefährden vielleicht die Gesellschaft, indem sie Typhus übertragen, aber Bomben tragen sie nicht mit sich herum.«

Sergeant Walters wischte Kalkstaub von seinem Ärmel. »Wir können weiterhin davon ausgehen, daß der Bombenleger Junggeselle ist. Wahrscheinlich wohnt er mit seiner Mutter zusammen, oder mit älteren Schwestern oder Tanten. Er ist ein Mann, der niemandem besonders auffällt, und wenn er auffällt, dann nur, weil er so höflich ist, so rücksichtsvoll gegenüber anderen. Er ist immer zu kleinen

Gefälligkeiten bereit. Wahrscheinlich raucht er nicht, und er trinkt so gut wie nie.«

O'Brien grinste. »Ich hätte gedacht, er würde sich einen Schluck genehmigen, damit er den Mut aufbringt, die Bomben zu legen.«

Der Sergeant schüttelte den Kopf. »Nein. Diesem Typ wird entweder schlecht oder er schläft ein, wenn er Alkohol trinkt. Er ist ein rundlicher Mann, ein verwöhnter Mann.«

»Warum sollte er unschuldige Menschen umbringen wollen?«

»Er denkt gar nicht an sie. Sein Vorgehen ist nicht gegen die Menschen gerichtet. Er glaubt, daß er in gewisser Weise den Betrieb trifft, der ihn gefeuert hat, oder die Bank, von der er sich betrogen fühlt, oder die Firma, die ihm die Beförderung versagt hat, die er verdient zu haben glaubte.«

»Heute abend gehen wir zu Onkel Martin rüber«, sagte meine Mutter. »Wir waren eine ganze Woche nicht bei ihm, und wir müssen daran denken, ihn regelmäßig zu besuchen.«

»Onkel Martin ist alt und langweilig«, sagte Paula.

Meine Mutter goß Kaffee ein. »Ich weiß, Paula, aber wir sollten nicht vergessen, daß er außer uns und seinen türkischen Bädern keine Interessen hat.«

»Ich muß vielleicht heute abend länger arbeiten, Mutter«, sagte ich. »Ich muß die Evans-Konten abschließen, und ich weiß nicht, ob ich das vor fünf schaffe.«

Paula lächelte verkniffen. »Wie ich gehört habe, ist Corrigan letzte Woche befördert worden. Dich haben sie wohl wieder übergangen, nehme ich an.«

»Das haben sie wohl«, antwortete ich trocken.

»Firmenpolitik«, sagte meine Mutter.

»Du bist fast sechsundvierzig«, sagte Paula. »Meinst du, daß du es noch je zu was bringst?«

»Wir haben unsere Hoffnungen.«

»Weißt du was?« sagte Paula. »Du hast einfach kein Rückgrat gehabt. Darum bist du nicht weitergekommen.«

»Du läßt die Leute auf dir rumtrampeln«, stimmte meine Mutter ihr zu. »Du läßt sie deine Gutmütigkeit ausnutzen. Corrigan hat die Stelle bekommen, die eigentlich dir zusteht.«

»Das ist mir inzwischen nicht mehr wichtig«, sagte ich. »Außerdem ist Corrigan gut.« Aber das glaubte ich nicht. Wenn je ein Mann buchhalterische Fähigkeiten vermissen ließ, dann er. Seine Beförderung war reine Politik. Ich fragte mich, ob das bei anderen Unternehmen auch so war.

»Iß deine Eier mit Schinken ganz auf, Harold«, sagte meine Mutter.

Paula lachte böse. »Er ist schon ein Fettkloß.«

»Ich bin kein Fettkloß«, sagte ich.

»Haben wir – hat die Abteilung irgend etwas Konkretes?« fragte O'Brien. »Ich meine Hinweise oder so etwas. Etwas anderes als Mutmaßungen.«

Sergeant Walters war leicht irritiert. »Außer Mutmaßungen haben wir nichts.«

»Keine Fingerabdrücke?«

Walters lachte. »Wenn wir Fingerabdrücke hätten, glauben Sie, dann wäre der Bombenleger noch auf freiem Fuß?«

»Ich meinte nur, daß es vielleicht Fingerabdrücke gab und sie nur nirgends registriert sind. Nicht mal in Washington.«

»Nein. Es gab keine Fingerabdrücke. Wir haben jedes Bombenteilchen genau untersucht. Und aus den Resten des Packpapiers und der Schnur war nichts zu entnehmen.«

O'Brien war hartnäckig. »Ist man bei den Tyson-Anschlägen damals nicht durch Fingerabdrücke auf die Lösung gekommen?«

Walters nickte. »Ja. Aber in dem Fall konnten wir eine ganze Bombe sicherstellen – eine, die nicht explodiert war. Wir fanden einen Daumen- und einen Zeigefingerabdruck auf einer der Taschenlampenbatterien.«

Der Sergeant dachte kurz über den Fall nach. »Es waren nicht Tysons Abdrücke. Aber sie stammten von dem Verkäufer in dem Haushaltswarengeschäft, in dem Tyson die Batterien gekauft hatte. Wir fanden den Mann, und dann haben wir einfach gewartet und jeden Kunden überprüft, der Taschenlampenbatterien kaufte.«

Walters grinste. »Tyson war zweiundfünfzig, plump, sanftmütig und wohnte mit zwei unverheirateten Tanten zusammen. In seinem Keller fanden wir eine Rolle Einwickelpapier, wie Fleischer es benutzen, und mit dem zuletzt abgerissenen Stück war die Bombe eingewickelt, die ihn auf den Stuhl gebracht hat. Die Ränder paßten genau ineinander.«

Sergeant Walters seufzte. »Wenn wir nur eine von den Basteleien dieses Bombenlegers in die Finger kriegen könnten, bevor sie explodiert.«

Es gibt bestimmte Körpertypen, die ganz einfach ein paar Pfund mehr brauchen. Ich bin sicher, daß ich dazu gehöre.

»Wie kommst du eigentlich darauf, daß du so ein erfreulicher Anblick bist?« fragte ich Paula. »Du bist groß und dürr und zweiundvierzig, und ich komme für deinen Lebensunterhalt auf.«

Zwei rote Flecken erschienen auf Paulas Wangen. »Ich bin *nicht* dürr. Ich achte nur auf mein Gewicht.«

»Mir ist bloß nicht ganz klar, warum«, sagte ich freundlich. »Offenbar sieht dich doch sowieso kein Mann an.«

»Fettkloß«, zischte sie.

»Du müßtest dir schon einen Ehemann kaufen«, sagte ich mit dem Anflug eines Lächelns. »Hast du das eines Tages vor?«

»Kinder, Kinder«, schimpfte meine Mutter. »Müßt ihr immer streiten?« Sie klopfte mit einem Löffel auf den Tisch. »Harold, trink deinen Kaffee aus. Du mußt gleich gehen.«

Ich sah auf meine Uhr. Es war Viertel nach acht. »Haben wir eine Taschenlampe im Haus?«

»Ich glaube schon«, sagte meine Mutter. »Sie müßte im Spind sein.«

Ich fand die Taschenlampe, nahm die beiden Batterien heraus und ging in den Keller.

Die Bombe war so eingestellt gewesen, daß sie gestern um halb fünf hätte explodieren sollen, aber als ich weder im Radio noch im Fernsehen etwas davon hörte, war ich zu dem Schluß gekommen, daß sie nicht funktioniert hatte.

Ich mußte zum Busbahnhof an der Zwölften Straße gehen, um sie zurückzuholen. Die Polizei hat ausgeklügelte Labortechniken, und ich wollte auf keinen Fall, daß sie eine ganze Bombe fanden. Man konnte nicht wissen, was sie womöglich alles daraus schlossen.

Ich ersetzte die Batterien und probierte den Mechanismus aus. Ja, diesmal funktionierte er einwandfrei. Ich wischte alle Teile der Bombe mit meinem Taschentuch ab und zog dann Handschuhe an, um sie wieder zusammenzusetzen. Ich stellte die Zeituhr auf ein Uhr dreißig nachmittags und legte die Bombe in einen Schuhkarton. Dann riß ich von der Rolle Fleischerpackpapier ein Stück ab, wickelte den Schuhkarton mit der Bombe sorgfältig hinein und verschnürte ihn.

Wahrscheinlich würde ich meine nächste Bombe wasserfest machen müssen.

Das Päckchen war eigentlich ganz sicher zu handhaben, dennoch trug ich es vorsichtig nach oben und stellte es auf den Frühstückstisch. »Bring das hier zum Busbahnhof in der Achtundsechzigsten Straße. Die Zeitschaltuhr steht auf halb zwei.«

Paula schnitt eine Grimasse. »Könntest du dir nicht eine bessere Gegend aussuchen? Das ist ja praktisch Skid Row. Eine Frau ist da auf der Straße nicht sicher.«

»Darüber brauchst du dir nun wirklich keine Sorgen zu machen«, erwiderte ich bissig.

Meine Mutter seufzte. »Wie lange noch, bis wir Onkel Martin in die Luft jagen?«

»Das mache ich nächste Woche«, sagte ich. »Aber danach müssen wir trotzdem noch ein paar Bomben legen. Wir wollen ja schließlich nicht, daß die Polizei ein logisches Motiv hinter den Anschlägen vermutet. Schließlich werden wir fast eine Million Dollar erben.«

»Ich wünschte, du würdest *mich* Onkel Martin in die Luft jagen lassen«, sagte Paula versonnen.

Meiner Meinung nach steckte da irgendwas Freudsches dahinter.

»Nein«, sagte ich unnachgiebig. »Wir alle wissen, daß der einzige Ort, wo Onkel Martin je hingeht, das Türkische Bad ist. *Ich* werde die Bombe legen.«

»Was glauben Sie, wie viele Männer ins Bild passen?« wollte O'Brien wissen.

»Das ist schwer zu sagen. Es wäre gut, wenn wir von allen Infragekommenden Lochkarten hätten, mit denen wir nur unsere IBM-Maschine füttern müßten. Aber meiner Schätzung nach etwa dreißigtausend.«

»Das sind immer noch ziemlich viele, und die Leute sind überall verstreut.«

Walters gestand das ein.

Ich schaffte die Evans-Konten doch noch bis fünf.

Als ich Viertel nach sechs nach Hause kam, hatte Sergeant Walters gerade seinen Wagen in die Garage gestellt. Ich weiß nicht viel über ihn, außer daß er offenbar irgendeinen Schreibtischjob bei der Polizei hat.

Er nickte mir zu und ging zum Haus.

Wir teilen die Garage und wohnen seit zehn Jahren im gleichen Doppelhaus, und trotzdem glaube ich kaum, daß er mich auf der Straße erkennen würde.

Das ist einer der tragischen Aspekte meines Lebens.

Keiner nimmt offenbar Notiz von mir.

Gefesseltes Publikum

Adam Carlson lauschte dem entfernten Heulen eines Hundes, und fünfzehn Sekunden später hörte er das Brummen eines Flugzeuges. Der Motorenlärm wurde rasch lauter, bis die Maschine direkt über das Haus hinwegflog.

Im grellen Schein der nackten Glühbirne an der Decke sah er auf die Uhr: Zwei Uhr zweiunddreißig morgens.

Adam setzte sich auf der Pritsche hoch und blickte sich erneut im Zimmer um. Drei mal vier Meter. Kein Fenster. Solide Betonbauweise, bis auf die schwere Eichentür. Beinah schalldicht, aber nicht völlig. Der Hund mußte ganz in der Nähe sein.

Wie lange war er schon hier? Ihm kam es wie Tage vor, aber in Wirklichkeit waren es erst etwa acht Stunden. Es hatte gestern abend angefangen. Wo würde es enden?

Adam hatte gerade seinen Wagen in die Garage gefahren und war auf dem langen Weg zu seinem Haus, als sie aus dem Dunkel traten. Zwei waren es gewesen, beide maskiert, und sie hatten Pistolen gehabt.

Er war natürlich erschrocken, aber Angst hatte er eigentlich nicht gehabt. Er hatte die Hände über den Kopf gehoben. »Nehmen Sie das Geld, aber lassen Sie mir die Brieftasche.« Er hatte daran gedacht, wie lästig es wäre, sich Duplikate seines Führerscheins und der verschiedenen anderen Karten und Papiere zu beschaffen, wenn sie die Brieftasche nahmen.

Aber sie hatten es nicht auf seine Brieftasche oder sein Geld abgesehen. Der große, breite Mann hatte Adam lediglich mit seiner Pistole bedeutet, er solle vor ihnen hergehen.

Sie waren die Auffahrt wieder zurückgegangen, an den Torpfosten vorbei und zu der dunklen Limousine, die an der Schotterstraße abgestellt war.

Sie hatten Adam die Augen verbunden, ihn gefesselt, und er hatte sich auf den Boden vor dem Rücksitz des Wagens legen müssen. Zu Anfang hatte er noch versucht, sich zu merken, wo sie hinfuhren. Aber sie waren so oft abgebogen, daß er durcheinandergeriet und es schließlich aufgegeben hatte.

Nach einer Stunde hielt der Wagen, und die Stricke von seinen Knöcheln wurden abgenommen. Die Augen blieben verbunden, und er wurde einen Weg entlanggeführt. Dann hörte er eine Tür aufgehen und wurde eine Treppe hinunter in dieses Zimmer gebracht.

Nachdem sie ihm die Fesseln von den Händen und die Binde von den Augen abgenommen hatten, blinzelte Adam in die überraschende Helligkeit. Während seine Augen sich langsam anpaßten, hatte er das kahle Zimmer mit der Pritsche, dem Stuhl und dem Tisch gesehen, auf dem Papier und Stift lagen.

Zum ersten Mal hatte der große Mann gesprochen. »Setzen Sie sich«, befahl er. »Sie schreiben jetzt eine Nachricht an Ihre Frau. Wir verlangen zweihunderttausend Dollar.«

Adam hatte die maskierte Gestalt angestarrt. »Zweihunderttausend Dollar?«

Vielleicht war ein Lächeln über das Gesicht hinter der Maske gehuscht. »So ist es, Mister. Vielleicht haben Sie inzwischen kapiert, warum wir Sie mitgenommen haben.«

Adam fuhr sich mit der Zunge über die Lippen. »Meine Frau ist letzte Woche mit ihrer Mutter nach Europa gefahren.«

Die beiden Maskierten hatten sich angesehen. Ob sie unsicher waren? Der große Mann hatte seine Pistole gehoben. »Wir wollen die zweihunderttausend. Wie Sie das Geld beschaffen, oder wer es für Sie macht, interessiert uns nicht, wir wollen das Geld.«

Adam hatte sich an den Tisch gesetzt. »Harold Bannister. Er ist mein Anwalt und langjähriger Berater.«

Die Pistole wurde wieder geschwenkt. »Nehmen Sie den Stift. Ich sage Ihnen, was Sie schreiben sollen.«

Und Adam hatte geschrieben:

Lieber Harold,
ich möchte Dich bitten, zweihunderttausend Dollar zu beschaffen, höchstens in Hunderternoten.
Was damit geschehen soll, erfährst Du später telefonisch.
Benachrichtige nicht die Polizei, sonst siehst Du mich nicht lebend wieder.

Adam Carlson

Der Große hatte die Zeilen gelesen und dann genickt. Er und sein Partner waren hinausgegangen, und Adam hatte gehört, wie die schwere Tür abgeschlossen wurde.

Adam legte sich wieder auf die Pritsche. Er schloß die Augen vor dem gleißenden Licht der nackten Glühbirne über ihm.

Würden sie ihn umbringen, wenn sie das Geld hatten? Aber wenn sie das vorhatten, warum sollten sie sich dann die Mühe machen, Masken zu tragen? Adam klammerte sich daran. Solange sie die Masken trugen – solange sie sicherstellen wollten, daß er sie später nicht identifizieren konnte –, war sein Leben sicher.

Adam fuhr aus dem Schlaf, als er den Schlüssel im Schloß hörte. Er sah auf seine Uhr. Acht Uhr fünfundzwanzig. Er war tatsächlich eingeschlafen. Er fühlte sein Herz pochen, während er die Tür beobachtete.

Der große Mann kam allein herein. Er trug ein Tablett, und er war immer noch maskiert. »Ihr Frühstück«, sagte er.

Er wartete, bis Adam zu erkennen gab, daß er genug gegessen hatte, dann zog er die Augenbinde aus der Tasche. »Sie werden in Ihrem Büro anrufen. Sagen Sie Ihrer Sekretärin, daß Sie mindestens eine Woche wegbleiben werden. Sagen Sie ihr, daß Sie einen kleinen Urlaub machen.«

Er wurde zu einer Stelle gleich vor der Tür geführt.

»Ihre Telefonnummer?« sagte der Große.

Adam gab sie ihm und hörte, wie gewählt wurde. Der Hörer wurde ihm in die Hand gedrückt. Seine Sekretärin, Madge, nahm das Gepräch entgegen. »Madge«, sagte Adam, »ich mache ein paar Tage Urlaub. In etwa einer Woche bin ich wieder da.«

»Ja, Sir«, sagte sie. »Wo kann ich Sie erreichen, wenn nötig?«

»Es wird nicht nötig sein«, sagte Adam. »Verschieben Sie einfach alles. Streichen Sie meine Termine.«

Der große Mann nahm ihm den Hörer ab. »Vielleicht möchten Sie noch jemanden anrufen. Denken Sie daran, daß wir es mit Rücksicht auf Ihre Gesundheit nicht gern hätten, wenn jemand anfängt, sich Ihretwegen Sorgen zu machen und die Polizei verständigt.«

Adam dachte kurz nach. »Meine Haushälterin.« Er gab

dem Mann seine Telefonnummer, und gleich darauf wurde ihm der Hörer wieder in die Hand gedrückt.

»Mrs. Regan?«

»Ja«, sagte sie. »Sind Sie das, Mr. Carlson?«

»Ja.«

»Wo sind Sie? Als Sie heute morgen nicht zum Frühstück herunterkamen, habe ich mir Sorgen gemacht. Ich habe James losgeschickt, um nach Ihnen zu sehen, aber er konnte Sie nicht finden. Er meinte, Sie seien wohl spät nach Hause gekommen, weil alle Wagen in der Garage sind.«

»Das stimmt«, sagte Adam. »Aber ich bin heute morgen schon früh wieder weggegangen. Ein Freund hat mich unten am Tor abgeholt.« Er holte tief Luft. »Mrs. Regan, ich bleibe etwa eine Woche fort. Nur ein kurzer Urlaub.«

»Gut«, sagte sie. »Aber gestern in der Nachmittagspost war ein Brief von Ihrer Frau. Ich hatte ihn auf das kleine Tischchen in der Diele gelegt; wahrscheinlich haben Sie ihn übersehen.«

»Ja«, sagte Adam, »wahrscheinlich.«

»Sie wollen ihn sicher holen, bevor Sie losfahren, oder?«

»Nein. Heben Sie ihn auf, bis ich wieder da bin.«

Es folgte eine kleine Pause. »Ich könnte ihn nachschicken, wenn Sie mir Ihre Adresse geben.«

»Nein«, sagte Adam. »Ich weiß noch nicht genau, wo ich hinfahre. Die meiste Zeit werde ich wohl unterwegs sein.«

Der große Mann führte ihn in das Zimmer zurück und nahm ihm die Augenbinde ab. Am Abend brachte sein Partner Adam etwas zu essen.

Wahrscheinlich wechseln sie sich bei meiner Bewachung ab, dachte Adam, tagsüber der Große, und nachts der Kleine.

Adam fragte: »Haben Sie schon etwas von Bannister gehört?«

Der kleine Mann schüttelte den Kopf. Er wartete, daß Adam aß, ungeduldig, wie es schien. Er hatte die Angewohnheit, an den Knöcheln seiner rechten Hand zu zupfen.

Am Morgen brachte der große Mann Adam wieder Frühstück.

Adam trank zuerst etwas Kaffee. »Haben Sie... haben Sie das Geld schon?«

Der große Mann schüttelte den Kopf. »Nein, wir geben Bannister Zeit bis Donnerstag.«

Die Stunden, die Tage und die Nächte vergingen langsam. Und dann, am Donnerstag nachmittag, als der große Mann ins Zimmer trat, war seine Stimme barsch. »Bannister spielt auf Zeit.« Er holte die Augenbinde aus der Tasche. »Ich lasse Sie jetzt mit ihm reden, und Sie tun das besser überzeugend. Sagen Sie ihm, daß er das Geld bis morgen mittag, zwölf Uhr, bereithalten soll, oder er kann die ganze Sache vergessen. Verstehen Sie, was ich meine?«

Adam wischte seine feuchten Hände ab. »Ja. Ich verstehe.«

Am Telefon wartete Adam, bis er Bannister am Apparat hatte, dann sagte er: »Harold, warum hast du das Geld nicht?«

»Adam?« sagte Bannister. »Bist du es?«

»Ja.«

»Geht's dir gut?«

»Ja«, sagte Adam. »Mir geht's gut. Aber sie sagen, daß du auf Zeit spielst.«

Bannister zögerte. »Nein, Adam. Aber soviel Bargeld zusammenzukriegen, das dauert einfach. Außerdem habe ich gedacht, deine Altiline-Chemieaktien stehen momentan bei 28 1/2, und wenn wir vielleicht noch bis Montag warten, könnten sie gestiegen sein.«

»Verkauf sie«, kläffte Adam. »Gleich.«

Bannister seufzte. »Also gut, Adam. Und was deine Beteiligung bei den Strandapartments angeht, das beste Angebot, das ich derzeit bekommen kann, ist fünfundsiebzigtausend von Rogers.«

»Verkauf es ihm.« Adam umklammerte den Hörer. »Harold, du mußt das Geld morgen mittag um zwölf haben. Wenn du es dann nicht hast, ist es zu spät.«

Am anderen Ende der Leitung herrschte ein kurzes Schweigen. »Ich verstehe, Adam. Ich werde es irgendwie zusammenbringen. Du kannst dich auf mich verlassen.«

Am nächsten Tag um ein Uhr, als der große Mann ihm das Mittagessen brachte, stand Adam von der Pritsche auf. »Hat Bannister das Geld?«

Der Große brummte: »Wir haben angerufen, und er sagt, er hat es. Aber wir werden es genau wissen, wenn wir es heute abend kriegen.« Er stellte das Tablett auf den Tisch. »Beten Sie mal lieber, daß nichts schiefgeht.«

Es war nach zehn am Abend, als Adam den Schlüssel im Schloß hörte. Er merkte, wie sein Herz klopfte. Beide Männer kamen herein, und sie waren immer noch maskiert.

Zehn Minuten später lag Adam erneut gefesselt und mit verbundenen Augen auf der Rückbank eines Autos. Es kam ihm vor, als würden sie endlos lange fahren, aber schließlich hielt der Wagen, und er wurde herausgezerrt und auf den Grünstreifen neben der Straße geworfen.

Adam wartete, wie erstarrt vor Grauen, was nun passieren würde. Dann hörte er das Auto wegfahren.

Er blieb ein paar Augenblicke liegen und atmete vor Erleichterung tief durch; dann fing er an, seine Fesseln zu lösen. Als er sich befreit hatte, stand er auf. Es war eine helle Vollmondnacht, und ein Stück weiter die Landstraße entlang erkannte er die Umrisse eines Bauernhauses und einer Scheune. Langsam trottete er in die Richtung los, um Hilfe zu erbitten.

Es war nach zwei Uhr morgens, als die Polizei mit ihrer Befragung fertig war. Als Adam gehen durfte, wartete Harold Bannister auf ihn.

Bannister sah müde aus. »Die Polizei hat mir Vorwürfe gemacht, Adam. Sie behaupten, ich hätte ihnen deine Entführung melden müssen, als ich deine Nachricht bekam.«

Vor dem Revier stiegen sie in Bannisters Auto. Adam rieb sich die Augen. Er war erschöpft, aber noch zu überdreht, um schlafen zu können. »Ich könnte einen Drink vertragen.«

Bannister drehte den Zündschlüssel. »Um die Zeit ist wahrscheinlich nirgends mehr etwas offen, aber du könntest einen meiner Martinis probieren.«

Zwanzig Minuten später, in Bannisters Wohnzimmer, ließ Adam sich in einen Sessel fallen und versuchte, sich zu entspannen. Bannister ging an seinen Barschrank. »Der eine, der mich angerufen hat, sprach mit einem Mittelwestakzent. Eindeutig Mittelwesten. Und der andere?«

»Ich weiß es nicht«, sagte Adam. »Ich habe ihn nie ein Wort reden hören.«

Dann hörte Adam den Hund heulen.

Er erstarrte, als er das Geräusch des herankommenden Flugzeugs vernahm. Der Lärm wurde immer stärker, bis die Maschine über sie hinwegröhrte.

Adam sah auf die Uhr. Zwei Uhr zweiunddreißig.

Er riß die Augen auf. Den Hund und das Flugzeug hatte er seit Montag jede Nacht zur selben Zeit gehört.

Am Barschrank begutachtete Bannister die Flaschen. »Wo zum Teufel ist der Wermut?« Abwesend zupfte er an den Knöcheln seiner rechten Hand.

»Ah«, sagte er, »hier haben wir ihn ja.« Er holte die Flasche heraus und drehte sich um. »Also, dann wollen wir mal hoffen, daß die Polizei deine Kidnapper findet.«

Adam hatte mit gesenktem Blick dagesessen, als könnte er das kleine Gelaß vor sich sehen, das im Kellergeschoß sein mußte. Jetzt blickte er zu dem kleinen Anwalt auf. Er lächelte leicht. »Ja«, sagte er. »Ich habe das Gefühl, das werden sie.«

Bon Appetit, Captain

Kommt Major Blenikow in meine Zelle, legt eine Automatik aufs Tischchen. »Ich geb dir eine Stunde«, sagt er. »In der Zeit kannst du schreiben Abschiedsbriefe und so.«

Ich gucke ohne Appetit auf die Waffe, dann auf Blenikow. »Wie viele Kugeln sind darin?«

Blenikows Lächeln sagt, er hat an alles gedacht. »Eine nur. Verschwende sie nicht an jemand anders.«

»Ich bin aber unschuldig.«

Er zuckt die Achseln. »Tut nichts zur Sache. Unsere Führer haben beschlossen, es ist mal wieder Zeit für eine Säuberung. Jedes Regiment muß erfüllen seine Norm, und du bist unsere Norm.«

Ich verschränke die Arme. »Ich gestehe nichts. Ich unterschreibe nichts.«

Sein Lächeln soll freundlich sein, vielleicht. »Du mußt nicht unterschreiben persönlich. Das machen wir selbst. Dein Geständnis ist schon genehmigt und abgelegt.«

Natürlich bin ich neugierig. »Was habe ich gestanden?«

»Daß du spioniert hast für den berüchtigten Oberstleutnant Cedric Smith-Jones von der britischen Botschaft.«

Ich protestiere. »Kein Mensch spioniert mehr für die Briten heutzutage.« Dann seufze ich und setze mich auf meine Pritsche. »Hast du mich persönlich bestimmt zu unserer Norm?«

Major Blenikow nickt. »Entscheiden ist nicht immer leicht, Genosse. Muß ich einen opfern, und du bist im Regiment der einzige ledige Hauptmann. Außerdem sehe ich, du hast nicht hundert Prozent Bauernblut.«

Das stimmt. Mein Vater war Akademiker und in unserem Land der führende Gälizist. Der einzige auch. Als die Revolution geschafft war, ist er geflüchtet nach Amerika. Hat da ein neues Leben angefangen als Koch im Schnellimbiß und es inzwischen zum eigenen McDonald's gebracht in Milwaukee.

Legt Blenikow mir nun eine Hand auf die Schulter. »Sieh es von dieser Seite, Genosse. Also, unschuldig bist du. Aber Patriot bist du auch. Du liebst unsere Regierung und Mütterchen Heimat so sehr, daß du mit Anstand auf dich nimmst die Spionage, denn das erfüllt ein emotionales Bedürfnis des Volkes. Das Volk will eine Säuberung dann und wann.«

Ich denke, ist was Wahres dran. Es gehört für die Nutznießer einer Revolution zu den wenigen Befriedigungen, daß sie mit ansehen dürfen, wie ihre Anführer liquidiert werden so nach und nach, das können sie erwarten.

Blenikow will zur Zellentür.

Ich hebe die Hand. »Halt. Ich brauche ein Mahl. Ein Henkersmahl.«

Es überrascht ihn scheint's ein bißchen. »Du hast noch eine Stunde, und du denkst an Essen?«

»Essen muß der Mensch«, sage ich. »Kannst du nicht um der alten Zeiten willen dem Verurteilten gewähren ein letztes Mahl?«

Er denkt nach. »Nun gut. Ein Mahl noch. Dann bringst du dich um?«

»Ich schwöre«, sage ich. »Du hast mein Wort.«

Er klopft nach der Wache. »Na gut, dein letztes Mahl bekommst du. Aber es muß sein ein einfaches Mahl, nichts Exotisches.«

»Einfach ist mir sehr recht«, sage ich. »Aber zuwenig darf's nicht sein.«

Wie das Essen kommt in die Zelle, kommt Major Blenikow mit. Setzt sich auf meine Pritsche. »Eine Stunde hast du.«

Das Essen ist Eintopf, ein großer Topf und ziemlich gut. Ist auch frisches Roggenbrot dabei, und eine Flasche Wein.

Meine Absicht ist, essen und essen und immer mehr verlangen. Hab mich aber mein Lebtag nie lange aufgehalten bei Tisch und kann mich sogar jetzt nicht ändern. Fange nach fünfundzwanzig Minuten zu schwitzen an.

Guckt Blenikow schon auf die Uhr. »Noch fünfunddreißig Minuten.«

Ich bemühe mich noch fünf Minuten, dann weiß ich, noch einen Löffel schaffe ich nicht. Aber den Wein trinke ich alle auf. Dann seufze ich. »Fertig.«

Blenikow steht auf. »Dann gehe ich jetzt, damit du dich erschießen kannst ungestört.«

Ich schüttle den Kopf. »Nimm die Pistole wieder mit. Ich erschieße mich nicht.«

Runzelt er die Stirn. »Du hast versprochen.«

»Mich umbringen habe ich versprochen. Aber nichts gesagt von Erschießen.«

»Was hast du gegen Erschießen? Ich dachte immer, das ist humanitär.«

»Nein«, sage ich. »Nichts mit Erschießen. Um der alten Zeiten willen und als mein Waffenbruder mußt du gestatten, daß ich mich umbringe auf meine Weise.«

Blenikow denkt nach. »Gut. Um der alten Zeiten willen

darfst du entscheiden selbst, wie du dir nimmst das Leben. Aber auf der Stelle.«

»Hab schon angefangen.«

Wandert sein Blick zum restlichen Eintopf. »Ah, du hast es fertiggebracht vielleicht, dich zu vergiften, irgendwie?«

»Nein«, sage ich. »Kein Gift.«

»Was dann?«

Ich lächle. »Ich will mich hungern zu Tode, hab ich beschlossen.«

Es ist ziemlich lange still.

Holt Blenikow am Ende ganz tief Luft. »Geht nicht.«

»Geht doch«, sage ich. »Es geht, man muß nur richtig wollen. Und du hast versprochen, ich darf mir selbst aussuchen, wie ich möchte sterben.«

Funkelt Blenikow mich weiter an. »Na gut. Versprochen ist versprochen. Aber mal sehen, ob du noch immer singst so fröhlich, wenn du erst ein paarmal nichts gekriegt hast zu essen. Die Pistole lasse ich hier. Ich denke, dir ist bald lieber die Kugel.«

Wie er weg ist, lege ich mich auf die Pritsche und lächle hinauf zu dem Guckloch unter der Decke.

Wie jeder intelligente Mensch, der dem Tod ins Auge sieht, rücke ich ab, so weit es geht, und denke mir, wenn einer sich will zu Tode hungern, braucht er viel Zeit.

Wie lange braucht ein Mensch zum Verhungern? Ich weiß es nicht, aber ich weiß, ich will mit allem Ernst in Angriff nehmen den Weltrekord.

Am nächsten Morgen merke ich erst so gegen elf, daß ich anfange, aufs Mittagessen mich zu freuen, und muß mir sagen, daß es keins gibt.

Der Tag vergeht langsam, noch langsamer als die Nacht

Kommt Blenikow am dritten Tag meines Fastens in die Zelle und kaut ein Butterbrot. Salami ist drauf, und schnuppere ich einen Hauch Knoblauch. Roggenbrot. Und in die Nase steigt mir feiner Butterduft.

Ich lege mich auf die Pritsche, so schwach wird mir.

Legt Blenikow mir drei Bücher aufs Tischchen. »Du magst vielleicht was lesen?«

Ich gucke kurz hin. Kochbücher.

Nimmt Blenikow ein Wachspapier aus der Tasche, wickelt ein Dillgürkchen heraus.

Ich sehe ihm zu beim Kauen: Knarz, knarz – köstlich.

Betrachtet Blenikow gelangweilt das Gürkchen, schiebt dann das letzte Stück in den Mund. »Klar, du willst dich ja jetzt zu Tode hungern, aber wissen möchte ich, wie war das in glücklicheren Tagen? Was hat dir da besonders gut geschmeckt?«

Ich sehe ihn ein paar Sekunden an, mißtrauisch um das liebe Leben, und sage: »Lachspastetchen. Wenn's sein muß, auch ohne Zitrone.«

Betrachtet er mich voll Ehrfurcht. »*Lachspastetchen* magst du?«

»Einer muß ja«, sage ich tollkühn. »Und Schweinebacke, mit einem großen Teller Graupensuppe. Und erst recht Tomatenaspik mit grünen Erbsen drin.«

Ich richte mich auf. »Und Hammel, dick geschnitten in kaltem Bratensaft. Erlesene Steckrüben außerdem, denen entströmt die zarte Blume von Kopiertinte.«

Er verzieht das Gesicht, notiert sich aber alles. »Und zu trinken?«

Fällt mir ein internationales Gebräu ein, das heißt Martini. Kenne ich von Leuten, die ein schlechtes Gewissen haben beim Trinken und sich damit bestrafen wollen.

»Martini«, sage ich. »Unbedingt.« Schwer muß ich schlucken. »Mit Silberzwiebeln.«

Als Blenikow später wieder in meine Zelle kommt, folgen ihm zwei Wärter, die Essen bringen.

»Alle deine Lieblingsspeisen«, sagt er großmütig. »Wir haben gesucht im ganzen Land.«

Mir gehen die Augen über vor dem Menü. Hammel, Lachspastetchen, Graupensuppe, Tomatenaspik, Martinis, Schweinebacke, Steckrüben, alles da.

Ich wäre erbleicht, normalerweise, aber komisch, jetzt geht eine gewisse Anziehungskraft aus von all diesen Sachen.

Ich schließe die Augen. »Wenn ich das esse, werde ich erschossen?«

Blenikow lacht leise. »Wenigstens stirbst du mit vollem Bauch.«

Wie er fort ist, gehe ich zur Pritsche und lege mich hin. Ich schließe die Augen und balle die Fäuste.

Die Lachspastetchen sind heiß, ihr Duft weht zu mir herüber. Hab ich schon Pfützen im Mund. Stehe sogar auf, wie ein Zombie. Das Essen zieht mich hypnotisch an. Scheint mein Schicksal besiegelt.

Aber der kalte Hammel ist meine Rettung. Streift der Geruch meine Nase, und ich falle in Ohnmacht vor Abscheu.

Wie ich zu mir komme, ist Essen weg.

Der Hunger zerreißt mich an den Tagen danach, und ich bin ganz schwach. Ich will etwas Neutrales denken und denke nur Essen, immer wieder Essen.

Wandert mein Blick hin und wieder zu der Pistole auf dem Tisch. Stehe sogar einmal auf und sehe nach, ob da wirklich eine Kugel drin ist, eine nur. Ja. Gehe ich sofort zurück zu meiner Pritsche. Lieber hungrig und schwach sein.

Passiert dann etwas Merkwürdiges. Wache ich den einen Morgen auf und bin nicht hungrig. Es ist ein schönes Gefühl sogar, richtig angenehm, einfach so daliegen und gemütlich verhungern.

Unbelastet von einem rumorenden Magen kann sich mein Geist bewegen frei im Universum der Gedanken. Ich liege also und denke und denke und denke. Schlafe auch viel.

Kommt wieder Blenikow in die Zelle und droht mir diesmal mit dem Finger. »Hast du uns einmal reingelegt mit dem Essen, aber jetzt hast du geredet im Schlaf, und wir haben zugehört.«

Schnippt mit den Fingern wie ein Oberkellner. Da geht die Zellentür wieder auf, und herein kommen zwei Wärter mit kleinem Teewagen.

Hühnchen, goldbraun, und Spargel, und Blumenkohl; meine heimliche Leidenschaft sogar, Kohlrabi, gewürfelt und in Butter paniert. Kartoffelbrei mit braunem Bratensaft. Schweizer Steak mit Zwiebelsoße. Gurkensalat in Sahnetunke, rosa gefärbt mit Paprika. Dicke grüne Pepperoni und frisch geschnittene Tomaten. Ein halbes Roggenbrot, frisch vom Bäcker. Zu trinken Portwein.

Einen Tag früher, und ich hätte mich darauf gestürzt und geschlemmt. Jetzt sehe ich es nur an, und wird mir sogar ein bißchen schlecht.

Blenikow lüftet einen silbernen Deckel. »Ah, Rindfleischsuppe mit Nudeln, und wenn das nicht ist Wurzelpetersilie, was mir da in die Nase steigt!«

Unter normalen Umständen wäre das gewesen der letzte Strohhalm, der dem Kamel den Rücken brach, aber es läßt mich völlig kalt jetzt. Gehe ich wieder zu meiner Pritsche.

Lacht Blenikow. »Ich gehe jetzt.« Tut er auch, aber ich denke, er geht jetzt gleich ans Guckloch.

Ich schließe die Augen, döse, gucke zu dem Essen nur hin und wieder mal. Es wird kalt, die Soßen gerinnen, und ich denke, warum erniedrigen sich Menschen überhaupt zum Essen? Eine lächerliche Angewohnheit, und zeitraubend.

Wie ich zum vierten oder fünften Mal aufwache, ist das Essen weg.

Ich weiß nicht, wieviel später es ist, oder welcher Tag, als Boris kommt und bringt mir Zelda.

»Zelda«, begrüße ich sie voller Staunen.

Sie hat graugrüne Augen, und vor drei Jahren, als ich sie kannte, arbeitete sie sogar sonntags.

Legt Blenikow die Stirn in Falten. »Ihr kennt euch?«

Begutachtet sie ihre Fingernägel. »Kann sein, wir sind uns schon begegnet. Auf einer politischen Versammlung oder so.«

Reibt sich Blenikow die Hände. »Ich sage mir, Genosse, der Mensch lebt nicht ohne Brot allein. Dein Leben dreht sich gar nicht ums Essen, vielleicht. Dreht sich vielleicht noch um was anderes?« Er geht zur Tür. »Ich setze mich jetzt nicht mal ans Guckloch.«

Da habe ich Zweifel, denn ich weiß, *voyeur* ist das einzige Wort Französisch, das Blenikow kennt.

Er ist kaum weg, ich gucke Zelda an. Vor einem Moment noch konnte ich nicht durch die Zelle gehen, ich war zu schwach. Aber jetzt, ich bin wie neu. Das Adrenalin, vielleicht.

»Zelda«, sage ich, »ich habe dich Jahre nicht gesehen.«

»Ich bin rehabilitiert worden«, sagt sie. »Außer für heute abend. Jetzt leiste ich produktive Arbeit. Trage eine Uniform und arbeite in der staatlichen Fischzucht.«

Zelda hat ein enges silbernes Kleid an und füllt es bewundernswert aus.

»Das ist deine Uniform?« frage ich.

Streicht sie sich über die Hüfte. »Das hab ich getragen, jahrelang. Jetzt ist es fünf Pfund zu eng.«

»*Vive le* fünf Pfund«, bricht es aus mir heraus in internationaler Nettigkeit. Und ich denke, wenn einer am Verhungern ist, hat er zum Verführen keine Zeit, auch wenn es nur erfordert zwei Minuten. »Pfeif auf das Guckloch«, sage ich. »Volle Kraft voraus.«

Sie hält die Hand hoch. »Nicht so schnell. Bin ich doch kein seelenloses Spielzeug. Können wir nicht was essen zuerst?«

»Ha«, rufe ich verbittert. »Du bist genau wie die anderen.«

Streichelt sie mir die Wange. »Was hast du gegen Essen? Erinnerst dich nicht, diese süße, kleine amerikanische Imbißstube an der Kimirsky-Straße, wo es das exotische Hackfleisch gab auf Brötchen, mit einem Gürkchen dazwischen?«

»Ach ja, das waren Zeiten«, sage ich.

Sie nickt. Wirft sie dann einen Blick hinauf zum Guckloch und verbessert sich: »Heute ist alles besser. Konnte ich vor der Revolution eine junge Forelle nicht unterscheiden von einer Elritze.«

»Zelda«, sage ich, »du sollst mich zum Essen bringen, das ist dein Auftrag, richtig?«

Gibt sie zu.

»Weißt du warum?«

»Sie haben mich nicht eingeweiht, und heutzutage stelle ich keine Fragen von mir aus.«

Erkläre ich ihr also die Situation.

Da blitzen ihre Augen. »Das ist ja unerhört.« Breitet die Arme aus. »Ich bin dein. Kein Stück Brot mußt du essen.«

Ich lächle verzückt. »Dann los, bevor mir das Adrenalin ausgeht.« Aber ich halte inne, sozusagen mitten in der Luft. »Einen Moment. Wenn du dich mir hingibst, aber mich nicht zum Essen bringst, hast du deinen Auftrag nicht erfüllt, oder? Was machen sie dann mit dir?«

»Weiß ich nicht«, sagt sie. »Riecht aber sicher besser als die Fischzucht.«

Folgt mein Blick ihren Kurven, und ich seufze. »Um die Wahrheit zu sagen, Zelda, ich bin das Verhungern leid. Es ist das Langweiligste, was ich je getan habe, und kann ich es keinem empfehlen. Ich bestelle jetzt eine dünne Suppe, und dann nehmen wir wieder auf unsere vorrevolutionären Beziehungen.«

»Nein«, sagt sie energisch. »Kann nicht zulassen, daß du ißt. Vorher nicht und nachher nicht. Du mußt weiter verhungern. Wo Leben ist, ist Hoffnung, oder so ähnlich. Und sorg dich nicht, was aus mir wird. Ich überlebe unter jedem Regime, obwohl manche sind trister als andere.«

Aber kann ich nicht annehmen dieses Opfer. Bleibt nur eins. »Zelda«, sage ich, aber in Richtung Guckloch, »ich weise dich ab.«

Muß sie blinzeln, dann versteht sie. »Du bist der willensstärkste Mann, den ich kenne«, sagt sie voll Bewunderung.

Wie ich diese Nacht schlafe in meinem einsamen Bett, habe ich verzweifelte Visionen, ein paar Ideen aber auch.

Klopfe also morgens an meine Zellentür und verlange Major Blenikow.

Kommt er endlich.

»Blenikow«, sage ich, »ich will einen Schauprozeß.«

Ein böses Gesicht macht er. »Du bist scharf auf großen Rummel?«

Schüttle ich den Kopf, nein, nein. »Es ist nur so, ich habe eingesehen, daß es egoistisch ist von mir, wenn ich suche einen stillen Tod. Ich muß dem Staat dienen auf jede Weise, und am besten geht das, denke ich, wenn ich öffentlich und persönlich die Sünden bekenne, die der Staat für mich hat beschlossen.«

Blenikow überlegt skeptisch.

»Blenikow«, sage ich, »noch stehe ich in der Blüte des Verhungerns. Ich kann noch leben wochenlang. Und jeden Tag, den ich lebe, machen deine Vorgesetzten ein böseres Gesicht, ja?«

Muß er zugeben.

»Dann kannst du doch wieder Gnade finden, vielleicht, wenn du schlägst einen Schauprozeß vor.«

Reibt er sich das Kinn. »Mal sehen, was zu machen ist. Ein Schauprozeß, er hat ja was für sich, vielleicht. Seit Jahren hatten wir keinen mehr, und ehrlich gesagt, mir fehlt das.«

Kommt Blenikow anderntags zurück und lächelt. »Alles geregelt. Heißen meine Vorgesetzten die Idee sehr gut.« Legt mir einen Ordner auf den Tisch. »Hier ist dein Geständnis. Lerne es auswendig.«

Geht Blenikow, kommen Ärzte. Untersuchen mich und verschreiben, wie ich wieder anfangen soll zu essen, damit ich nicht zu ausgemergelt bin beim Schauprozeß. Als erstes dünne Suppen und Vitamine.

Kommt mein Appetit wieder in den nächsten Tagen, daß ich heißhungrig bin auf alles, was sie mir vorsetzen.

Zum Schluß kommt Blenikow und nennt mir den Termin für den Prozeß.

Zeige ich zum Guckloch. »Besetzt?«

Er schüttelt den Kopf. »Nicht mehr nötig, wo du jetzt kooperativ bist.«

Ich lächle. »Wenn meine Stunde kommt vor Gericht, erhebe ich mich stolz und gestehe.«

Nickt er wohlwollend.

»Und ich nenne sogar meine Komplizen. Ich meine, außer Oberstleuntant Cedric Smith-Jones.«

Runzelt Blenikow die Stirn und nimmt das Geständnis zur Hand. Blättert darin. »Kann mich gar nicht erinnern an einen Komplizen.«

»Ein Versehen auf seiten des Staates«, sage ich. »Ein Spion ohne Komplizen, wo hat man das je gehört? Darum will ich meinen nennen.«

Kratzt sich Blenikow am Kopf. »Und wer ist der Komplize?«

Ich lächle wieder. »*Du*, Blenikow, bist mein Komplize.«

Stille.

»Aber das geht nicht«, schreit endlich Blenikow. »Ich bin *nicht* dein Komplize.«

»Natürlich nicht«, sage ich. »*Ich* weiß es, und *du* weißt es, aber weiß es auch der *Staat*?«

Fängt Blenikow an zu schwitzen. »Warum tust du mir das an?«

»Der alten Zeiten wegen«, sage ich. »Möchte ich doch jemanden mitnehmen, wenn ich gehe, und weiß ich keinen, der diese Ehre mehr verdient als du.«

»Ich war immer ein treuer Diener des Staates«, ruft Blenikow verzweifelt. »Meine Vorgesetzten glauben von deinen Anschuldigungen kein Wort.«

»Kann sein«, sage ich. »Aber andererseits, ein kleiner Zweifel könnte hängenbleiben, und wissen wir doch, wie unser Staat immer Zweifelsfragen löst. Wir werden erschossen alle *beide*, das schließt jeden Irrtum aus.«

Schüttelt Blenikow die Faust. »Du machst mir keine Angst. Auf der Stelle gehe ich zu meinem Vorgesetzten und sage ihm, was du vorhast.«

Ich warte zwei lange Tage, dann kommt Blenikow wieder. Wie er aussieht, hat er nicht geschlafen die ganze Zeit.

Setzt sich auf meine Pritsche. »Ich war beim Oberst und habe ihm gesagt, was du vorhast.«

»Und er glaubt an deine Unschuld?«

Räuspert sich Blenikow. »Ja und nein. Hat mich aber unter Arrest gestellt, zur Sicherheit.« Wischt Blenikow sich mit einem Taschentuch über die Stirn. »Da habe ich den Kopf verloren und gesagt, dann gestehe ich auch und nenne als *meinen* Komplizen den Oberst.«

Nimmt Blenikow das Glas Wasser vom Tisch. »Muß der Oberst darauf gleich zum General laufen und alles abstreiten. Hört der General sich das an und stellt den Oberst unter Arrest. Sagt darauf der Oberst zum General, wenn er zum Geständnis gezwungen wird, nennt er den *General* als *seinen*...«

Blenikow winkt ab. »So geht das weiter und weiter und immer höher hinauf, Verhaftungen und Geständnisdrohungen durch alle Ränge, hinauf bis ins Präsidium. Ist die lauteste Sitzung unserer Geschichte gewesen, höre ich. Droht jeder jedem und will ihn als seinen Komplizen nennen.«

Blenikow trinkt das Wasser. »Nach viel Geschrei siegt

endlich der kühle Kopf. Es wurde beschlossen, das Knäuel zu entwirren, nämlich alle werden wieder enthaftet, durch alle Ränge bis ganz unten. Vergeben und vergessen heißt die Losung. Vorerst zumindest.«

Sieht er mich an. »Sind also alle enthaftet. Auch du. Du bist ein freier Mann.«

Ich muß blinzeln. »Frei?«

»Ja«, sagt Blenikow. »Es wurde beschlossen, alles zu löschen bis zum Anfangspunkt, und der Anfangspunkt bist du.« Seufzt tief. »Wird noch einmal alles überdacht, das mit der Säuberung und der Norm. Ob das nun enden wird zum Guten oder Bösen, weiß ich nicht.«

Weiß ich auch nicht. Aber ich habe genug.

Wenn ich aus dem Gefängnis bin, will ich vorsichtig meine Beziehungen wieder anknüpfen zu Oberstleutnant Cedric Smith-Jones von der britischen Botschaft.

Hab ich jahrelang Kopf und Kragen riskiert für die Briten, und finde ich es an der Zeit, jetzt einzufordern meinen versprochenen Lohn, daß man mich aus dem Land schmuggelt.

Und denke ich auch, ich werde Zelda mitnehmen.

Verhör

Als Pete und ich uns zurückmeldeten und ins Buch eintrugen, erzählte Sergeant Herrick, was inzwischen passiert war.

»Ihr Mann und sein Schwager haben einen Hinterhalt gelegt und sich dabei riesig amüsiert«, sagte er. »Sie haben den Köder ausgeworfen, indem sie jede Menge von den rosa Dingern auf die Leine gehängt haben. Dann haben sie sich hinter der Mülltonne versteckt. Und als so um Mitternacht unser Sammler über den Zaun geklettert kam und anfing, die Wäscheklammern abzunehmen, haben sie schon gewartet. Der Kerl hat nichts gebrochen, aber ihm tut alles weh, und er kann von Glück sagen, daß er lebt.«

Herrick schaute auf die Wanduhr und gähnte. »Dieser Widerling sagt mal wieder, daß er sich an nichts erinnert. Sein Hirn hätte abgeschaltet und all dieser Quatsch.«

Pete sah sich das Schwarze Brett an und kam wieder zum Schreibtisch. »Haben wir irgendwas über ihn in den Akten?«

»Ein alter Kunde von uns. Dreimal wegen unsittlichen Entblößens, und einmal wurde er unter einem Fenster aufgegriffen, wo er sich gratis an einer Schau ergötzt hat. Dafür mußte er auch 'ne Tracht Prügel einstecken. Man sollte meinen, daß er daraus gelernt hätte.«

Ich zündete mir eine Zigarette an und sah die Aktenblätter durch.

»Er hat eine Wohnung am Fluß, die haben wir uns angesehen«, sagte Herrick. »Sie war voller seidiger Sächelchen, Bilder und Schallplatten mit symphonischer Musik.«

»Wo hast du denn die arme, mißverstandene Seele?« fragte Pete.

»Oben in 603, mit Nelson.« Herrick nahm zwei dicke Mappen vom Tisch und reichte sie mir. »Versuch's mal mit der Dugan-Sache. Wir sind sie mit ihm durchgegangen, als er letztes Mal hier war, aber vielleicht kannst du's ja überzeugender. Und das andere ist die Harris-Sammlung. Ist zwar ziemlich verstaubt, aber man kann nie wissen. Ich spendiere dir eine Zigarre, wenn du ihm das anhängen kannst.«

Pete und ich gingen den Korridor entlang und fuhren mit dem Fahrstuhl in den sechsten Stock.

»Komisch, was manche Typen für Hobbys haben«, sagte Pete. »Also ich für meinen Teil, ich sehe gern zu, wie Eiswürfel schmelzen.«

Als wir die Tür von 603 aufmachten, saß Nelson am Holztisch und sah einen Stapel mit Schnappschüssen durch. Er stand auf. »Nach den ersten fünfzig wird's eintönig.«

Er wies mit dem Daumen auf die Ecke. »Jeder schmierige Zentimeter von ihm gehört euch. Ich gehe inzwischen raus und denke ein Weilchen über all diese Dinge nach.«

Der Mann saß mit hochgezogenen Beinen auf einem Stuhl mit gerader Lehne, die Arme hatte er um die Knie gelegt. Sein Gesicht war geschwollen und übel zugerichtet; die Ränder seines Kopfverbandes waren dunkel von seinen fettigen Haaren. Den Blick hielt er auf den Boden geheftet.

Ich zog mir einen Stuhl heran und setzte mich, und

zupfte meine Hosenbeine zurecht, um die Bügelfalten nicht zu verderben. »Rede mit uns«, sagte ich. »Und fang mit deinem Namen an.«

Er biß sich auf die Lippen und sah nicht auf.

»Er ist schüchtern«, sagte Pete. »Ich glaube, ich krempel mir mal die Ärmel hoch.«

»Mein Name ist Ralph Pittman«, sagte er rasch. »Ich wohne 826 South Travis.«

»Erzähl uns alles«, sagte ich. »Wir sind Leute, die gern zuhören.«

»Ich kann mich an nichts erinnern«, erklärte Pittman.

»Siehst du, Pete«, sagte ich, »er kann sich an nichts erinnern. Ich finde, wir sollten ihn gehen lassen.«

»Mein Bewußtsein hat ausgesetzt«, sagte Pittman.

Pete trat an den Tisch und wühlte in dem Karton mit der Unterwäsche. Er hielt einen Slip hoch. »Hey«, sagte er. »Mit Monogramm. Davon hab ich vor einer Weile mal 'ne Reklame in der Zeitung gesehen.« Er warf Pittman das Wäschestück zu, und es landete auf dessen Knien.

Pittman beobachtete, wie es an seinen Beinen entlangrutschte und zu Boden glitt.

»Mal ganz unter uns dreien, Pittman, warum zum Teufel sammelst du diese Sachen?« fragte Pete.

»Ich weiß es nicht«, antwortete Pittman.

Pete wühlte weiter in dem Karton herum.

Ich sah mir Pittman genau an, bevor ich die Dugan-Akte aufschlug. Sein Hemdkragen starrte vor Dreck, und seine Fingernägel hatten schwarze Ränder.

Pittmans Blick wanderte zu dem grünen Ordner. »Sie fragen mich jedesmal nach diesen Sachen«, sagte er. »Ich hatte nie was damit zu tun.«

»Ich glaube dir«, versicherte ich. »Aber gehen wir's

trotzdem noch mal durch. Marion Dugan. Am 21. Oktober letzten Jahres ist sie auf einem leeren Parkplatz gefunden worden. Sie war zwölf Jahre alt.«

»Ich hatte nichts damit zu tun«, sagte Pittman. »Ihr Polypen habt schon letztes Mal versucht, mir das anzuhängen, aber es hat nichts ergeben.«

»Wann war das?« fragte ich.

Er sah auf den Boden. »Im Januar.«

»Weswegen warst du damals hier?« fragte ich.

Er wollte nicht darüber reden, aber ich wartete geduldig.

»Wegen der Fenstergeschichte«, meinte er schließlich. »Ich bin nur zufällig vorbeigegangen, das ist alles. Ich hab nicht mal hingesehen.«

»Mann, wie schlüpfrig diese Dinger sind«, sagte Pete, immer noch über die Schachtel gebeugt.

Pittman fuhr sich mit der Zunge über die Lippen und sah weg.

Ich nahm den anderen Ordner. »Edna Harris«, sagte ich. »Sie war elf. Kannst du uns da ein bißchen weiterhelfen?«

Pete ließ von der Schachtel ab und nahm sich die Fotos vor. Er blickte auf. »Hast du davon welche selber aufgenommen, Pittman?«

»Nein«, sagte Pittman. »Ich hab sie gekauft. Wo, weiß ich nicht mehr. Von irgendwelchen Typen auf der Straße.« Er wandte sich wieder mir zu. »Über das Harris-Mädchen weiß ich auch nichts.«

Pete kam mit den Schnappschüssen herüber. »Hier ist eine, die ich gern mal kennenlernen möchte«, sagte er.

Ich warf einen Blick darauf. »Wirkt ein bißchen wie 'n Hippie auf mich.«

»So hättest du sie wohl gern, Harry«, sagte Pete. Er

zeigte Pittman das Bild. »Sie ist doch nicht zu sehr Hippie, oder?«

Pittman drehte den Kopf weg, aber Pete hielt ihm das Bild unter die Nase. »Ist das eine von deinen Lieblingen?« fragte er. »Erzähl mal, was du denkst, wenn du sie dir ansiehst.«

»Wie ist es denn, wenn man sich mit einem Psychiater unterhält, Pittman?« fragte ich. »Das würde mich wirklich interessieren.«

»Ich bin genauso wenig verrückt wie Sie«, entgegnete Pittman. »Viel weniger sogar.«

»Er ist nicht verrückt, Harry«, sagte Pete. »Er ist emotional gestört.«

»Wie steht es damit, Pittman?« fragte ich. »Bist du emotional gestört?«

»Ich bin 'ne ganze Ecke besser dran als ihr«, sagte Pittman.

Ich rückte mit meinem Stuhl etwas von ihm ab. »Badest du eigentlich nie, Pittman? Ich kann dich von hier aus riechen.«

»Er mag es so«, sagte Pete. »Er stinkt gern. Es gibt ihm ein Gefühl der Geborgenheit und Sicherheit. Hast du das nicht gewußt, Harry?«

»Du bist dreckig, Pittman«, sagte ich. »Saudreckig, und du stinkst.«

»Sagen Sie das nicht«, Pittmans Stimme wurde schrill.

»Du bist wirklich schmierig«, sagte Pete. »Fühlst du nicht das Ölige an deinem Hals? Bleibt deine Haut nicht am Kragen kleben, wenn du den Kopf drehst?«

»Du bist ölig, und du stinkst«, sagte ich.

»Ich stinke nicht«, kreischte Pittman und stand auf.

»Pete«, sagte ich ruhig, »ich glaube, du beunruhigst ihn.«

»Das wollte ich nicht, Harry«, sagte Pete.

Wir warteten, bis Pittman sich wieder gesetzt hatte. Er atmete schwer und hatte rote Flecken im Gesicht.

»Sag mal«, meinte Pete, »wußtest du, daß unser Pittman eine Sammlung klassischer Schallplatten hat? Müssen einige hundert sein.«

»Ich selbst mag auch gute Musik«, sagte ich.

»Erzähl uns, woran du denkst, wenn du Musik hörst, Pittman«, sagte Pete.

»Verlang nicht solche Sachen von ihm, Pete«, sagte ich. »Er verdirbt mir bloß den Genuß an guter Musik, wenn er's uns erzählt.«

»Ich frage mich, ob es alles Klassikplatten sind«, sagte Pete. »Weißt du, auf manchen sind falsche Etiketten. Ich hab mir neulich ein paar davon angehört. Ganz schön heiße Sachen waren das.«

»Daran habe ich noch gar nicht gedacht«, sagte ich. »Holen wir sie doch mal aufs Revier und hören sie uns an.«

»Das sind meine Platten«, unterbrach Pittman. »Laßt sie in Ruhe.«

»Wir wollen sie doch nur ausleihen, Pittman«, sagte ich. »Ich glaube nicht, daß wir welche kaputtmachen.«

Pittman setzte sich kerzengerade auf. »Laßt sie in Ruhe. Es ist nur Musik.«

»Nun sei mal nicht so«, sagte Pete. »Du hast doch Hunderte. Ein paar weniger vermißt du gar nicht.«

In Pittmans Gesicht begann es zu zucken.

»Ich wette, es sind ein paar echt gute in deiner Sammlung«, sagte ich. »Hast du die mit den zwei Frauen und dem Arzt?«

Pittman sprang auf. »Ich bring euch um, wenn ihr die Platten anrührt!«

Ich holte meine Zigaretten heraus und bot Pete eine an.

»Ich sollte wirklich das Rauchen einschränken«, sagte er, während er sich bediente.

»Ich auch«, stimmte ich zu. »Ich wache jeden Morgen mit Husten auf.«

»Warum setzt du dich nicht, Pittman«, sagte Pete sanft.

Pittman setzte sich.

Pete betrachtete den Slip, der immer noch zu Pittmans Füßen lag. »Heb das lieber auf, bevor du noch drauftrittst«, sagte er.

Pittman hob das Wäschestück auf und hielt es Pete hin.

»Du kannst das Ding eine Weile halten«, sagte Pete. »Ich wüßte nicht, was ich damit anfangen sollte.«

»Was ist das für Material, Pittman?« fragte ich. »Sieht aus wie Seide.«

»Ich weiß es nicht«, sagte Pittman, ohne den Slip anzusehen.

»Ich glaube nicht, daß sie so was heute noch aus Seide machen, Harry«, sagte Pete. »Komm mal her und fühle.«

Ich stand auf und ging zu Pittman hinüber. Sein Kopf verschwand fast völlig zwischen den Schultern, als ich die Hand ausstreckte und den Slip zwischen Daumen und Zeigefinger nahm. »Ich kann es nicht sagen, Pete«, erklärte ich. »Das könnte auch Nylon sein.«

Pete befingerte den Stoff. »Ich weiß nicht, Harry. Ich glaube, Nylon wird hauptsächlich für Strümpfe benutzt. Es könnte Rayon sein.«

»Du müßtest es doch wissen, Pittman«, sagte ich. »Fühl mal. Reib es zwischen den Fingern.«

Pittman ließ den Stoff los und versteckte seine Finger in den Fäusten.

»Ich finde, der Spitzenbesatz hebt die Dinger irgendwie«, sagte ich. »Wenn du weißt, was ich meine.«

»Aber sicher«, sagte Pete. »Komm jetzt, Pittman. Du mußt wissen, was das für Material ist, wenn du sie von der Leine nimmst.«

»Es ist immer dunkel, Pete«, sagte ich. »Und er erinnert sich nicht.«

»Hier«, sagte Pete. »Ich gebe dir das in die Hand, Pittman, dann kannst du es fühlen.«

Der Stuhl fiel um, als Pittman aufsprang. »Also gut«, schrie er. Seine Brust hob und senkte sich beim Atmen. »Ich habe diese Dinger von der Wäscheleine gestohlen. Was wollt ihr noch?«

»Was für Dinger?« fragte Pete interessiert.

»Unterhosen«, sagte ich. »Bring ihn nicht in Verlegenheit, Pete.«

»Hört auf!« kreischte Pittman.

Pete ging zum Aschenbecher und stippte sorgsam die Asche von seiner Zigarette. »Heb den Stuhl auf, Pittman«, sagte er. »Er ist städtisches Eigentum.«

»Klar«, sagte ich. »Setz dich und entspanne, Pittman. Es hat keinen Sinn, sich aufzuregen.«

Pittman stellte den Stuhl auf und setzte sich. Schweißperlen hinterließen helle Bahnen von seinen Schläfen bis an den Kragen. Er holte ein Taschentuch heraus und wischte an seinem Hals herum.

»Sieh dir das Taschentuch an, Pittman«, sagte ich. »Dann weißt du, daß ich recht habe. Das ist Dreck. Ekliger, schmieriger Dreck.«

Sein Blick streifte kurz das Taschentuch, dann stopfte er es wieder in die Tasche.

Pete blätterte in der Dugan-Akte herum. »Ich frage

mich, was das für ein Mann sein muß, der einem zwölfjährigen Kind so etwas antun kann.«

»So was kann man doch nicht Mann nennen, oder?« sagte ich.

»Ich wette, es ist ein dreckiger Typ«, sagte Pete.

»Wie meinst du das?« wollte ich wissen.

»Innerlich und äußerlich«, sagte Pete. »So ein Typ, der nie badet. Richtig dreckig und klebrig.«

»Bist du sicher, daß du nicht klebrig bist, Pittman?« fragte ich. »Macht es dir nichts aus, wenn dir der Schweiß unters Hemd und am Körper runterläuft?«

»Laßt mich in Ruhe«, sagte Pittman mit brüchiger Stimme.

»Man weiß aber nie so genau Bescheid bei Menschen, Pete, weißt du«, sagte ich. »Vielleicht hat dieser degenerierte Mistkerl tief drinnen eine empfindsame Seele und liebt gute Musik. Die Welt versteht ihn nur nicht.«

»Da könntest du recht haben«, meinte Pete. »Die Welt ist ein grausamer Ort für Leute mit empfindsamen Seelen.«

»Ich glaube, er gehört zu den Männern, die Angst vor Frauen haben«, sagte ich. »Darum hält er sich an Kindern schadlos.«

»So habe ich es noch nie betrachtet«, sagte Pete. »Wie stehst du zu Frauen, Pittman?«

»Hast du je eine mit diesem bestimmten Blick gesehen?« fragte ich. »Du weißt schon, was ich meine.«

»Oder hat dir mal eine schlimme Sachen ins Ohr geflüstert?« fragte Pete.

Pittman bedeckte sein Gesicht mit den Händen und legte den Kopf auf die Knie.

»Andererseits«, sagte Pete, »möchte ich wetten, daß Pittman nichts über Frauen weiß. Auch wenn es um einen

Mann geht, Harry, würdest du trotzdem sagen, daß er noch Jungfrau ist?«

»Ich glaube schon«, sagte ich. »Oder heißt das dann Eunuch?«

»Das ist was anderes, Harry. Aber vielleicht hat er einen Komplex. Du weißt doch, was das ist, oder?«

Pittman sprang wieder auf, und sein Blick war wild. Er stand mit starren Gliedern und verzerrtem Gesicht da. Nach etwa zehn Sekunden fiel er auf seinen Stuhl zurück und fing leise an zu schluchzen.

Ich zündete eine neue Zigarette an und warf Pete eine zu. »Mach ein Fenster auf, Pete«, sagte ich. »Wir wollen ein bißchen frische Luft reinlassen.«

Pete trat ans Fenster und schob es hoch, soweit es ging. Er lehnte sich hinaus und schaute nach unten. Nach einer Weile zog er den Kopf zurück. »Da fällt man ganz schön tief«, meinte er.

»Sechs Stockwerke, Pete«, sagte ich. »Wie würde ein Mann wohl aussehen, wenn er so tief fällt?«

»Kommt drauf an, wie er landet«, sagte Pete. »Aber ein schöner Anblick wäre es sicher nicht.« Er trat vom Fenster zurück. »Ich habe überlegt, ob du wohl je an ein Fernrohr gedacht hast, Pittman.«

»Wie meinst du das, Pete?« fragte ich.

»Mit einem Fernrohr kannst du vieles sehen«, sagte Pete. »Besonders nachts und von oben.«

»Das stimmt«, sagte ich. »Viele Leute denken nicht dran, die Vorhänge zuzuziehen.«

»Es ist auch viel sicherer, als in Fenster zu linsen«, sagte Pete. »Was meinst du dazu, Pittman?«

Pittman hatte immer noch die Hände vor dem Gesicht, und sein Atem kam geräuschvoll durch die Finger.

»Ich glaube, er weiß nicht genau, was du meinst«, sagte ich.

»Laßt mich in Ruhe«, stöhnte Pittman.

»Ich glaube, er ist jetzt ein bißchen durcheinander«, sagte Pete. »Wenn wir's ihm zeigen, versteht er es vielleicht besser.«

Pete nahm seinen linken Arm und ich den rechten. Pittman versuchte, sich klein zu machen, und sein Mund bewegte sich lautlos, als wir ihn durchs Zimmer schleiften. Seine Augen blickten die sechs Stockwerke nach unten auf das harte Pflaster und füllten sich mit Schrecken.

»Sieh dir all die Fenster da drüben an«, sagte Pete. »Da müßte man jede Nacht tausend Sachen beobachten können.«

»Ich krieg 'ne Gänsehaut, wenn ich da runter gucke«, sagte ich. »Was meinst du, wie lange es dauert, bis man unten ist, Pete?«

»Nur ein paar Sekunden«, sagte er. »Aber es käme einem wahrscheinlich verdammt lange vor, weil man weiß, was einen erwartet.«

Pete schnippte seine Kippe aus dem Fenster, und Pittman sah mit angstgeweiteten Augen zu, wie sie fiel.

»Weißt du, Harry«, sagte Pete. »Ich glaube, der Typ ist im Grunde ein Feigling.«

»Wen meinst du, Pete? Redest du von Pittman?«

»Ich dachte besonders an den Mörder des Dugan-Mädchens, Harry.«

Pittmans Knöchel waren weiß, als seine Hände das Fensterbrett umklammerten.

»Er muß ein Feigling gewesen sein«, sagte ich. »Ein dreckiger, schmieriger kleiner Feigling. Paß auf, Pittman. Wir möchten nicht, daß du ausrutschst.«

»Ganz bestimmt nicht«, meinte Pete. »Weißt du noch, letztes Mal, Harry? Stunden haben wir mit dem Papierkram verbracht, um den Zwischenfall zu erklären.«

»Es war ein Unfall, Pete. Das weißt du doch.«

»Sicher, Harry. Anders würde ich es nie sehen.«

Pete und ich beugten uns zusammen vor, bis Pittmans Körper bis zur Taille aus dem Fenster hing. Seine Füße hangelten wild nach einem festen Halt, und er gab kleine tierische Laute von sich, während er zappelte.

Pete und ich schoben ihn noch ein bißchen weiter hinaus und hielten ihn in der Stellung. Nach etwa einer Minute sahen wir uns an, und Pete zuckte die Achseln.

Wir zogen Pittman zurück ins Zimmer und ließen ihn los. Er sank zu Boden und kroch in eine Ecke. Dort kauerte er sich zusammen, die Knie eng ans Gesicht gezogen, die Augen weit aufgerissen, ohne etwas zu sehen.

Ich nahm die beiden grünen Ordner vom Tisch, und Pete und ich gingen.

Nelson stand vor der Tür gegen die Wand gelehnt. »Ein bißchen laut da drin«, sagte er.

»Keine Ahnung, wovon du redest«, sagte Pete. »Paß gut auf ihn auf. Ich glaube, er braucht ein Glas Wasser.«

Pete und ich fuhren mit dem Fahrstuhl nach unten und legten die Ordner auf Herricks Schreibtisch.

»Nichts zu machen«, sagte ich.

Pete und ich gingen runter in die Cafeteria. »Man trifft schon komische Leute«, sagte Pete.

»Ich weiß, was du meinst«, sagte ich. »Da bleibt immer so ein schlechter Nachgeschmack.«

Fließende Grenzen

Ich lächelte entschuldigend. »Ich muß Ihnen leider sagen, daß meine Grundstücksgrenze mitten durch Ihr Haus verläuft.«

Trista Danfields Veilchenaugen zogen sich zusammen. »Woher wissen Sie das so genau?«

»Ich habe mein Grundstück vermessen lassen«, sagte ich. »Ich habe nämlich in einem Quiz tausend Meter Zaun gewonnen. Es ist vorgewellter geschweißter Maschendraht.«

Ihre Stimme war beißend süß. »Und Sie wollen den Zaun direkt durch dieses Haus hier führen?«

»Nicht direkt, das wäre wohl nicht sehr praktisch.« Ich lächelte wieder. »Wußten Sie, daß Alexander Hamilton auf der Insel Nebis geboren wurde, die zu den Westindischen Inseln gehört?«

Sie blinzelte. »Muß ich das wissen?«

»Das war die Frage, mit der ich den Zaun gewonnen habe. Außerdem habe ich noch eine Kälberfütterungsmaschine und fünfzig Sack Hühnerfutter gewonnen, weil ich wußte, daß Grover Clevelands Vorname Stephen ist.« Ich sah mich in dem gemütlichen, sonnendurchfluteten Zimmer um. »Es war im Fernsehen, zur Nationalen Woche der Landwirtschaft oder so ähnlich. Ich saß zufällig im Publikum, und der Quizmaster hat mich ganz willkürlich herausgepickt.«

Sie musterte mich etwa zehn Sekunden. »Wahrscheinlich sind Sie ungefähr genauso willkürlich wie jeder andere.«

Ich nickte. »Da stand ich also mit tausend Meter Zaun – und den Metallpfosten – und wußte nicht recht, was ich damit anfangen sollte. Da kam mir der Gedanke, ihn auf die Grenze zwischen Ihrem Grundstück und meinem zu setzen. Das Dumme war nur, daß ich nicht genau wußte, wo diese Grenze verlief. Als ich das Haus im Frühjahr gekauft habe, winkte Mr. Hanson nur so vage in Richtung der Apfelbäume und erklärte, dort sei die Grenze.«

»Diese Apfelbäume gehören eindeutig mir. Mein Großvater hat sie selbst gepflanzt.«

Ich schaute aus dem Fenster. »Sie müssen geschnitten werden.«

»Einen Augenblick«, sagte Trista. Sie ging aus dem Zimmer und kam gleich darauf mit der Besitzurkunde für ihr Grundstück wieder. »Hier stehen die genauen Abmessungen für das Grundstück. Und ich weiß, daß dieses Dokument nicht anzuzweifeln ist. Ich bin nämlich zufällig Anwalt.«

»Ach ja? Ich auch.« Ich sah mir die Urkunde an. »Das Dumme an diesen Dingern ist nur, daß sie nie irgendwelche Gebäude erwähnen. Nur die Größe des Grundstücks. Vielleicht wußte Mr. Hanson gar nicht, daß ihm ein Teil Ihres Hauses gehörte. Hatten Sie mal einen Landvermesser hier?«

»Nicht direkt. Aber ich bin mein ganzes Leben lang auf diese Apfelbäume geklettert, und ich hielt es einfach für selbstverständlich, daß...« Sie dachte darüber nach. »Ich werde das Grundstück sofort vermessen lassen.«

»Natürlich. Übrigens, der Landvermesser, den ich beauftragt hatte, ist noch hier. Er wartet draußen.«

Ihr Blick wurde mißtrauisch. »Ich glaube, ich suche mir lieber meinen *eigenen* Landvermesser.«

»Er heißt Gavin«, sagte ich. »Er wohnt hier, vielleicht kennen Sie ihn ja.«

Ihre Miene hellte sich auf. »Er ist ein entfernter Verwandter von mir.«

Wir gingen hinaus auf die Veranda, wo Gavin wartete.

Trista lächelte. »Guten Morgen, Henry. Dieser Mann behauptet, ein Teil meines Hauses gehöre ihm.«

Gavin blickte etwas unbehaglich drein. »Also... nach den Zahlenangaben auf *seiner* Urkunde stimmt das, Trista.« Dann wurde er heiterer. »Andererseits könnten eure Urkunden sich ja auch überschneiden. Ein Schreibfehler. Aber du müßtest eigentlich gewinnen können, wenn du damit vor Gericht gehst, Trista. Du als Anwältin.«

Sie deutete auf mich. »Er ist auch Anwalt.«

Gavin rieb sich unglücklich den Nacken. »Also, dann will ich mal anfangen.«

Ich sah ihm nach und setzte mich dann auf die Schaukel in der Veranda. »Seit Jahren habe ich nicht mehr geschaukelt.«

Eine grün-weiße Limousine verlangsamte auf der Schotterstraße ihre Fahrt und bog in die Einfahrt.

Trista sah mich kurz an. Sie schien ein bißchen beunruhigt. »Das sind Mr. und Mrs. Meredith. Sie wollen das hier kaufen.«

Ich hielt die Schaukel an. »Sie verkaufen?«

Sie seufzte. »Ja. Mein Vater ist aus beruflichen Gründen an die Westküste gegangen, und es sieht aus, als würde er dort bleiben. Daraufhin haben meine Eltern das Haus mir überlassen, aber ich habe eine Wohnung in der Stadt und...« Sie betrachtete mich ruhig. »Wegen der Grenze...

ich fände es nett, wenn Sie es nicht erwähnen würden. Jedenfalls nicht, bevor Mr. Gavin fertig ist.«

»Ich werde nichts sagen«, versprach ich. »Und weiterschaukeln.«

Mr. und Mrs. Meredith waren beide breit und rotgesichtig.

Er schritt mit Besitzermiene über den Rasen und nahm die Zigarre aus dem Mund. »Also, Miss Danfield, meine Frau und ich haben uns die Sache durch den Kopf gehen lassen und sind zu dem Schluß gekommen, daß wir das Grundstück zu Ihrem Preis kaufen wollen. Ist das ein Wort?«

Trista warf mir einen unsicheren Blick zu. »Es ist ein Wort.«

Mrs. Meredith betrachtete das Haus mit einem, wie mir schien, tiefverwurzelten Mißfallen. »Wir werden einiges verändern.«

Gavin kam um die Ecke. Er tupfte mit einem Taschentuch das Gesicht ab. »Ich habe nur mal grob gemessen, Trista, und ich fürchte, Mr. Brannon gehört tatsächlich die Hälfte des Hauses.«

Merediths Gesicht verfinsterte sich, und er wandte sich mir zu. »Gibt es einen Grenzstreit?«

»Nicht direkt einen Streit«, sagte ich. »Nur Fakten.«

Er sah wieder Trista an. »Wollten Sie mir etwa ein *halbes* Haus verkaufen?«

Trista errötete. »Natürlich nicht. Ich wußte selbst bis vor ein paar Minuten nichts davon. Der Verkauf ist damit natürlich hinfällig.«

Ich hielt eine Hand hoch. »Ich finde, wir sollten uns nicht zu sehr darüber aufregen. Wenn Sie einfach mal zeigen würden, was Sie bisher für die Grenze gehalten haben,

Trista… äh, Miss Danfield… dann verkaufe ich Ihnen das Land gern für einen Dollar wieder. Und den Dollar gebe ich Ihnen sogar hinterher zurück.«

Trista sah aus, als ob sie mich am liebsten küssen würde. »Ich habe Sie wohl falsch eingeschätzt, Mr. Brannon.«

»Das macht nichts«, sagte ich. »Das tut fast jeder.«

Meredith rieb sich die Hände. »Nett, wenn man einen guten Nachbarn hat. Wenn ich das hier in Ordnung gebracht habe, müssen Sie mal rüberkommen, dann können wir unser Golfspiel auf Vordermann bringen. Ich reiße den Staudengarten hinten raus und lege ein Putting Green an.«

Trista blinzelte. »Sie wollen den Garten *rausreißen*?«

Er nickte. »Sie werden das Gelände nicht wiedererkennen, wenn wir damit fertig sind. Ehrlich gesagt haben wir es wegen der Lage gekauft. Wir werden mehr dafür ausgeben, es für unsere Bedürfnisse herzurichten, als wir dafür bezahlen.«

Mrs. Meredith stimmte zu. »Diese Veranda muß weg. Wir reißen sie ab.«

»Abreißen?« wiederholte Trista ungläubig. »Aber – meine Mutter und mein Vater saßen hier immer an warmen Abenden – und die Kletterrosen…«

»Die Apfelbäume lassen wir mit Bulldozern abräumen«, sagte Meredith. »Sie geben dem Ganzen so was Ländliches, und wir wollen es lieber vorstädtisch.«

Tristas Blick wanderte von den Kletterrosen zu der Reihe der Apfelbäume und, jedenfalls im übertragenen Sinne, zum Garten hinter dem Haus. Sie holte tief Luft und wandte sich an die Merediths. »Ich habe es mir anders überlegt«, sagte sie entschieden. »Ich verkaufe nicht.« Und ich glaube, sie wollte damit auch sagen: »Jedenfalls nicht an *Sie*.«

Meredith hob die Augenbrauen. »Sie haben Ihr mündliches Einverständnis zum Verkauf gegeben, und das ist bindend. Sie sind Anwältin und sollten das wissen, Mr. Brannon ist Zeuge.«

Ich räusperte mich. »Ich glaube, ich werde das Hühnerfutter ins Wohnzimmer bringen. Damit es nicht naß wird, wenn es regnet. Und morgen fange ich gleich als erstes an, den Zaun zu ziehen.« Ich lächelte Mrs. Meredith herzlich zu. »Wer bei Ihnen den Abwasch macht, der wird mich erst um Erlaubnis fragen müssen. Mir gehört nämlich die halbe Spüle.«

Meredith blickte finster. »Und *Sie* haben auch eine mündliche Zusage gemacht, zu verkaufen. Da können Sie keinen Rückzieher machen.«

Ich nickte. »Darauf käme ich gar nicht. Aber ich habe diese mündliche Verkaufszusage *Trista* gegeben. Sie hat nicht angedeutet, daß sie kaufen will.«

Trista sah mich dankbar an. »Ich will nicht kaufen.« Sie wandte sich den Merediths zu. »Aber natürlich können Sie immer noch *meine* Haushälfte kaufen.«

Meredith zischelte etwas, starrte uns wütend an und sagte dann zu seiner Frau: »Beatrice, laß uns hier verschwinden.«

Wir sahen zu, wie ihr Wagen die Auffahrt hinunterfuhr.

»Danke«, sagte Trista zu mir. »Ich wußte wirklich nicht, wie ich mich da rauswinden sollte.«

Ich schaukelte ein paar Mal vor und zurück. »Natürlich habe ich gesagt, daß ich Ihnen das Land für einen Dollar verkaufen würde, aber ich habe nicht gesagt, *wann*.«

Die Veilchenaugen wurden argwöhnisch.

»Der Erwerb von Land ist eine wichtige Sache«, sagte ich. »Man sollte da nichts überstürzen. Ich würde Konferenzen und Diskussionen mindestens während der nächsten dreißig Tage vorschlagen. Abends, wenn es Ihnen recht ist.«

Auf ihren Lippen lag der Hauch eines Lächelns. »Und wenn ich ablehne?«

Ich sah zum Himmel auf. »Dann werde ich das Hühnerfutter in *meine* Hälfte des Wohnzimmers schaffen.«

Ich mußte das Hühnerfutter nirgendwohin schaffen, und nach der dritten Konferenz redeten wir nicht mehr über das Land.

Ich mußte es ihr nicht verkaufen. Sie erwarb es sozusagen im Verbund, und ihre Familie benutzt das Haus, wenn sie aus Kalifornien kommt, um uns zu besuchen.

Wovor fürchtet sich Fred?

Der Gefängnisdirektor schüttelte traurig den Kopf, während er mich von oben bis unten musterte. »Du bist nicht sehr schlau, Fred. Jetzt warst du noch keine achtundvierzig Stunden draußen, und schon haben wir dich wieder hier. Es hat sich ja kaum gelohnt, deine Entlassungspapiere auszufüllen.«

Dr. Cullen saß am einen Ende des Schreibtisches. Er nahm seine schwere Hornbrille ab und putzte sie mit einem Taschentuch. »Wie alt sind Sie, Fred?«

»Fünfundfünfzig, Sir.«

Direktor Bragan zog an seiner Zigarre. »Schlicht dumm.«

Dr. Cullen lächelte leicht. »Vielleicht auch nicht, Direktor.« Er wandte sich wieder an mich. »Haben die großen Häuser Ihnen Angst eingejagt, Fred? Die Menschen, die Autos und der Lärm?«

Ich überlegte, ob wohl alle Psychiater Fliege und Tweedjackett trugen. Vielleicht war es ihre Uniform. »Wir hatten hier jeden Mittwoch Filmabende, Sir«, sagte ich. »Ich habe schon große Häuser und Autos und Menschen gesehen.«

»Ja«, sagte Dr. Cullen, »aber das ist nicht dasselbe, als wenn man sie im wirklichen Leben sieht, Fred, oder?«

»Nein, Sir«, sagte ich.

Dr. Cullen setzte seine Brille wieder auf. »Sie haben mit Unterbrechungen fünfundzwanzig Jahre Ihres Lebens im Gefängnis verbracht.«

»Mag sein, Sir«, sagte ich. »Wenn das in meinen Unterlagen steht.«

Bragan grinste. »Na, wie auch immer, Fred, ich bin froh, daß du wieder da bist. Du bist der beste Schreib- und Ablagehäftling, den ich je hatte.«

»Danke, Sir.« Ich räusperte mich. »Muß ich jetzt erst eine Zeitlang in die Wäscherei?«

Bragan kaute an seiner Zigarre und dachte darüber nach. Er war ein großer, schwergewichtiger Mann, und er wollte sich um den Gouverneursposten bewerben. Das hatten sie vor vier Tagen über das Gefängnisradio berichtet. Für uns hier drin bedeutete das nichts weiter, aber ich wußte, daß es draußen Leute gab, die Bragan nicht gern als Gouverneur sehen würden.

Er beschloß, mir einen Gefallen zu tun. »Ich würde sagen, nein«, meinte er. »Ich brauche dich im Büro. Soweit es mich betrifft, bist du überhaupt nicht weggewesen.«

Bragan musterte mich erneut. »Man sollte meinen, daß manche Leute lernen, wie man sich draußen benimmt. Aber wahrscheinlich kann es einem niemand beibringen. Nicht mal mit einem Hammer.«

Dr. Cullen faltete die Hände. »In gewisser Weise beurteilen Sie Fred sicher richtig, aber ich denke, an seinem Fall ist noch etwas mehr dran.« Er wandte sich an mich: »Wie war es draußen? War es kalt?«

»Ja, Sir«, sagte ich. »Ich glaube, es waren Temperaturen so um sieben Grad, vielleicht sogar etwas kälter.«

Er lächelte geduldig. »Das habe ich nicht gemeint, Fred.«

Ein böiger Wind hatte geweht, und die Luft hatte nach Winter gerochen, als ich über den Fußgängerausgang durchs Gefängnistor nach draußen ging.

Es wartete niemand auf mich auf dem kiesbelegten Parkplatz. Eigentlich erwartete ich auch niemanden. Ich hegte höchstens die leise Hoffnung, Tony Wando hätte vielleicht daran gedacht, mir um der alten Zeiten willen einen Wagen zu schicken. Es hätte ja sein können, daß er verfolgt hatte, wie lange ich im Bau saß.

Ich rollte mir eine Zigarette und wartete auf den Zubringerbus. Der Fahrer war nur mäßig an mir interessiert. Er hatte schon öfter Leute von hier aus mitgenommen. Am Bahnhof kaufte ich mir eine Fahrkarte und stieg in den Zug.

Als ich zwei Stunden später wieder ausstieg, ließ ich die Taxis links liegen und ging zu Fuß. Ich hatte sechsundachtzig Dollar in der Tasche, aber die waren das Ergebnis von vier Jahren Schweiß, und ich konnte mir nicht vorstellen, etwas davon für eine Taxifahrt auszugeben. Nicht dieses Geld.

Big Mike Kowalsky stand vor seinem Laden und sah zu, wie ein Lieferant Bierfässer in seine Bar rollte. Mike hatte etwas zugenommen, seit ich ihn zuletzt gesehen hatte, aber er hatte eine Figur, der ein paar zusätzliche Pfunde nicht schadeten.

Ich blieb neben ihm stehen. »Hallo, Mike.«

Er nickte und schaute auf meinen Koffer. »Willst du verreisen?«

»Ich war verreist, Mike«, sagte ich. »Vier Jahre.«

Da fiel es ihm wieder ein. »Ach stimmt ja. Ist mir kaum aufgefallen, daß du fort warst.«

Ich lächelte. »Da bist du nicht der einzige.«

Er unterdrückte ein Gähnen. »Wann bist du rausgekommen?«

»Eben. Vor ein paar Stunden, genauer gesagt.«

Er steckte die Zigarre wieder in den Mund. »Gehen wir doch rein und wärmen uns ein bißchen auf. Ich gebe eine Runde aus, um der alten Zeiten willen.«

Ich schüttelte den Kopf. »Das kann ich nicht annehmen, Mike. Ich bin auf Bewährung draußen.«

Er zuckte die Achseln. »Verstehe nicht, warum jemand wegen ein paar Bieren ein Aufhebens machen sollte.« Er musterte mich. »Haben sie dir Arbeit verschafft?«

»Ich soll mich am Montag morgen in einem Kaufhaus im Norden melden. Büroarbeit, haben sie gesagt.«

Der Wind wirbelte den Staub im Rinnstein auf, und Mike erschauerte leicht hinter seiner großen weißen Schürze.

Ich nahm meinen Koffer von der rechten in die linke Hand. »Ich glaube, ich gehe lieber, bevor du dir eine Lungenentzündung holst. Ich versuche, ein Zimmer in dem Haus zu bekommen, wo ich früher gewohnt habe. Laß die Leute wissen, daß ich wieder draußen bin, Mike, ja?«

Er grinste. »Wer würde das wohl wissen wollen?« Das fragte er nur, weil ihm nicht gleich einer einfiel.

»Man kann nie wissen, Mike«, sagte ich. »Es könnte für jemanden wichtig sein.«

Ich ging los, und nach einer Weile, als es anfing zu nieseln, schlug ich meinen Mantelkragen hoch.

Vor einem kleinen Café blieb ich stehen und sah auf die Uhr drinnen an der Wand. Ziemlich genau um diese Zeit würden wir einer nach dem anderen langsam den großen Speisesaal betreten. Es war Donnerstag, und es gab Rindfleischeintopf mit Brot und Kaffee.

Ich trat in das Café. Sie hatten Rindfleischeintopf auf der Speisekarte, aber irgendwie hatte er nicht den richtigen Geschmack. Auch nicht so sättigend, dachte ich.

»Was haben Sie denn draußen gemacht, Fred?« fragte Dr. Cullen. »In diesen paar Stunden.«

Der Direktor schnaubte. »Der Idiot hat sich einen angetrunken und das Fenster einer Kneipe eingeschlagen.«

»Ja, Sir«, sagte ich. »Das war's, was ich getan habe.«

Dr. Cullen lächelte. »Warum sind Sie nicht weggelaufen, Fred, nachdem Sie das getan hatten? Warum haben Sie gewartet, bis die Polizei kam?«

»Ich hatte wohl zuviel getrunken, Sir«, sagte ich. »Ich habe nicht weiter nachgedacht.«

Bragan zeigte seine großen, unregelmäßigen Zähne. »Das hast du weiß Gott nicht. Du hast deine Bewährung gebrochen, das kostet dich zwei weitere Jahre.«

»Vierzehn Monate, Sir«, murmelte ich respektvoll.

Dr. Cullen schaute in die Unterlagen auf seinem Schoß. »Sie haben keine lebenden Verwandten, oder?«

»Nein, Sir.«

»Haben Sie Post bekommen, solange Sie hier waren? Oder an jemanden geschrieben?«

»Nein, Sir.«

»Haben Sie Freunde draußen? Leute, zu denen Sie gehen könnten?«

»Nein, Sir.«

»Aber hier im Gefängnis haben Sie Freunde, nicht?«

»Ja, Sir«, sagte ich. »Ein paar habe ich wohl.«

Er lehnte sich zufrieden zurück. »Sie sind hier nur einmal in Schwierigkeiten geraten. Stimmt das, Fred?«

»Ich erinnere mich nicht, Sir.«

Bragan lachte. »Vor ein paar Jahren ist er mal bei einer Inspektion gefilzt worden. Wir fanden ein Messer unter seiner Matratze.« Er sah mich an. »Was würdest du mit einem Messer anfangen wollen, Fred?«

Das Messer hatte ich mir für Ed Reilly besorgt, weil er mich im Hof immer so herumschubste. Aber Ed hatte noch mehr Feinde als mich, und einer von ihnen erwischte ihn, während ich in Einzelhaft saß.

»Daran erinnere ich mich gar nicht mehr genau, Sir«, sagte ich.

Dr. Cullen legte seine Fingerspitzen zu einer Brücke zusammen. »Fred ist nicht hierher zurückgekommen, weil er unvorsichtig oder dumm wäre. Er wollte zurückkommen.«

Bragan grinste und wartete, was folgen würde.

»Das gibt es relativ häufig, Direktor«, sagte Dr. Cullen. »Besonders bei Männern, die einen großen Teil ihres Lebens im Gefängnis verbracht haben. Man nennt es Institutionalisierung. Diese Menschen fühlen sich in der Außenwelt tatsächlich unwohl oder haben sogar Angst davor.«

Bragan war da anderer Meinung. »Lassen Sie mich mit diesem Käse in Ruhe. Kein Mensch läßt sich gerne sagen, wann er aufstehen oder ins Bett zu gehen hat, was er anziehen soll und wann und wie er es zu tragen hat, wann er essen, wann er arbeiten und wann er wieder aufhören soll. Stimmt's, Fred?«

Ich fand, damit hatte er das Leben fast aller Menschen, ob im Knast oder draußen, ziemlich gut beschrieben. »Tut mir leid, aber ich verstehe nicht recht, Sir«, sagte ich.

Dr. Cullen war geduldig. »Freiheit bedeutet auch Verantwortung. Sie bedeutet Entscheidungen und Sorgen. Darum können so viele sie nicht annehmen – ohne sich dessen bewußt zu sein natürlich.«

»Ja, Sir«, sagte ich. »Die ganze Welt ist ein Gefängnis.«

Die Stimme des Doktors klang leicht verärgert. »Ich meine ganz besonders dieses hier.«

»Ja, Sir«, sagte ich.

Bragan lachte. »Sie sind auf der falschen Fährte, Doc. Fred kann diesen Ort hier nicht einen Deut besser leiden als ich.«

Dr. Cullen wurde etwas förmlich. »Ich weiß, wovon ich rede, Mr. Bragan, ich habe eine dementsprechende Ausbildung hinter mir.«

Bragan grinste. »Das soll wohl heißen, daß ich keine habe? Daß ich nur das richtige Parteibuch habe?«

Dr. Cullen sagte nichts.

Bragan behielt sein Grinsen bei. »Ich brauche keine Ausbildung. Dieser Job hier ist für mich nur ein Sprungbrett. Ich bin jetzt seit fünf Jahren hier und komme mir vor, als hätte ich selbst gesessen.«

Dr. Cullen wandte sich mir zu. »Die Welt da draußen muß ziemlich einsam für Sie sein, Fred, oder?«

Ich wußte nicht genau, warum ich versuchen wollte, ein Zimmer in meiner alten Pension zu bekommen. Vielleicht einfach deshalb, weil sie zu den wenigen Orten gehörte, wo man sich an mich erinnerte.

Mrs. Carr machte auf mein Klingeln die Tür auf. Sie war eine massige Frau, in deren wasserblauen Augen sich das Mißtrauen eingenistet hatte.

»Ich bin's«, sagte ich. »Erinnern Sie sich nicht? Fred Riordan.«

Sie blinzelte, bis ihr schließlich die Erinnerung kam.

»Ich möchte gern ein Zimmer«, sagte ich. »Mein altes, wenn es frei ist.«

Ihr Ton war kalt. »Ich habe keine Zimmer frei.«

Ich lächelte. »Das Schild am Fenster sagt etwas anderes.«

Sie stand unbeweglich, ein Schattenriß gegen die matte Treppenhausbeleuchtung.

»Ich habe Ihnen nie irgendwelchen Ärger gemacht«, sagte ich. »Ich zahle im voraus. Zwei Wochen.«

Sie zögerte.

»Ich bin auf Bewährung«, sagte ich. »Ich muß mich ordentlich führen.«

Sie entschied sich. »Vierzehn Dollar.«

Ich folgte ihr die Treppe hinauf. Das Geländer war feucht von Möbelpolitur. »Wohnt Jake Miller noch hier?«

Sie blieb vor meinem alten Zimmer stehen. »Er ist vor ein paar Jahren gestorben. Es ist keiner mehr hier, den Sie kennen.«

Sie machte die Tür zu meinem Zimmer auf. Drinnen war die Kargheit, an die ich mich erinnerte. Ein Bett aus Messing, eine Kommode, ein einfacher Holzstuhl. Im Schrank hingen wahrscheinlich ein halbes Dutzend Kleiderbügel aus Draht.

»Rauchen im Bett ist verboten«, sagte Mrs. Carr. »Und ich will keinen wie auch immer gearteten Ärger.« Sie musterte mich. »Sie sehen nicht schlecht aus. Älter, aber gut genährt und ausgeruht.«

»Gefängnisinsassen leben länger«, sagte ich. »Das macht das geregelte Leben.«

Als sie gegangen war, zog ich die mit Papier ausgelegten Schubladen der Kommode auf, bis ich einen Aschenbecher fand. Ich setzte mich aufs Bett und rauchte eine Zigarette. Dann knipste ich das Deckenlicht aus, streifte die Schuhe ab und legte mich hin.

Nach einer Weile drang die Kälte mir allmählich in die Knochen. Die Kälte war etwas, das ich vergessen hatte. Ich mußte mich erst wieder daran gewöhnen.

Ich zog mir die Decke bis ans Kinn.

Ich lauschte den Schritten der anderen Mieter, als sie die knarrende Treppe heraufkamen, und ich hörte das Öffnen und Schließen von Türen und die Stimmen von Fremden.

Ein paar Stunden später vernahm man nichts mehr, bis auf das gelegentliche Zischen der Autoreifen auf dem nassen Asphalt unten.

Keine hundert Mann, die ihre individuellen Schlafgeräusche von sich gaben. Keine hallenden Schritte der Wachen, die ihre Runden durch die Gänge drehten.

»Menschen nehmen bestimmte Lebensgewohnheiten an«, sagte Dr. Cullen. »Wenn diese Routine gestört wird, geraten sie in Verwirrung. Sie fühlen sich verloren.«

Ich hätte eine Zigarette vertragen können, aber ich wußte, daß der Direktor mich hier nicht rauchen lassen würde. »Ja, Sir«, sagte ich. »Der Buchhalter freut sich sein ganzes Leben auf den Ruhestand, aber wenn es dann soweit ist, weiß er nicht, was er mit sich anfangen soll. Er ist unglücklich.«

Dr. Cullen zwang sich zu einem Lächeln. »Leider verstehen Sie immer noch nicht, Fred.« Er rieb sich die Schläfen. »Weshalb sind Sie hier, Fred?«

Es stand alles in den Unterlagen auf seinem Schoß. »Wegen bewaffneten Raubüberfalls, Sir.«

Bragan räkelte sich in seinem Drehsessel. »Fred hat eine Tankstelle überfallen. Keine halbe Stunde später wurde er gefaßt. Er scheint nicht viel Glück mit seinen Unternehmungen zu haben.«

Dr. Cullen stieß die Blätter der Akte zu einem säuberlichen Stapel zurecht und legte sie wieder in die Mappe. »Er will gar kein Glück haben, Direktor. Es ist ihm vielleicht nicht einmal bewußt, aber dies hier ist seine Heimat. Hier sind die einzigen Freunde, die er kennt. Hier ist es warm. Hier werden alle Entscheidungen für ihn getroffen. Er hat ein Bett und Essen, und die Arbeit ist nicht allzu schwer. Er hat absolut keine Sorgen.«

Bragan wartete, bis der Doktor die Tür hinter sich zugemacht hatte, und sah mich grinsend an. »Du bist wieder hier, weil du einfach zu dämlich bist. Stimmt's Fred?«

Am nächsten Tag gegen Mittag klopfte Mrs. Carr an meine Tür. »Telefon für Sie.«

Ich ging nach unten zum Wandtelefon. Es war Tony Wando, und ich sollte gleich zu ihm kommen, stehenden Fußes.

Tonys Wohnung mit den hohen Decken lag ganz oben im Sheldon Building, und er konnte zugleich auf die Stadt herab- und hinunterblicken, die ihm beinahe gehörte.

Er mixte zwei Drinks und reichte mir einen. »Was ist los, Fred? Magst du die hohen Mauern so gern?«

»Nein«, sagte ich, »ich kriege Schweißausbrüche, wenn ich nur daran denke.«

Er deutete ein Lächeln an. »Warum hast du dich dann mit Kleinkram abgegeben, Fred? Tankstellen, Feinkostläden, Supermärkte, Drugstores. Du bist immer geschnappt worden.«

Ich nippte an meinem Glas. »Sie haben gut bezahlt, wenn ich für Sie gearbeitet habe, Tony, aber ich habe nur alle zwei oder drei Jahre einen Auftrag von Ihnen gekriegt. Davon konnte ich nicht leben.«

Er dachte darüber nach und zuckte die Achseln. »Wahrscheinlich hast du recht. Ich habe nicht viele Aufträge, die für dich in Frage kommen.«

Er trank aus, und dann sagte er mir, was ich tun sollte.

Ich wischte mir die Stirn mit einem Taschentuch. »Ich will den Job nicht, Tony. Suchen Sie sich einen anderen dafür.«

Er schüttelte den Kopf, während er im Zimmer auf und abging. »Es muß natürlich aussehen. Wie etwas, das einem Mann in seiner Position einfach passieren kann. Wenn das auch nur entfernt nach einem Syndikatsmord riecht, stecken wir bis zum Hals in Ermittlungen.«

Er hörte auf, hin und her zu gehen. »Du bist genau der Richtige für den Plan. Du bist in seiner Nähe und kannst den richtigen Zeitpunkt bestimmen. Du kannst gut mit einem Messer umgehen, Fred, und du kannst dafür sorgen, daß es aussieht, als hätte es irgendeiner von vielen getan.«

Er kam näher. »Es muß getan werden. Er fängt an, eigene Vorstellungen zu entwickeln. Er wartet nicht mehr auf meine Anweisungen. Er widerspricht. Wenn er in die Hauptstadt kommt, macht der seine eigene Organisation auf.« Tonys Augen waren dunkel. »Das kann ich nicht dulden, Fred. Bragan war ein Nichts, als ich ihn aufgegabelt habe, aber jetzt beißt er.«

Er beobachtete mich. »Ich weiß, für dich heißt das noch mal vierzehn Monate, aber du kriegst Tausend für jeden Monat. So wichtig ist mir die Sache.«

Als ich bei Tony rauskam, ging ich in eine Kneipe und ließ mich vollaufen. Dann warf ich ein Fenster ein und wartete, bis die Polizei mich mitnahm.

Ich hatte eine Aufgabe innerhalb der Mauern zu erledigen.

Bridgets Wiederkehr

Ich hatte eine Frau umgebracht. Daran war nicht zu rütteln. Wenn sie nur nicht diese blöde Dose mit Erbsen nach mir geworfen hätte.

Ich war kurz vor Ladenschluß in den Supermarkt gegangen, hatte einen Wagen durch die Gänge geschoben und willkürlich hier und da Sachen aus den Regalen gegriffen. Ich hatte nicht vor, etwas davon mitzunehmen, wenn ich ging.

Um neun wurde die Eingangstür abgeschlossen, und die etwa zwanzig verbliebenen Kunden beendeten ihre Einkäufe und drifteten nach und nach zu den Kassen. Ich lungerte weiter zwischen den Regalen herum.

Eine gute Viertelstunde verging, dann kam eine große, wohlproportionierte Frau um die Vierzig im roten Jackett des Filialleiters auf mich zu.

»Entschuldigen Sie bitte«, sagte sie, »aber wir schließen jetzt.«

Ich warf einen Blick den Gang hinunter. Die letzten Kunden waren fort, und nur eine einzige, kaugummikauende Kassierein war noch auf ihrem Posten und blickte bedeutungsvoll in meine Richtung. Die anderen Kassiererinnen und Angestellten waren schon gegangen, offenbar nicht gewillt, nach Geschäftsschluß noch hier herumzuhängen.

Ich schob meinen Wagen in den vorderen Teil des Ladens und sah dabei durch die Schaufenster, daß der Parkplatz inzwischen leer war, und mein Auto als einziges noch dastand.

Ich schob den Einkaufswagen beiseite und zog meinen Revolver heraus. Dann sagte ich zu der Frau im roten Jackett: »Sie werden jetzt so freundlich sein, und mir Ihre gesamten Bareinnahmen aushändigen. Um diese Tageszeit ist vermutlich das meiste im Safe.«

Es hatte eine Schrecksekunde gegeben, in der die beiden Frauen sich mit der Tatsache abfinden mußten, daß dies ein Überfall war.

Die Augen der Filialleiterin verengten sich, und ich konnte sehen, daß sie gleich etwas unternehmen würde.

»Madam«, sagte ich, »an Ihrer Stelle würde ich nicht versuchen –«

Meine Warnung kam zu spät.

Ihre Hand fand eine Dose auf dem Regal neben ihr, und sie warf sie in meine Richtung. Sie schien wie in Zeitlupe durch die Luft zu segeln, und ich erinnere mich genau, daß auf dem Etikett irgend etwas von Erbsen stand.

Die Dose traf mich am Oberarm, und mein Finger krümmte sich krampfartig um den Abzug der Waffe. Im Blick der Filialleiterin war eine unermeßliche Überraschung zu erkennen, dann sank sie zu Boden, unwiderruflich tot.

Die Kassiererin fiel in Ohnmacht. Ich seufzte, steckte den Revolver in die Tasche und ging hinaus zu meinem Auto. Nachdem ich eingestiegen war, blieb ich erst einmal ein Weilchen still sitzen, bevor ich den Zündschlüssel umdrehte.

Ich fuhr zur Hafenbrücke. Es war nicht viel Verkehr, und ich hielt an. Bei laufendem Motor trat ich ans Geländer und warf den Revolver so weit ich konnte hinaus; den falschen Bart hinterher.

Dann stieg ich wieder in den Wagen und fuhr, bis ich noch etwa zwei Straßen von meiner Wohnung entfernt war. Dort stellte ich den Wagen ab und ging den Rest des Weges zu Fuß.

In meiner Wohnung im vierten Stock zog ich Mantel und Handschuhe aus und setzte den Hut ab. Ich hätte einen steifen Drink vertragen können, beließ es aber bei einem Glas Wasser.

Ich setzte mich hin. Also, was geschehen war, war geschehen.

Wie tüchtig war die Polizei? Ob es jemandem gelungen war, die Nummer meines Wagens zu notieren, spielte im Grunde keine Rolle, da ich ihn gestohlen hatte; aber war mir jemand gefolgt?

In der Ferne hörte ich eine Polizeisirene. Ich lauschte mit einem Gefühl der Resignation, aber der Streifenwagen fuhr an meinem Haus vorbei.

Ich war ziemlich müde, sehr wahrscheinlich eine Reaktion auf den Mord. Ich zog meinen Pyjama an und ließ mein Schrankbett herunter.

Ich dachte, ich könnte vielleicht nicht einschlafen, aber ich war sofort weg.

Ich erwachte beim Klang der Glocke von der nahegelegenen Kirche. Es schlug zwei. Ich lag mit geschlossenen Augen da, aber ich hatte ganz deutlich das Gefühl, nicht allein im Zimmer zu sein. Ich machte die Augen auf.

Sie stand in ihrem roten Jackett am Fußende des Bettes, ihr Gesicht war totenblaß. Ich erwartete fast, ein Einschußloch und Blutspuren zu sehen, aber das blieb mir erspart.

Ja, dachte ich. Ich habe einen Alptraum. Das war zu erwarten.

Sie fixierte mich. »Ich bin Bridget O'Keefe. Sie haben mich gestern abend umgebracht.« Sie betrachtete mich genauer. »Sie *sind* doch Oliver Wilson, oder?«

»Ich fürchte ja.«

»Wo ist Ihr Bart geblieben?«

»Er war angeklebt.«

Sie nahm die Tatsache zur Kenntnis. »Oliver Wilson«, wiederholte sie, »Sie haben mich umgebracht.«

»Es war ein Unfall, ich versichere es Ihnen. Als ich den Laden betrat, hatte ich nicht die geringste Absicht, jemanden zu erschießen.«

»Warum hatten Sie dann eine geladene Waffe bei sich?«

»Eine psychologische Maßnahme. Wäre meine Waffe ungeladen gewesen, hätte man mir womöglich mein mangelndes Selbstvertrauen angemerkt.«

»Das ändert nichts an der Tatsache, daß ich tot bin und Sie leben und ungeschoren hier liegen. Ich will, daß Sie zur Polizei gehen und Ihr Verbrechen gestehen.«

Ich legte Widerspruch ein. »Ich glaube, in meinem Alter hätte ich Probleme, mich an das Gefängnisleben zu gewöhnen.«

Sie lächelte entschieden. »In dem Fall habe ich vor, Sie als Gespenst zu verfolgen, bis Sie sich stellen. Ich werde immer bei Ihnen sein, wo Sie auch hingehen, und wenn es bis ans Ende der Welt ist.«

»Madam«, sagte ich. »Ich bin schrecklich müde und brauche meine Ruhe. Ich werde mich jetzt in die Tiefschlafphase begeben, und Sie werden sich auflösen.«

Ich machte die Augen zu. Nach einer Weile linste ich

durch die halbgeschlossenen Lider. Sie stand immer noch da, nachdenklich, aber unsicher.

Ich wartete noch einmal fünf Minuten, bevor ich wieder hinsah. Diesmal war sie weg.

Ich schlief bis kurz vor zehn am nächsten Morgen.

Als ich die Augen öffnete, sah ich Bridget O'Keefe auf der Couch am Fuße meines Bettes sitzen und interessiert den Umschlag eines Buches aus der Bibliothek betrachten, das ich auf dem Hocker hatte liegen lassen. Ich war ein bißchen erschüttert. Ich träumte jetzt eindeutig nicht. Hatte ich eine Halluzination?

Ich beobachtete sie ein Weilchen, dann sagte ich: »Warum zum Teufel starren Sie diesen Buchumschlag an?«

»Nicht den Umschlag«, erwiderte sie, ohne aufzusehen. »Ich lese das Buch. Ich bin auf Seite 112. Als erdentrücktes Wesen kann ich weder ein Buch aufschlagen noch Seiten umblättern, aber ich kann durch die Seiten hindurchsehen, selbst durch Rückseiten.«

Ich seufzte. »Ich nehme an, Sie sind zurückgekommen, um mich als Gespenst zu verfolgen?«

»Lassen Sie mich erst dieses Kapitel zu Ende lesen.«

Ich ging ins Bad und machte die Tür zu. Sie kam nicht hinter mir her. Nachdem ich mich gewaschen hatte, ging ich zurück und verstaute das Klappbett wieder an der Wand.

Bridget las ihr Kapitel zu Ende und sah sich im Zimmer um. »Als Räuber können Sie nicht sehr erfolgreich sein, oder warum würden Sie sonst in diesem schäbigen Apartment wohnen?«

Dann schien ihr Blick sich auf irgend etwas jenseits dieses Zimmers zu konzentrieren. »Sie gehen wohl häufig auswärts essen. Es steht kein schmutziges Geschirr in der Spüle.«

Ob das nun Traum oder Halluzination war, ich hatte das Gefühl, ich sollte mich bemühen, dem ein Ende zu machen. »Madam, ich habe Ihren Mann der ehelichen Gemeinschaft mit Ihnen beraubt, das tut mir unendlich leid. Und sollte ich Kinder mutterlos gemacht haben, so bin ich zutiefst getroffen. Aber ich habe immer noch nicht vor, mich der Polizei zu stellen.«

»Meine einzige Verwandte ist meine Nichte Annie in Cleveland«, sagte sie. »Ich nehme an, jetzt gehen Sie irgendwohin frühstücken?«

Ich überlegte. »Es ist viel zu spät zum Frühstücken. Ich lasse es ausfallen.«

»Das sollten Sie nicht tun. Ein gutes Frühstück ist der beste Start in den Tag.«

Ich fing an, alle Bücher aus der Bibliothek zusammenzutragen. Es waren sechs, alles Kriminalromane. Ich zog Mantel und Handschuhe an und setzte meinen Hut auf.

»Wohin gehen Sie?« wollte sie wissen.

»Ich bringe die Bücher in die Bibliothek zurück.«

Sie betrachtete die Bücher unter meinem Arm mit ihrem Jenseitsblick. »Wie ich sehe, benutzen Sie Papierschnipsel als Lesezeichen.«

Ich zuckte die Achseln. »Wahrscheinlich.«

»Nach den Lesezeichen zu urteilen, haben Sie drei gar nicht ausgelesen. Warum bringen Sie die Bücher dann schon zurück?«

»Sie sind längst fällig.«

»Nein, das sind sie nicht. Ich sehe genau, daß sie alle am sechzehnten fällig sind. Heute ist der vierzehnte.«

»Madam, ich bin nicht dafür, immer bis zum letzten

Moment zu warten. Außerdem fand ich diese Bücher ziemlich langweilig, und ich bin nicht so besessen, daß ich jedes Buch auslese, wenn ich es einmal angefangen habe.« Ich machte die Flurtür auf.

»Ich komme mit«, sagte Bridget.

»Es ist beißend kalt draußen«, sagte ich. »Kaum das richtige Wetter für jemanden in einem dünnen roten Jackett.«

»Ich muß mir keine Gedanken mehr ums Wetter machen«, konterte sie. »Und niemand außer Ihnen wird mich sehen oder hören. Meine Anwesenheit kann Sie also nicht in Verlegenheit bringen.«

Auf dem Weg zur Bücherei in der Nähe fing Bridget ein Gespräch über Buße für begangene Sünden an, insbesondere für Mord.

In der Bibliothek gab ich die Bücher zurück und wollte schon gehen, als Bridget fragte: »Nehmen Sie keine neuen mit? Bei der Unterhaltungsliteratur stehen zwei Reihen mit neuen Kriminalromanen.«

»Madam«, sagte ich. »Ich habe meine Zweifel, ob Sie mich in Ruhe und Frieden lesen lassen würden.«

Die Bibliothekarin an ihrem Tisch sah verwirrt auf, und mir wurde klar, daß ich aus ihrer Sicht ein Selbstgespräch geführt hatte.

Ich verließ das Gebäude möglichst rasch. Bridget folgte mir auf dem Fuß. »Ich sprach über Buße für Sünden«, sagte sie.

Ich seufzte. »Muß das sein?«

Sie nickte. »Da ich nicht mehr aus Fleisch und Blut bestehe, kann ich keinen erwürgen oder die Treppe hinunter stoßen oder über ein Kliff stürzen. Ich habe nur eine echte Waffe – meine Stimme. Und die will ich benutzen.«

»Das hat doch mit Spuken nichts zu tun, das ist Belästigung. Wahrscheinlich wollen Sie reden, bis der Klang Ihrer Stimme mich entweder zum Wahnsinn treibt oder aufs Polizeirevier?«

»Das ist so ungefähr das, was ich vorhabe.«

Es war ein schöner Tag, und da ich die Vorstellung, in meine triste Wohnung zurückzugehen, ziemlich unattraktiv fand, beschloß ich, statt dessen einen langen Spaziergang zu machen. Ich ging in Richtung der Parks, an meiner Seite Bridget O'Keefe, die sich recht intelligent über das Thema Gewissen und Verantwortung für das eigene Tun ausließ.

Im Laufe des Vormittags und frühen Nachmittags erfuhr ich, daß sie fünfundvierzig war und ein Einzelkind. So war ihr die Aufgabe zugefallen, sich um ihre alternden Eltern zu kümmern. Ihr Vater war vor sieben Jahren gestorben, ihre Mutter bald danach. Sie hatte seit ihrem achtzehnten Lebensjahr bei ein und derselben Supermarktkette gearbeitet, davon zwanzig Jahre als Kassiererin. Es war langweilig, aber Frauen hatten zu der Zeit eben keine Aufstiegsmöglichkeiten. Immerhin war sie seit sieben Jahren stellvertretende Filialleiterin und kürzlich zur Filialleiterin für die Nachtschicht befördert worden. Das hieß, daß sie an sechs Tagen in der Woche zwischen fünf und neun Uhr abends die Verantwortung für den Laden trug.

Das rote Jackett hatte die Firma gestellt, allerdings war es für einen Mann geschneidert, so daß sie es ändern mußte. Aber das machte ihr nichts aus, weil sie gern nähte. Ihre neue Stellung hatte sie erst seit vier Monaten, und deshalb hatte sie auch die Dose Erbsen geworfen. Sie wollte nicht, daß in ihren Unterlagen stand, der Laden sei ausgeraubt worden, solange noch ein Atemzug in ihr war, um ihn zu verteidigen.

Gegen zwei Uhr waren wir wieder in meiner Wohnung. Ich nahm mir eine alte Zeitung und fing demonstrativ an zu lesen.

Bridget ließ sich dadurch nicht beirren. Sie redete weiter.

Ich sah von der Zeitung hoch. »Angenommen«, sagte ich, »nur mal angenommen, ich würde tatsächlich zur Polizei gehen und erzählen, daß ich Sie gestern abend umgebracht habe. Was glauben Sie, würde passieren?«

»Man würde Sie festnehmen.«

»Aber man könnte mir nichts beweisen.«

»Was braucht es denn für Beweise? Sie gestehen einfach, und damit hat es sich.«

Ich schüttelte den Kopf. »So einfach ist das nicht. In einer Stadt dieser Größe wird die Polizei nach jedem Mord von Leuten belästigt, die sich aus den verschiedensten Gründen darum reißen, es gewesen zu sein. Es würde mich nicht sehr überraschen, wenn bereits ein halbes Dutzend Leute sich zu meinem Verbrechen bekannt hat, vielleicht überzeugender, als ich es könnte.«

Sie dachte darüber nach. »Also, Ellie könnte Sie identifizieren. Sie war an der Kasse.«

»Ich hatte einen Bart.«

»Und wenn Sie der Polizei Ihre Waffe mitbringen? Sie könnten die Kugeln vergleichen, das müßte ja wohl Beweis genug sein.«

»Dummerweise habe ich das Ding ins Hafenbecken geworfen. Es liegt momentan im Schlamm unter – sagen wir zwölf Metern Wasser. Ich habe meine Zweifel, ob man es da wieder rausholen könnte.«

»Aber Ihre Fingerabdrücke. Sie müßten doch auf allen Sachen sein, die Sie in Ihrem Einkaufswagen hatten, und damit wäre Ihre Anwesenheit am Ort des Verbrechens bewiesen.«

»Ich hatte Handschuhe an.«

Es trat ein etwa fünfminütiges Schweigen ein.

»Ich hab's«, sagte sie endlich. »Die Polizei kann Sie einem Lügendetektortest unterziehen.«

»Die Ergebnisse solcher Tests werden in diesem Staat nicht als Beweismaterial anerkannt.«

»Also, Sie können doch nicht einfach hier sitzen und so leicht aufgeben. Sie müssen sich was einfallen lassen, das Sie ins Gefängnis bringt.«

»Madam«, sagte ich. »Im Augenblick fällt mir nur ein, daß ich gern ein Mittagsschläfchen machen möchte.« Ich streckte mich auf der Couch aus und legte die Zeitung über mein Gesicht.

»Sie machen mir nichts vor«, sagte sie energisch. »Heute morgen haben Sie bis zehn geschlafen. Sie können gar nicht müde sein.«

Sie nahm ihren verbalen Rachefeldzug wieder auf, wobei sie sich vor allem über die Überwindung von Hindernissen durch Beharrlichkeit ausließ. Allerdings glitt sie im Lauf ihrer Rede allmählich in die Erzählung ihres Ausflugs zum Yellowstone Nationalpark im vergangenen Jahr und behauptete, als Beweis dafür habe sie Dias davon in ihrer Wohnung.

Genaugenommen war ihre Stimme sehr beruhigend. Ich merkte, wie ich einnickte, und schließlich schlief ich hinter der Zeitung ein.

Ich weiß nicht, wie lange ich geschlafen hatte, aber als ich aufwachte, hörte ich:

»Voltaire hat gesagt, Wilhelm habe sich nie voll entfaltet, außer in schwieriger Lage. Dasselbe kann man über General Washington sagen, denn die Beschreibung paßt auf ihn.«

Ich nahm die Zeitung vom Gesicht.

Bridget saß in meinem Sessel und hatte etwas weit Abwesendes im Blick. »In manchen Seelen schlummert eine natürliche Festigkeit, die sich bei trivialen Anlässen nicht erschließt, doch wenn einmal aufgeschlossen, eine Schatulle voll Standfestigkeit enthüllt...«

»Bridget«, sagte ich, »wovon zum Teufel reden Sie?«

Sie lächelte. »Ich filibustere.«

»Filibustern?«

»Ja, wie im Kongreß, wenn ein Senator nicht möchte, daß ein bestimmter Gesetzesentwurf durchkommt. Dann steht er auf und redet so lange er kann über das Gesetz, aber es gibt nur eine gewisse Menge, die man zu einem Thema sagen kann. Er will aber nicht das Feld räumen, also fängt er an, irgend etwas vorzulesen – zum Beispiel die Lokalzeitung seiner Heimatstadt, oder ein offizielles Bulletin, oder *Vom Winde verweht*. Es spielt keine Rolle, was es ist, und er kann tagelang so weitermachen.«

»Und jetzt filibustern Sie also, weil Ihnen die eigenen Wörter ausgegangen sind?«

»Ja, aus den Schriften von Thomas Paine. Ich lese die Streitschrift: *Gesunder Menschenverstand*.«

»Ich kann mich nicht erinnern, daß ich dieses Buch besitze oder mir ausgeliehen hätte.«

»Es ist in der Wohnung nebenan, wo es als Unterlage für einen Schrank dient.«

Ich lag da, während sie *Gesunder Menschenverstand* beendete und zu *Die Rechte des Menschen* überging.

Um acht setzte ich mich auf. »Also, Bridget, ich hau mich in die Falle.«

Sie hörte auf vorzulesen. »So früh?«

Ich ging ins Bad und zog meinen Schlafanzug an. Als ich zurückkam, schlug ich mein Klappbett auf. »Es war ein langer Tag, und ich bin wirklich ziemlich müde. Wahrscheinlich schlafe ich gleich ein.«

Sie dachte darüber nach. »Na gut, vielleicht haben Sie recht. Ich werde langsam etwas heiser.«

Ich stieg ins Bett und machte die Augen zu. Nach fünf Minuten machte ich sie wieder auf. Bridget war weg. Ich wartete eine Viertelstunde, weil ich dachte, sie käme womöglich zurück, um noch einmal nachzusehen, dann stand ich auf und zog mich wieder an, setzte meinen Hut auf, zog den Mantel an und verließ die Wohnung.

Es war ein langer Weg, aber endlich stand ich in der Mitte der Hafenbrücke. Ich faßte in die Tasche und holte meine letzten drei Pennies heraus. Was zum Henker konnte man heute schon noch für drei Pennies kaufen? Ich warf sie übers Geländer.

Ich nahm den Hut ab. Warum hatte ich ihn überhaupt aufgesetzt? Er würde mir sowieso nur vom Kopf wehen. Ich quetschte ihn zwischen zwei Stäbe des Geländers. Vielleicht konnte ihn jemand anders gebrauchen. Ich zog den Mantel aus, faltete ihn ordentlich zusammen und legte ihn neben den Hut auf den Gehweg.

Ich schaute hinunter ins Dunkel. Ich hatte schon immer ein bißchen Höhenangst gehabt. Ich schloß die Augen und war soweit.

»Oliver«, meinte Bridget scharf, »setz den verdammten Hut auf. Und zieh den Mantel an.«

Wir betraten den Supermarkt etwa zwanzig vor neun, und Bridget zeigte mir eine Nische, wo ich mich verstecken konnte. Ich blieb dort bis halb zehn, als Bridget mir sagte, daß der Laden jetzt geschlossen sei und alle Angestellten gegangen seien.

Sie führte mich zum Safe im kleinen Büro des Filialleiters.

»Ich hätte mich wirklich erstmal erkundigen sollen, bevor ich anfing, dich als Gespenst zu verfolgen«, sagte sie. »Ich wußte nicht, daß du fast reich warst, bis sich dein Finanzberater mit deinem ganzen Geld nach Costa Rica abgesetzt hat. Warum hast du dir nicht einfach eine Arbeit gesucht wie normale Leute?«

»Mit dreiundfünfzig? Um ehrlich zu sein, ich bin nicht mehr vermittelbar, Bridget. Ich besitze keine marktgerechten Fertigkeiten.«

»Und dein Stolz hat dich daran gehindert, Almosen anzunehmen, da hast du beschlossen zu stehlen.«

»Es war mein erster Versuch«, erklärte ich. Bridget hatte mir die Kombination des Safes gesagt, und ich ging jetzt daran, ihn zu öffnen. »Ich dachte, du wolltest für mich Schmiere stehen.«

»Das tue ich«, sagte Bridget. »Der nächste Streifenwagen steht drei Straßen weiter. Im Moment döst einer der Beamten vor sich hin, der andere kaut eine Magentablette.«

Ich nahm die Bündel mit den Scheinen aus dem Safe.

»Nimm besser auch noch eine Tüte Lebensmittel mit, bevor du gehst«, riet sie mir. »Ich weiß, daß dein Schrank leer ist. Ich hätte merken müssen, daß du in Wahrheit kurz vor dem Verhungern bist, als du den ganzen Tag nichts gegessen hast. Und die Bücher aus der Bibliothek. Du hast sie zurückgebracht, obwohl du sie nicht ausgelesen hattest, weil du deine Angelegenheiten ordnen wolltest.«

Als wir den Laden verließen, hatte ich das Geld und meine Lebensmittel in einer schweren braunen Papiertüte.

»Du kannst eigentlich ebensogut bei mir wohnen«, sagte Bridget. »Die Wohnung ist sonnig und freundlich. Ich weiß nicht, wie lange es dauern wird, meinen Nachlaß zu ordnen, damit du offiziell einziehen kannst, aber in der Zwischenzeit kannst du ja den Verwalter bitten, dich die Wohnung mal ansehen zu lassen, und ich zeige dir dann, wo ein Ersatzschlüssel ist, den du mitgehen lassen kannst.«

»Warum sollte ich den Schlüssel mitgehen lassen?«

»Weil du in der Zeit, bis du einziehst, alle paar Tage heimlich hingehen und meine Pflanzen gießen mußt. Und den Kühlschrank kannst du auch leermachen. Die Sachen werden schlecht, wenn sie zu lange liegen. Meine Nichte Annie erbt alles, und ich kann es nicht ändern, aber ich glaube, sie wird die Gelegenheit gern wahrnehmen und dir meine Möbel verkaufen, wenn du ihr ein anständiges Angebot machst. Und im Schrank sind drei Weihnachtssterne. Sie brauchen eine Ruhezeit, damit du sie Weihnachten zum Blühen bringen kannst, und ein dunkler Schrank ist der ideale Platz, um sie aufzubewahren, aber in zweiunddreißig Tagen nimmst du sie heraus, stellst sie an ein sonniges Plätzchen und gibst ihnen eine anständige Portion Wasser. Und meine Gummibäume stauben immer so ein, du solltest also ein Tuch nehmen und...«

»Bridget«, sagte ich. »Würdest du bitte – wenigstens bis ich aufgegessen habe – mal den Mund halten?«

Zwei Sekunden Schweigen. »Ja, Lieber.«

Ja, Lieber?

Ich zuckte die Achseln. Na gut, warum eigentlich nicht.
Und wie die Dinge lagen, hätte ich die Weihnachtssterne völlig vergessen, wenn nicht Bridget dagewesen wäre, um mich daran zu erinnern.

Im grünen Sessel

Und so haben Sie also die Menschheit vor dem Aussterben bewahrt?« fragte Professor Layton.

»Ja«, sagte ich. »Indirekt.«

Professor Layton war skeptisch. »Sie haben ja hier eine ganz eindrucksvolle Maschinerie. Ich nehme an, Sie nennen es Ihre Zeitmaschine, und sie fliegt in die Zukunft.«

»Nein«, sagte ich. »Die Maschine bleibt hier. Ich schicke ein *Objekt* in die Zukunft, und ich kann es mit einem Knopfdruck an jeden Punkt der Erde versetzen.«

Um ehrlich zu sein, ich habe Professor Layton noch nie gemocht, obwohl ich seinen scharfen Verstand bewundere, seine Gelehrsamkeit. Für einen Akademiker ist er eine bemerkenswerte Persönlichkeit.

»Die Zukunft ist also unabänderlich?« fragte er.

»Ich verstehe es auch nicht in allen Einzelheiten«, sagte ich, »aber im Prinzip scheint das so zu sein.«

Meine ersten Experimente hatte ich mit ganz alltäglichen Dingen aus meiner Umgebung gemacht. Als erstes hatte ich eine Ausgabe von *Die Mühle am Floß* von George Eliot ins Zentrum meines Transferenzzirkels gelegt – ich fand, ich konnte leicht darauf verzichten, falls etwas schiefging – und mich daran gemacht, es zweihundert Jahre in die Zukunft zu versetzen.

Als ich es fünf Minuten später in die Gegenwart zurückholte, war es ein bißchen naß. Offenbar hatte es geregnet.

Dann versuchte ich es mit Lampen, Tischen, Stühlen und anderen Dingen, mit vollem Erfolg.

Zuletzt ging ich zu lebenden Objekten über – einem Glas mit Goldfischen, meinem Wellensittich, und schließlich lieh ich mir den Hund eines Freundes.

Ich weiß noch, daß ich das Tier an ein Bein meines schweren grünen Sessels band. Ich wollte nicht, daß es sich in ein anderes Jahrhundert davonmachte und unwiederbringlich verlorenging. Das konnte peinlich werden.

Ich schickte ihn beherzt ins Jahr 20000, und als ich ihn zehn Minuten später zurückholte, schien er nicht sonderlich mitgenommen und gähnte sogar ein bißchen.

Nach meinen Berechnungen hatte ich ihn zwanzigtausend Jahre in die Zukunft versetzt, aber wie konnte ich sicher sein, daß er auch wirklich dort gewesen war?

So konnte es nicht ausbleiben, daß ich eines Tages selbst in dem Sessel saß, in der Hand den kleinen, tragbaren Kontrollmechanismus. Wie weit voraus würde ich die Skala stellen? Tausend Jahre? Oder sollte ich es vorsichtig angehen und es mit zehn Jahren versuchen? Zwanzig?

Ich weiß noch, daß ich schließlich lächelte. Es machte wahrscheinlich keinen Unterschied. Wenn schon, denn schon. Und zwanzigtausend Jahre schienen mir die Reise wert.

Ich drückte auf den Knopf.

Jetzt zündete sich Professor Layton eine Zigarre an. »Und was für eine Welt haben Sie vorgefunden?«

»Eine ziemlich grüne«, sagte ich. »Ziemlich überwuchert. Wissen Sie, es waren – wie ich später erfuhr – etwa vierzehntausend Jahre vergangen, seit es passiert war, und die Regeneration war fast vollständig. Zumindest bei der Vegetation.«

»Seit *was* passiert war?«

»Die atomaren Kriege, und Wasserstoff und Kobalt und all diese Dinge.«

Professor Layton schnaubte verächtlich. »Ich hätte mir denken können, daß Sie das sagen. Es hatte also eine völlige Wiederherstellung stattgefunden, soweit es die Vegetation betrifft. Und was war mit den Menschen? Es gab doch Menschen, oder nicht?«

»O ja«, sagte ich. »Es waren Menschen da.«

»Mutationen? Oder so etwas Ähnliches?«

»Nein. Die Menschen sahen ziemlich genau so aus wie wir heute, nur daß sie rasch ausstarben.«

»Verstrahlung? Vergiftete Atmosphäre?«

»Nein. Wie ich schon sagte, das war alles vorbei. Die Luft war ziemlich rein und gesund. Nein, die Veränderung war in ihnen. In ihrem Gemüt.«

»Was war mit ihrem Gemüt?«

Ich lächelte entschuldigend. »Also, es war beinahe so, als ob die menschliche Rasse der ganzen Sache müde wäre und beschlossen hätte, daß sie aufhören wollte zu existieren. Ich habe mich an ein Dutzend verschiedene Orte auf dem Globus versetzt, und die Situation schien überall dieselbe. Ich schätze, die Erdbevölkerung war auf weniger als hunderttausend zusammengeschrumpft.«

Layton fuhr sich mit den Fingern durchs Haar. »Und Sie haben sich mit ihnen verständigt? Ich vermute, sie sprachen wohl alle unsere Sprache?«

»Nein. Genaugenommen hatten sich die Sprachen offenbar bis auf wenig mehr als Gutturallaute zurückgebildet. Aber ich konnte *sehen*, daß die Intelligenz noch da war. Nur ihr *Wille* zu leben – zu lernen, wie man überlebt – schien sie verlassen zu haben.«

Layton wackelte ärgerlich mit dem Finger. »Und Sie wollen behaupten, daß Sie... daß es *Ihnen* gelungen ist...« Er riß sich zusammen. »Wie lange waren Sie insgesamt dort?«

»Eine Woche. Es war alles recht interessant, und ich kam mir wirklich ein bißchen wie ein Tourist vor.«

»Eine Woche?« Er entblößte die Zähne. »Und ich nehme an, Ihnen ist so etwas wie Raum-Zeit-Verschiebung begegnet? Eine Woche in der Zukunft ist nur ein Augenblick in der Gegenwart?«

»Nein«, sagte ich. »Genaugenommen beträgt der Zeitumtausch sozusagen eins zu eins. Eine Stunde unserer Gegenwart ist gleichbedeutend mit einer Stunde in der Zukunft – ein Jahr ist ein Jahr – ein Leben ein Leben.« Ich seufzte. »Sie haben keine Ahnung, was allein mein Erscheinen für diese Leute bedeutete. Ich war offenbar so etwas wie ein Katalysator für sie. Ich wurde sofort ihr Anführer – wahrscheinlich weil sonst keiner da war –, aber solange ich ihnen Anweisungen gab, taten sie alles, was ich wollte, inklusive einfach leben. Ehrlich gesagt, es war mir alles ziemlich peinlich.«

Es sah aus, als kaute Layton auf seiner Zigarre herum. »Was sagten Sie, wie weit in die Zukunft diese Maschine einen bringen kann?«

»Einundzwanzigtausend Jahre«, erklärte ich. »Das ist offenbar die Grenze.«

»Und da sind Sie also zwanzigtausend Jahre in die Zukunft gereist und haben herausgefunden, daß die menschliche Rasse kurz vor dem Aussterben war?«

»Genau.«

»Und das beunruhigt Sie natürlich?«

»Nun ja.«

Er zeigte wieder die Zähne. »Wenn das so ist, warum haben Sie dann nicht sofort Ihre Zeitmaschine noch einmal tausend Jahre in die Zukunft gelenkt, um zu sehen, ob die menschliche Rasse gerettet wurde oder nicht?«

»Das habe ich.«

Er sagte nichts, musterte mich nur mißtrauisch. »Und? Ist sie gerettet worden?«

Ich nickte. »Ja. Es hat sich alles ganz gut entwickelt.«

Er holte tief Luft. »In dieser *einen* Woche haben Sie also –«

»Gütiger Himmel, nein«, sagte ich. »Es hat ein ganzes Leben gedauert, die menschliche Rasse zu retten.«

»Und das haben *Sie* getan?«

»Nein.«

Er runzelte die Stirn und setzte sich in dem grünen Sessel etwas auf. »Wer dann?«

»Sie«, sagte ich und drückte auf den Knopf.

Vor Redaktionsschluß Mord

Roy Tenneys Tag begann vormittags um elf.

Ich folgte Cawber ins Schlafzimmer und setzte mich in einen Sessel gegenüber dem Bett. Ich schlug die Beine übereinander, zündete mir eine Zigarre an und blies eine Rauchwolke zur Decke.

Cawber zog die langen Vorhänge zur Seite, und die helle Sonne drang durch die Fenster der Wohnung herein.

Tenney brauchte immer etwa zehn Minuten, bevor er sich aus dem Schlaf lösen und dem neuen Tag ins Gesicht blicken konnte. Er war ein dünner, kleiner Mann von fünfundvierzig mit fahlrotem Haar. Er riß die Augen weit auf und blickte rasch um sich. Ich war da, und das machte die Welt sicherer.

Dann setzte er sich hastig und nervös auf. »Wo ist deine Waffe, Eddie?«

Ich schnippte Zigarrenasche von meinem Hemdärmel. »In der Küche, Chef.«

Seine Stimme war schrill und ängstlich. »Hol sie sofort.«

In der Küche goß Cawber gerade Kaffee ein. »Sie haben ihn zu Tode erschreckt. Da haben Sie ja für heute Ihren Spaß gehabt.«

Ich legte mein Schulterhalfter an und grinste. »Irgendwie vergesse ich dieses blöde Ding immer.«

Cawber kam mit einem Tablett hinter mir her ins Schlafzimmer. Er stellte es Tenney auf den Schoß und ging wieder.

Tenney nahm die Kaffeetasse zwischen die Fingerspitzen beider Hände und nippte. »Ich habe viele Feinde, Eddie. Man kann nie wissen, wann sie versuchen werden, mich zu erledigen.«

»Ich würde mir an Ihrer Stelle keine Sorgen machen«, sagte ich. »Wir sind im einundzwanzigsten Stock, und zwischen uns und dem Korridor sind zwei verschlossene Türen. Außerdem haben Sie ja mich.«

Tenney schüttelte den Kopf. »Man weiß nie. Die können zuschlagen, wenn wir es am wenigsten erwarten. Ein Mann in meiner Position muß vorsichtig sein. Jeder, der die Wahrheit druckt, muß das.«

Cawber kam mit der Post zurück.

Tenney schlitzte den ersten Brief auf und fing an zu lesen. Nach einer Weile kicherte er. »Jenny Williams verklagt mich. Sie will hunderttausend.«

Jenny Williams ist derzeit in einer Broadwayshow zu sehen, aber sie fühlt sich wohler vor einer Hollywoodkamera. Wenn man den Klatschkolumnen glauben will, ist sie die erste Wahl für die Hauptrolle in der Verfilmung des diesjährigen Bestsellers.

Ich rechnete kurz nach. »Damit hätten wir die Zweimillionengrenze erreicht.«

Sein kleines Kinn versuchte fest zu bleiben. »Bisher hat niemand auch nur einen Cent eingesammelt.«

»Das stimmt, Chef«, sagte ich. »Sie drucken in Ihrer Zeitschrift ja nur die reine Wahrheit.«

Er nickte. »Die haben alle Dreck am Stecken. Jeder einzelne von ihnen. Ich kann immer noch mehr über sie ausgraben, und sie wissen es. Sie sind nur auf kostenlose Publicity aus. Wenn sie die haben, lassen sie ihre Klagen fallen.«

Er nippte wieder an seinem Kaffee und seufzte. »Es macht mich ganz krank. All dieser unglaubliche Schmutz in der Welt.«

Ich warf einen Blick zur Decke. »Das ist schon schwer für einen sensiblen Menschen. Sie sollten mal Urlaub machen, Chef. Warum versuchen Sie es nicht mit einem kleinen Jagdausflug?«

Er wurde blaß. »Nein. Man weiß nie, was womöglich passiert, ich kann niemandem trauen.«

Er drückte dreimal auf einen Knopf am Kopfende seines Bettes, und Miss Janicki kam mit Block und Bleistift herein.

Miss Janicki hat fahle Haut, ein kleines Gesicht und ist stramme fünfunddreißig.

Tenney begann, Antworten auf seine Post zu diktieren. Nach einer Weile gab er wieder sein hohes Kichern von sich und reichte mir einen Brief. »Der ist von Rick Balboa.«

Ich las den Brief, und er hob sich vorteilhaft von dem ab, den mal ein Präsident an einen Musikkritiker geschrieben hatte. Ich reichte ihn an Miss Janicki weiter.

Während sie las, wurde ihr Gesicht fleckig rot. Ihre Augen glänzten, und sie las noch einmal. »Grauenhaft«, sagte sie. »Gemein.«

»Balboa hat offenbar keinen Sinn für Ihre Art von Publicity, Chef«, sagte ich. »Er hat jetzt eine Frau und zwei Kinder. Vielleicht findet er, man sollte langsam vergessen, daß er vor fünfzehn Jahren mal Stammkunde bei einer Prostituierten war.«

»Die Zeit radiert solche Dinge nicht aus«, schnauzte Tenney. »Die Öffentlichkeit hat das Recht zu erfahren, was für ein Mann ihren Teenagern Unterhaltungsmusik liefert.«

Ich blickte aus dem Fenster auf die hochaufragenden Gebäude, die den Sund verdeckten. »Haben Sie seine neue Platte schon gehört, Chef? Die bringt ihm wahrscheinlich wieder eine Goldene ein.«

Tenney setzte sich auf. »Er ist ein mieser Sänger. Er hat überhaupt keine Stimme.« Er wischte sich einen Kaffeetropfen vom Mundwinkel. »Nur diese verdorbenen Teenager mögen ihn.«

Ich ließ etwas Rauch im Mund herumrollen und blies ihn sanft aus. »Aber Sie mögen Balboa doch, Stella, oder?«

»Natürlich nicht«, kläffte Miss Janicki entrüstet. »Er hat eine Stimme wie eine Krähe.«

Tenney stieg aus dem Bett und nahm ihr den Brief aus der Hand. »Den hebe ich auf«, sagte er. »Vielleicht schicke ich ihn sogar an die Postverwaltung. In unserer Post ist kein Platz für Obszönitäten.«

Er ging barfuß zu dem kleinen Wandsafe und wartete. Miss Janicki und ich wandten pflichtbewußt die Köpfe, während er die Zahlenkombination einstellte.

Solange Tenney sich anzog, tranken Miss Janicki, Cawber und ich in der Küche Kaffee.

»Man stelle sich die Frechheit vor«, sagte Miss Janicki. »Diese Jenny Williams hat vielleicht Nerven. Diese liederliche Schlampe!«

Ich tat Zucker in meinen Kaffee. »Erzählen Sie doch mal, Stella.«

»Na, die hatte drei Liebhaber zugleich«, sagte Miss Janicki.

Ich holte schockiert Luft. »Das muß man sich mal vorstellen!«

Miss Janicki versuchte es gerade. Ihre Augen strahlten.

Ich beugte mich vor. »Ich habe den Artikel leider nicht gelesen.«

Sie legte bereitwillig los: »Also, der erste war ein Regisseur, der...« Irgend etwas in meinem Blick veranlaßte sie dazu, sich kerzengerade hinzusetzen. »Ich habe keine Lust, über solche Dinge zu reden.«

Ich legte das Kinn in die Hände und sah sie an. »Heute nacht habe ich es wieder an Ihrer Tür versucht, Stella. Warum schließen Sie immer ab? Sie stellen sich dem Schicksal in den Weg.«

Sie wurde knallrot und stand auf. »Vieh! Männer wie Sie haben doch bloß das eine im Kopf.« Sie stolzierte hinaus.

Cawber rührte in seinem Kaffee. »Die ewige Jungfrau. Einer unserer größten noch ungenutzten Naturschätze. Unter Liebe stellt die sich eine Vereinigung der Seelen vor. Sie würde hysterische Anfälle kriegen, wenn jemand versuchte, sie anzufassen.« Er warf mir einen Blick zu. »Sind Sie so in Nöten?«

Ich grinste. »Da müßte ich total blau sein.«

Tenney und ich standen im Flur und wollten gerade in sein Büro gehen, als es klingelte.

Er fuhr nervös zusammen, wie er es immer tut, und sah mich an. »Nimm die Kette nicht ab, bevor du nicht weißt, wer es ist.«

Ich öffnete die dicke Tür, soweit es die Kette zuließ.

Jenny Williams rauchgraue Augen blickten in meine. Sie musterte mich. »Zu Ihnen wollte ich eigentlich nicht.« Ein leichter Scotchgeruch stieg mir in die Nase.

»Wer ist das, Eddie?« wollte Tenney wissen.

»Jenny Williams«, sagte ich. »Sie ist voll und ganz darauf aus, Ihnen gegenüberzutreten.«

Tenneys Stimme klang mürrisch. »Ich will sie nicht sehen. Ich will überhaupt niemanden sehen. Schaff mir die Frau vom Hals.«

Ich nahm die Kette ab und trat in den Flur. Tenney ließ hinter mir das Schloß zuschnappen.

Jenny lächelte leicht. »Wie süß. Der kleine Mann hat Angst vor mir.«

Ich faßte nach der Wildlederhandtasche, die an ihrem Arm hing, und fühlte die Konturen einer kleinen Pistole. Eine 25er-Automatik wahrscheinlich. »Wollten Sie die benutzen?«

Sie zuckte die Achseln. »Ich weiß nicht. Noch ein Glas, und ich wüßte es.«

»Sie verklagen ihn«, sagte ich. »Geben Sie sich damit zufrieden.«

Hinter dem Alkoholschleier glühte eine tiefsitzende Wut in ihren Augen. »Das bringt nichts, verdammt noch mal, und ich weiß es auch.« Ihre Worte klangen etwas undeutlich. »Dieser dreckige Mistkerl«, flüsterte sie zornbebend. »Wissen Sie, was er getan hat?«

»Klar«, sagte ich.

Sie schüttelte den Kopf, daß ihr aschblondes Haar nur so flog. »Nein, Sie wissen es nicht.« Sie schwankte leicht und stützte sich an meinem Revers ab. »Die beste, die größte Rolle, die ich je hatte.« Sie schnippte mit den Fingern. »Weg, einfach so.«

Sie beugte sich näher zu mir und lachte träge. »Sie wollen in ihrem blöden Film keine Frau, die drei Liebhaber hatte.«

Sie legte den Kopf schief und beäugte mich. »Was kriegen Sie denn dafür, daß Sie diese Laus bewachen? Hundert die Woche? Zweihundert?«

Ich lächelte und schwieg.

Sie lachte. »Dann wäre Ihnen der Duft von zehntausend wahrscheinlich gar nicht so unangenehm, was?« Sie strich mir übers Kinn. »Soviel biete ich Ihnen für die Beseitigung dieser dreckigen Ratte.«

»Das ist die Sprache des Alkohols«, sagte ich.

Sie schüttelte den Kopf, und ihr Haar flog wieder. »Zehntausend, bar auf die Hand.«

Unsere Blicke trafen sich, und ein paar Sekunden lang war sie stocknüchtern.

»Ich meine es ernst«, sagte sie grimmig. »Jedes einzelne Wort.«

Dann lächelte sie und küßte mich leicht auf die Wange. »Zehntausend. Und alles, was Sie sonst noch wollen.«

Sie ging den Flur entlang zu den Fahrstühlen. Als sie auf den Knopf gedrückt hatte, sah sie sich um. »Rufen Sie mich an, wenn es vorbei ist. Es kümmert mich nicht, wie Sie es machen, aber sorgen Sie dafür, daß er tot ist.«

In Tenneys Auto ist ungefähr eine Tonne Stahl extra verarbeitet, und es läßt sich im Verkehr teuflisch schwer handhaben.

Er starrte mißmutig aus den dicken Fensterscheiben, während ich fuhr.

»Was ist mit dem Mädchen, das ich heute nacht hatte?« fragte er. »Wie hieß sie noch? Dieses Model, oder was sie war?«

»Ich habe sie heute morgen um neun rausgeschmissen«, sagte ich. »Sie schliefen noch.«

Er schwieg ein Weilchen und warf mir dann einen mißtrauischen Blick zu. »Wieviel haben Sie ihr gegeben?«

»Fünfhundert«, sagte ich. In Wirklichkeit waren es

zweihundertfünfzig gewesen. Die anderen zweihundertfünfzig befanden sich in meiner Tasche. Sie hatte angefangen zu lamentieren, aber nach einer Maulschelle war sie zufrieden gewesen mit dem, was sie hatte.

Er wartete, bis ich bremste, um an einer roten Ampel anzuhalten. »Ich muß nämlich nicht immer bezahlen, wissen Sie.«

»Klar, Chef«, sagte ich.

»Ich bin ein wichtiger Mann«, sagte er. »Sie kommen von allein zu mir.«

Die Ampel sprang um, und ich trat aufs Gaspedal.

»Manchmal rühre ich sie nicht einmal an«, meinte Tenney.

Wahrscheinlich eher überhaupt nie, dachte ich. Den Eindruck hatte ich jedenfalls aus den Erzählungen der Mädchen. »Klar, Chef«, sagte ich. »Sie wollen nur Gesellschaft.«

Das Wort stimmte ihn zufrieden. »Viele von denen haben Krankheiten, wissen Sie. Besonders die Models.«

Ich verzog keine Miene. »Warum gehen Sie nicht mal zum Arzt?«

Er sah aus dem Fenster und zuckte die Achseln. »Irgendwann mal.«

Wir waren schon fast am Randall Building, als er wieder sprach. »Worüber denkst du nach, Eddie? Du hast seit zehn Minuten kein Wort gesagt.«

Zehntausend. Ich lächelte. »Ich dachte daran, daß der Vergaser neu eingestellt werden muß. Die Beschleunigung ist nicht so, wie ich es gern hätte.«

Ich übergab den Wagen an den Parkwächter in der Tiefgarage, und wir nahmen den Direktionsaufzug in den siebzehnten Stock.

Als Tenney sich in seinem sanft schallgedämpften Büro niedergelassen hatte, ließ er seine Sekretärin über die Sprechanlage wissen, daß er jetzt bereit war, Audienzen zu gewähren.

Der Bildredakteur brachte ein paar Layouts über Mavis Kennedy herein. Sie ist eine schmucke Schauspielerin, deren Name im Zusammenhang mit einem Academy Award erwähnt wird.

Tenney betrachtete die Bilder mit finsterer Miene. »Viel zu zahm. Das sind doch nur Porträts. Sie war doch Model, oder?«

Der Redakteur blinzelte gegen den Zigarettenrauch. »Das war vor zwanzig Jahren.«

»Na und«, kläffte Tenney. »Besorge dir die Fotos. Motz die Frisur ein bißchen auf, damit es aussieht, als seien sie gestern gemacht. Benutze dein Bürstchen, damit die Posen interessant wirken. Verstehst du, was ich meine?«

Der Redakteur nickte.

»Und besorge Bilder von Junkies. Oder noch besser, welche von Löffeln und Spritzen und so was. Laß die Öffentlichkeit wissen, was für eine schmutzige Sache Rauschgift ist.«

Der Redakteur nahm die Layouts. »Darüber zu schreiben wird eine kitzlige Sache. Wir können nichts allzu Definitives über sie sagen. Wir wissen nichts Genaues.«

Tenney funkelte ihn wütend an. »Ihr erster Mann hat Drogen genommen. Sie haben drei Jahre zusammengelebt. Wahrscheinlich hat er sie auch dazu gebracht. So läuft das immer.«

Der Redakteur zuckte die Achseln und ging.

Sweeney kam, um zu berichten. Er war ein schwerfälliger Mann mit müdem, faltigem Gesicht, der kein großes

Interesse mehr an seinem Beruf hatte. Er holte sein Notizbuch heraus. »Ich habe ein paar fragwürdige Wochen bei Howard gefunden. 1952 hat er einen Kanuurlaub im Seengebiet in Minnesota gemacht. Er ist allein losgezogen und war zwei Wochen unterwegs.«

Jeff Howard war inzwischen beim Fernsehen und hatte hohe Einschaltquoten.

Tenneys Miene hellte sich auf. »Zwei Wochen? Kein Zeuge? Und er kann nicht beweisen, daß er dort war?«

Sweeney nickte.

Tenney lächelte und schlug sich mit seiner kleinen Faust in die Handfläche. »Der Urlaub war nichts als eine Tarnung. Wahrscheinlich war er die ganze Zeit in St. Paul oder Minneapolis.«

Sweeney seufzte. »Ich drehe es in die Richtung.«

»Fotos«, sagte Tenney. »Wir brauchen Fotos von Callgirls.«

Sweeney steckte sein Notizbuch in die Tasche. »Ich lasse mir von ein paar Mädchen Aussagen machen. Das kostet wahrscheinlich einige Tausend.«

Als Sweeney gegangen war, tigerte Tenney auf dem Teppichboden hin und her. »Keiner kann es so weit bringen wie Howard und gleichzeitig immer noch ein Heiliger sein. Das Showbusiness ist ein schmutziges Geschäft. Was macht es schon für einen Unterschied, ob er 1952 oder 1955 in einem Bordell war? Die Öffentlichkeit hat ein Recht darauf, es zu erfahren.«

Um vier meldete sich Tenneys Sekretärin über die Sprechanlage. »Da ist ein Mr. James Nitti für Sie.«

Tenney runzelte die Stirn, während er versuchte, den Namen einzuordnen.

»Coppo Nitti«, sagte ich.

Tenney wurde weiß. »Ich will ihn nicht sehen.«

»Er will wahrscheinlich nur reden«, sagte ich. »Es sind zu viele Leute hier, um etwas zu unternehmen.«

Tenney kaute an seinen Fingernägeln herum. »Ich kann ihn nicht empfangen. Ich lasse mich nicht nötigen.«

Ich zündete mir eine Zigarre an. »Ich kann ja mal sehen, was er will.«

Tenney überlegte. »Tu das, Eddie. Aber denk dran, ich gebe nicht nach.«

Ich hörte, wie er den Riegel vorschob, nachdem ich das Büro verlassen hatte.

Coppo Nitti saß in dem sanft beleuchteten Wartezimmer und wartete geduldig. Seine langen, dünnen Finger strichen abwesend über den Homburg auf seinem Schoß.

Er sah hoch und hob zur Begrüßung ein paar Finger. »Du siehst gut aus, Eddie.«

Ich setzte mich neben ihn. »Irgendwas Besonderes, Coppo?«

»James«, verbesserte er. »Was ist mit Tenney?«

»Er will sich nicht nötigen lassen.« Ich schlug die Beine übereinander. »Woher weißt du, daß Tenney eine Geschichte über dich bringen will?«

Nitti zeigte gleichmäßige weiße Zähne. »Ich habe immer noch anhängliche, treue Freunde.«

»Und du willst nicht, daß die Geschichte erscheint?«

Nitti hob die Schultern. »Wenn es nur ein neuer Aufguß dessen ist, was ich jedesmal sehe, wenn ich die Sonntagszeitungen aufschlage, dann soll's mir egal sein.«

»Aber du willst nicht, daß er irgendwas Neues ausgräbt?«

»Oder etwas erfindet. Ich habe im Moment genug Ärger mit diesen Ermittlungskomitees.« Er grinste. »Sie wollen mich nach Italien zurückexpedieren. Was sollte ich wohl in Italien? Ich spreche kaum mehr die Sprache.«

Er seufzte. »Ich bin ehrbar, aber niemand glaubt es mir. Ich beziehe mein Einkommen von General Motors und G.E.«

»Und du hast eine Tochter auf dem Vassar College?«

Er grinste. »Sie ist keine Intelligenzbestie. Ich habe sie auf einem College in Florida untergebracht, wo man das Hauptaugenmerk auf Tennis legt. Ihr ist es egal, was ich für einen Ruf habe, solange ich ihren Unterhalt regelmäßig zahle. Was mir Sorgen macht, ist der Kongreß.«

Er hörte auf zu grinsen und sah mich direkt an. »Was ist mit der Geschichte, Eddie?«

»Sie ist heiß«, sagte ich. »Du solltest dein Italienisch aufpolieren.«

Er wurde nachdenklich, dann hob er eine Augenbraue. »Kann man die Dinge mit Geld heilen?«

Ich schüttelte den Kopf. »Er ist so reich wie du. Das hier ist eine Goldgrube.«

Er schwieg, während sein Blick über die aufwendige Ausstattung des Wartezimmers glitt. »Ist Tenney der Schlüssel? Würde diese Zeitschrift eingehen, wenn er nicht wäre?«

»Ich weiß es nicht«, sagte ich. »Viele Leute geben gern zehn Cents aus und kriegen Schwitzefingerchen, wenn sie die Sorte von Geschichten lesen, die da drinsteht. So was wie dieses Blatt stirbt nicht so leicht.«

Nitti nahm eine Zigarette aus einem goldenen Etui. Er seufzte. »Sieht aus, als müßte ich mich der guten alten Methode bedienen, Eddie.« Er zündete die Zigarette an. »Würde die Geschichte erscheinen, wenn Tenney tot wäre?«

Ich nahm mir Zeit, meine Maniküre zu überprüfen. »Es war Tenneys Idee. Sein Kind. Alle anderen hier fühlen sich unwohl dabei. Sie wissen, daß du immer noch Zähne hast.«

Nitti legte den Kopf schief. »Was macht Tenney so mutig?«

»Verriegelte Türen«, sagte ich. »Und Leute wie ich. Er hat großes Vertrauen in diese Dinge.«

Nitti wartete.

»Die Geschichte würde mit ihm ins Grab gehen«, sagte ich schließlich. »Das ist meine Vermutung.«

Nitti stand auf. »Gut, das zu wissen, Eddie.« Er zog seine grauen Handschuhe an. »Du siehst hungrig aus. Würden dir fünfzehntausend irgendwie helfen?«

Ich sagte nichts. Aber ich warf ihn auch nicht raus.

Er lächelte und tippte mir auf die Schulter. »Wenn du Bedenken hast, heuere jemanden an. Das ist die schlaue Lösung.«

Als er gegangen war, klopfte ich an die Tür von Tenneys Büro.

»Wer ist da?« fragte er.

»Ich bin's, Eddie. Ich bin allein.«

Er machte vorsichtig die Tür auf. »Und?« wollte er wissen.

»Er war nur neugierig«, erklärte ich. »Keine Drohungen.«

Tenney sah erleichtert aus. »Ich drucke, was ich will. Mir macht keiner Angst.«

Ich sah ihm kurz in die rotgeränderten Augen. Du bist für mich jetzt fünfundzwanzigtausend wert, dachte ich. Aber du mußt tot sein. Ich fragte mich, ob ich es arrangieren konnte und ob es das Risiko wert war.

Gegen sechs fuhr ich Tenney zurück zu seiner Wohnung, damit er ein Schläfchen machen konnte, und um halb elf waren wir im »Klub Mallorca«.

Tenney setzte sich an seinen üblichen Tisch im Schutz einer Ecke und stocherte in seinem Essen herum, während er die anderen Tische musterte. Seine Miene hellte sich auf, als er zwei Paare beobachtete, die zu ihrem Tisch gingen.

Er stieß mich mit dem Ellbogen an. »Das ist Ronnie Hendon.«

Hendon spielte am Broadway. Er war ein blasser junger Mann, der sich mit übertriebenem Hüftwiegen bewegte. Ich glaubte nicht, daß es irgend etwas zu bedeuten hatte, aber Tenney war da anderer Meinung.

Er sah eine Weile zu dem Tisch hinüber, dann leckte er sich die Lippen. »Fällt dir nicht auf, wie er die meiste Zeit diesem anderen Mann ins Ohr flüstert? Er widmet ihm seine ganze Aufmerksamkeit.«

Tenney betrachtete grimmig die beiden Strahlemädchen in Begleitung von Hendon und seinem Bekannten. »Manchmal gehen sie zur Tarnung mit Mädchen aus. Damit die Öffentlichkeit die Wahrheit nicht erfährt.«

Tenney nippte an seinem Eiswasser. »Ich glaube, er benutzt Lippenstift. Ich kann es von hier aus sehen.«

»Sie haben gute Augen, Chef«, sagte ich.

Er nickte. »Mir entgeht nichts.« Er zog sein Notizbuch heraus und schrieb sich Hendons Namen auf. »Ich kann solche Leute nicht ausstehen. Sie sind entartet.«

Ich ließ meinen Blick durch den großen Raum schweifen und sah den Oberkellner mit Rick Balboa und seinem Manager reden. Rick war etwa so groß wie Tenney, aber was an ihm dran war, war knallhart. Ich stellte mich auf Ärger ein.

Der Oberkellner, gefolgt von Balboa und dem Manager, bahnte sich einen Weg zu einem freien Tisch.

Tenney bemerkte Balboa und griff nach meinem Arm. »Du siehst ihn doch, oder?«

Balboa wäre fast an uns vorbeigegangen. Da fiel sein Blick zufällig auf uns, und er blieb wie angewurzelt stehen. Sein Gesicht wurde dunkel vor Zorn.

Er stakste zu unserem Tisch und funkelte Tenney wütend an. »Du dreckiger Lügner!«

Tenneys Gesicht war weiß, und er hatte angstvoll die Augen aufgerissen.

Balboa streckte den Arm aus, um Tenney am Hemd zu packen, aber soweit kam es nicht. Ich stand auf und warf dabei den Tisch um. Dann wirbelte ich Balboa herum, um hinter ihn zu gelangen, und preßte ihm die Arme rechts und links gegen den Körper. Er fluchte und versuchte, mir mit den Absätzen gegen das Schienbein zu treten, aber er war hilflos.

Tenneys Angst verlor sich rasch, und in seinen Augen glomm es gelblich. Er stürzte sich auf Balboa und bearbeitete dessen Gesicht mit seinen kleinen Fäusten.

Ich wartete, bis es ihm gelungen war, Balboa eine kleine Verletzung an der Lippe beizubringen, bevor ich meinen linken Arm freimachte. Mit der Handkante schlug ich Balboa unters Kinn. Er sackte zusammen, und ich ließ ihn langsam zu Boden gleiten.

Tenney war noch nicht fertig mit ihm. Er fing an, auf den bewußtlosen Sänger einzutreten.

Ich zog ihn weg. »Nicht so wild, Chef. Es hat keinen Sinn, ihn umzubringen.«

Nach einem Weilchen beruhigte Tenney sich, aber es lag immer noch ein Ausdruck heftiger Befriedigung auf seinem Gesicht. Er zog ein Taschentuch heraus und wischte sich Spucke vom Kinn.

Der Klubmanager bahnte sich einen Weg durch die etwa fünfzig aufgeregten Gäste, die um uns herumstanden.

Tenney gebot seinem lauten Lamento Einhalt, indem er seine Brieftasche zog. Er holte ein paar Hunderter heraus und entblößte seine kleinen spitzen Zähne in einem Lächeln. »Das dürfte dazu beitragen, die Unordnung zu beseitigen.«

Tenney war dicht hinter mir, als ich mich durch die Menge drängte und auf die Straße trat.

Der Parkwächter hatte gerade unser Auto gebracht, als die Tür zum Klub aufging und Balboa herauswankte. Sein Gesicht war immer noch zornesrot. Er war wie ein kleiner Kampfhahn, der nie wußte, wann er genug hatte.

Die Farbe wich wieder aus Tenneys Gesicht, und er wartete, daß ich Balboas Arme festhielt.

»Ich erledige das allein, Chef«, sagte ich zu ihm. »Sie sollten sich nicht überanstrengen.«

Ich drängte Balboa in den Klub zurück, wobei ich ihn fast tragen mußte. Drinnen legte ich beide Hände auf seine Schultern und drückte ihn in einen Sessel. »Gib's auf, Rick«, sagte ich. »Das führt zu nichts. Heute nicht und nicht, solange ich im Wege bin.«

Da sah er mich wohl zum ersten Mal. Vorher war ich für ihn nur eine Mauer, die ihn abhielt, das zu tun, was er wollte.

Die Kampfeslust verließ ihn langsam. Er fuhr sich mit den Fingern durchs Haar und blickte zu Boden. »Meine Frau will sich von mir scheiden lassen. Alles wegen dieses verdammten Artikels.«

Seine Finger berührten die aufgeplatzte Lippe. »Und die

Kinder bekommt sie garantiert auch.« Er sah mich an. »Ist Tenney Ihnen besonders wichtig?«

Ich hob die Schultern. »Mir ist es so oder so ziemlich egal.«

Ich glaubte, ich wußte, was als nächstes kommen würde. Ich hatte so ein Gefühl, und ich wartete.

Balboa musterte mich, bevor er wieder das Wort ergriff. »Ich würde zehntausend hinblättern, um bei Tenneys Beerdigung dabeisein zu können. Sie wissen, was ich meine?«

Er errötete. »Ich meine es ernst. Was zum Teufel gibt es da zu grinsen?«

»Nichts weiter«, sagte ich. »Ich dachte nur, daß die Dinge oft in Dreiern kommen.« Und daß sich das inzwischen auf fünfunddreißigtausend Dollar belief, fügte ich in Gedanken hinzu.

Er griff nach meinem Ärmel. »Sie kommen an ihn heran«, sagte er eindringlich. »Sie wüßten, wie man es tun kann, ohne ein Risiko einzugehen.«

»Vielleicht«, sagte ich. »Nur vielleicht.«

Tenney saß im Wagen, als ich herauskam. Ich klopfte ans Fenster.

Er fuhr aus seiner angenehmen Träumerei auf und sah mich an. »Es ist offen«, kläffte er.

Als ich den schweren Schlitten in den Verkehr einfädelte, lächelte Tenney schon wieder über seine Gedanken. »Ich glaube, die letzte Rechte hat ihn umgehauen.«

»Bestimmt«, sagte ich.

»Solche Leute machen mir keine Angst«, sagte er. »Mir macht überhaupt niemand Angst.«

Ich nickte abwesend. »Sie sind klein, aber drahtig.«

»Eddie«, sagte er. »Ich habe ihn fast umgebracht. Du mußtest mir helfen, mich zu zügeln.«

»Das ist wahr«, sagte ich. »Wenn Sie erst mal loslegen, bleibt kein Auge trocken.«

Er nickte. »Das ist die einzige Gefahr bei mir, daß ich mich vergesse und womöglich jemanden umbringe. Du mußt mir helfen, mich zu zügeln, Eddie, das gehört zu deinen Aufgaben.«

»Klar«, sagte ich. »Sie haben einen ganz schön fiesen Schlag drauf.«

Er stimmte zu. »Ich kenne meine eigene Kraft nicht.«

Ich sah zu ihm hin. Er glaubte es tatsächlich.

In der Wohnung angelangt, lief Tenney aufgeregt hin und her und erzählte mir, was geschehen war. Soweit es ihn betraf, war ich nicht dabeigewesen.

Dann ging er zum Klingelknopf und klingelte zweimal.

»Cawber ist nicht da«, sagte ich. »Er hat heute seinen freien Abend.«

Er zuckte die Achseln. »Mach mir was zu trinken, Eddie.«

Ich zögerte. Tenney verträgt keinen Alkohol, und normalerweise weiß er das selbst.

Er runzelte die Stirn. »Jetzt gleich, Eddie. Nicht nächste Woche.«

Ich ging in die Küche und holte die einzige Flasche Whiskey, die es im Hause gab. Sie ist eigentlich für Gäste.

Ich machte für jeden von uns einen Drink zurecht.

Tenney trank ein paar Schlucke. »Laß mir das Mädchen aus der Buchhaltung kommen. Die Brünette.«

Ich wußte, welche er meinte. Sie war schon öfter dagewesen.

»Biete ihr fünfhundert an«, sagte Tenney. »Nicht mehr.«

Ich wählte ihre Nummer. Es nahm niemand ab. »Wahrscheinlich hat sie eine Verabredung«, sagte ich.

»Verdammt«, sagte Tenney. »Verdammt noch mal. Ich weiß, daß ich heute nacht...« Er hatte sein Glas leergetrunken und fühlte sich mindestens fünf Zentimeter größer. Man merkte es an der Art, wie er auf und ab ging, beinah auf Zehenspitzen. »Dann versuch's bei der, die malt«, befahl er.

Ich wählte die Nummer der Blonden mit den Katzenaugen, die behauptet, sie verdiene ihren Lebensunterhalt mit Porträtmalerei. Keine Antwort.

Tenney machte sich einen zweiten Drink. Er lief hin und her und strich sich verärgert über den Kopf. »Es sollte in allen Zeitungen stehen.«

Ich dachte gerade an fünfunddreißigtausend. »Was?«

»Das mit der Schlägerei«, fuhr er mich an. »Das mit der Schlägerei.«

Ich zuckte die Achseln.

»Hol mir die Zeitungen«, sagte Tenney.

»Es ist noch zu früh. Das steht noch nicht drin.«

Tenney war inzwischen einsachtzig. »Ich sagte, hol mir die Zeitungen.«

Eine Sekunde lang überlegte ich, ob ich ihn aus dem Fenster werfen sollte. Dann ließ ich den Gedanken fallen und holte meinen Hut. Ich fuhr mit dem Fahrstuhl nach unten, ging zwei Straßen weiter zum Zeitungsstand und kaufte die neuesten Zeitungen. In keiner stand etwas über Tenney.

Langsam ging ich zurück und dachte immer noch über die fünfunddreißigtausend nach.

Oben, vor der Wohnungstür, drückte ich auf den Klingelknopf und wartete. Nach einer Weile benutzte ich meinen Schlüssel.

Miss Janicki stand wie erstarrt mitten im Wohnzimmer

und glotzte auf etwas, das am Boden lag. Ihre Augen waren vor Schreck weit aufgerissen, und sie hatte die Hände vor den Mund geschlagen, als wäre sie drauf und dran, ihre Finger zu verspeisen.

Ich warf die Zeitungen beiseite und ging hin, um zu sehen, was es zu sehen gab.

Tenney lag auf dem Rücken, der obere Teil seines Körpers auf den Kaminfliesen. Das Blut um seinen Kopf glänzte matt.

»Er ist tot«, flüsterte Miss Janicki. »Er ist tot.« Sie fing an zu weinen, und die trockenen Schluchzer kratzten an meinen Nerven.

Ich zog ihr die Hände vom Gesicht und schlug fest zu. »Was ist passiert?«

Tränen liefen über ihre Wangen. »Er hat nach mir geläutet«, erklärte sie mit brüchiger Stimme. Sie sah mich an, verzweifelt Bestätigung erheischend. »Das tut er oft. Selbst spät in der Nacht, wenn er einen Brief diktieren will.«

»Weiter« sagte ich.

Ihr Gesicht hatte hektische rote Flecken. Sie versuchte zu sprechen, dann schüttelte sie hilflos den Kopf.

Ich glaubte zu wissen, was passiert war. Ich kannte Tenney, wenn er etwas getrunken hatte. »Er wurde plötzlich unheimlich nett?« fragte ich ungeduldig.

Sie nickte dämlich. »Es war schrecklich. So habe ich ihn noch nie erlebt.« Sie starrte wieder auf die Leiche. »Ich habe ihn nur weggestoßen … und dann ist er gefallen. Dabei ist er mit dem Kopf auf die Fliesen geschlagen.«

Ich schaute auf Tenney hinunter. Tot konnte er für mich fünfunddreißigtausend wert sein. Aber nicht so. Nicht, wenn ein hysterisches Weibsbild das Verdienst dafür in Anspruch nahm. Ich merkte, wie das Geld mir entglitt.

Dann kam mir die Lösung. Ich mußte den Unfall wie einen Mord aussehen lassen.

»Ich glaube, ich sollte besser die Polizei rufen«, sagte Miss Janicki mit tonloser Stimme.

»Klar«, sagte ich. »Tun Sie das.«

Sie sah in meinem Gesicht, was ich sie sehen lassen wollte. Sie fuhr sich unsicher mit der Zunge über die Lippen. »Es war ein Unfall. Mir kann nichts geschehen.«

Ich lachte leise. »Haben Sie Zeugen?«

Sie redete mit einem hektischen Unterton. »Er hatte getrunken. Ich konnte den Alkohol riechen.«

»Denken Sie an die Presse«, sagte ich. »Eifersüchtige Sekretärin bringt Chef um.«

Ihre Stimme klang schrill vor Empörung. »Aber das ist lächerlich. Zwischen uns war nie etwas. Ich habe ihn als Menschen respektiert ... als geistiges Wesen.«

Ich grinste. »Sie leben in seiner Wohnung, oder?«

Das stimmte. Verschlossene Türen oder nicht. Getrennte Suiten oder nicht. Technisch gesehen lebte sie in Tenneys Wohnung. Er zahlte die Miete.

Ihr Gesichtsausdruck zeigte, daß sie es nie von dieser Seite betrachtet hatte.

Ich zündete mir eine frische Zigarre an. Nach einer Weile sagte ich sanft: »Sie müssen da nicht durch. Es muß nicht so laufen.«

Sie sah mich an, und nach fünfzehn Sekunden war ich der Gott, der sie retten würde.

Ich trat ein paar Schritte näher. »Es war so: Tenney und ich sind um elf nach Hause gekommen. Er schien in heiterer Stimmung und fing an zu trinken. Wir waren beide hier bei ihm. Er wollte Gesellschaft.«

Sie nickte.

»Dann hat es geklingelt. Ich habe einen etwa fünfundzwanzigjährigen Mann eingelassen. Alles an ihm war mittel. Er war ungefähr einssiebzig. Seine Haare waren braun. Seine Augen waren braun. Wir hatten ihn beide noch nie gesehen, aber Tenney kannte ihn offenbar.«

Ich sah sie an. »Wir können ihn nicht näher beschreiben. Auch nicht, wenn wir uns tausend Fotos ansehen. Verstehen Sie?«

Sie schluckte. »Ich verstehe.«

»Tenney hat uns beide rausgeschickt. Er wolle mit dem Fremden allein reden. Wir sind in die Küche gegangen und haben Kaffee getrunken.«

Ich fing an, hin und her zu gehen. »Nach etwa einer halben Stunde habe ich dann angefangen, mir Sorgen zu machen. Ich bin sein Leibwächter, und das gibt mir dieses Recht. Ich ging also hier rein, und Sie kamen mit. Sie wollten wissen, ob die beiden vielleicht einen Kaffee wollten.«

Ich blieb vor ihr stehen. »Denken Sie dran. Wir haben uns nicht aus den Augen verloren. Keiner von uns war mit Tenney allein, nachdem der Fremde gekommen war. Das schützt uns beide, falls die Polizei auf komische Ideen kommen sollte.«

Sie nickte.

»Wir haben Tenney so gefunden, wie er jetzt da liegt, und der Feuerhaken lag neben ihm. Der Fremde war verschwunden.«

Ihr Blick wanderte zu dem sauberen Feuerhaken in seinem Ständer, dann sah sie mich an. »Warum tun Sie das?«

»Es ist das einzig Richtige«, sagte ich. »Sie müssen nicht Ihr Leben ruinieren wegen dieses … dieses Unfalls.«

Ein warmer Glanz lag in ihren Augen. »Tun Sie das für mich?«

»Natürlich tue ich es für Sie«, schnauzte ich. Und dann verstand ich plötzlich. Heiliger Bimbam, dachte ich, die muß alles persönlich nehmen. Ich unterdrückte das Lachen, das mir in die Kehle stieg. Um so besser. Dann würde sie wenigstens bei unserer Geschichte bleiben.

»Denken Sie daran«, sagte ich. »Wir identifizieren niemanden. Tenney hat tausend Feinde, die tausend Killer engagieren könnten. Wir überlassen es der Polizei, sich damit herumzuschlagen.«

»Ich verstehe vollkommen, Eddie«, sagte sie leise.

»Wir dürfen die Kleinigkeiten nicht vergessen, die uns zur Falle werden könnten«, sagte ich. »Sie gehen besser in die Küche und machen Kaffee.«

Sie war jetzt ganz ruhig. »Gut, Eddie.« Sie ging.

Ich setzte mich hin, um noch einmal nachzudenken. Es war so einfach, und ich war sogar auf der Seite der Guten. Ich half tatsächlich jemandem. Kein Mord. Kein Risiko.

Ich grinste und zog mein Taschentuch heraus. Ich wickelte es um den Feuerhaken und hockte mich hin, um das Ende in die Blutlache zu tauchen.

Und dann stöhnte Tenney.

Ich erstarrte in meiner Hockstellung und schaute in sein Gesicht. Die Augen waren halboffen, sein Bewußtsein kehrte langsam zurück, und er bewegte sich etwas.

Meine Fingerspitzen waren eiskalt.

Miss Janickis Stimme war aus der Küche zu hören. »Der Kaffee ist fertig, Eddie. Hätten Sie gern eine Tasse?«

»Einen Moment, Stella«, rief ich. »Ich komme sofort.«

Ich faßte den Feuerhaken fest und schwang ihn kräftig. Ich glaube nicht, daß man das Geräusch in der Küche hörte.

Stella machte guten Kaffee.

Teufelsaugen

Fred sagt, hundert die Woche ist ziemlich billig, und ich denke, damit kann man leben.

Nicht, daß er etwas beweisen könnte. Es gibt keinen Anhaltspunkt dafür, daß ich ihn engagiert habe, und eigentlich habe ich das auch nicht. Vielleicht sollte ich meine Zahlungen einstellen, aber ich kann kein Risiko eingehen. Bei diesen Wermutbrüdern weiß man nie. Und außerdem ist es sowieso Fays Geld.

Ich versuche, mich nicht davon beeinträchtigen zu lassen. Statt dessen denke ich lieber an die beiden Jaguars, an die vierzig Anzüge, die ich allein in dem Haus auf den Bermudas habe, und an Fays Geld.

Und natürlich auch an Fay.

Das war wirklich ein Fest, als ich sie kennenlernte. Ich weiß noch, daß ich sehr mißgestimmt war zu der Zeit. Mr. Bronsons Detektive, die mich verfolgten, machten mich nervös, und ich hatte eben Mrs. Bronson angerufen, um ihr zu sagen, daß wir die Sache beenden müßten.

Ich hätte mich in den Hintern beißen können, daß ich für solche Zeiten nichts auf der hohen Kante hatte, da sah ich Fay. Sie hatte eine schimmernde dunkle Mähne und schwarze Teufelsaugen, die eine glatte Einladung waren. Ich fühlte mich plötzlich heiterer, während ich mir einen Weg durch das Partygewühl bahnte.

Ein echtes Miststück, dachte ich, als unsere Augen einander näherkamen. Aber ich beschwerte mich nicht.

Sie zog eine Augenbraue hoch, als sie lächelte. »Mr. Philip Gillespie, nicht? Ich habe schon von Ihnen gehört.«

Ich erwiderte das Lächeln. »Manche Leute sind schokkiert. Andere sind interessiert.«

»Ich bin entsetzt«, sagte sie. »Ich zittere am ganzen Körper.«

Ich berührte ihren Arm. »Erzählen Sie mir mehr darüber. Das kann ja wohl nicht schaden.«

»Natürlich nicht«, sagte sie.

Und so ging es mit uns, gleich von Anfang an. Wir wußten beide, was wir wollten, und wir verplemperten keine Zeit mit Fragen.

Sie ließ mich wissen, daß ihr Mann, Charley Whittier, irgendwo an der Küste von Georgia eine neue Yacht begutachtete, und damit war das erledigt.

Ich nahm sie nach der Party mit in meine Wohnung, und es war sehr gut. Es war in jener Nacht gut und auch in all den anderen Nächten. Wir ließen uns auch dann nicht abhalten, als Charley zurückkam.

Fay hatte einen festen weißen Körper, der so sanft gerundet war, daß man seine Finger nicht davon lassen konnte. Ich fragte mich immer, warum Charley so viele Reisen unternahm, bis ich mir einmal vornahm herauszufinden, wie er aussah.

Er war der Typ, der immer die Schultern zurücknimmt und viel frische Luft atmet. Aber das hatte er schon fünfundsechzig Jahre lang getan, und jetzt holte er sich sein Vergnügen beim Tarpon-Angeln.

Innerhalb von zwei Wochen hatte ich ein neues Auto, und mein Konto war wieder eingerichtet. Die Sonne schien für mich, und wenn es nach mir ging, konnte alles noch lange so bleiben.

Wie lange das nach Fays Vorstellung war, erfuhr ich eines Abends, als wir zusammen im Bett lagen.

Erst schob sie mir eine Locke von der Stirn. Dann sagte sie: »Ich weiß, daß du nichts taugst.«

»Oh?« sagte ich. »Ein passender Augenblick, um sich zu beschweren.«

»Was ich sagen will, ist, daß du ein total verdorbener Hund bist.«

Ich griff nach den Zigaretten auf dem Nachttisch. »Warum plötzlich diese Beleidigungen?«

Fay nahm die Zigarette an und auch das Feuer. »Ich dachte nur, du solltest wissen, daß du mir nichts vormachen kannst. Und außerdem ist da die schreckliche Tatsache, daß ich dich liebe.«

Ich versuchte Ringe in die Luft zu blasen. »Ich liebe dich auch. Eine wahnsinnige herzverzehrende Liebe.«

»Mein lieber Phil«, sagte sie. »Du liebst nur dich selbst. Das ist deine herzverzehrende Liebe.«

Ich sah wieder zur Decke hinauf und schwieg.

»Ich könnte eine Scheidung durchsetzen«, sagte sie. »Aber das würde dir nicht gefallen. Wahrscheinlich könnte ich nicht genug Geld aus Charley herausholen, um dich zufriedenzustellen.«

Ich war froh, daß sie so vernünftig war. So viele von ihnen kommen auf die Idee mit der Scheidung, ohne an Geld zu denken. Das ist dann der Augenblick, wo ich meinen Hut nehme und Richtung Tür strebe.

»Und trotzdem bin ich blöd genug, eine Ratte wie dich zu lieben«, sagte sie. »Ich habe dich einfach gern um mich.«

Ich sah ihr in die Augen. Hol mich der Teufel, dachte ich, das stimmt auch noch.

Ich fuhr mit den Lippen leicht über ihre Augenlider. »Ganz ruhig. Jetzt bin ich ja da.«

»Klar«, sagte sie. »So lange Charley die Kosten trägt und nicht weiß, was läuft.«

Sie schwieg ein Weilchen und meinte dann: »Ich habe mir etwas anderes überlegt. Dann hätte ich Geld.«

Das interessierte mich. »Und das wäre?«

Fay musterte mich mit nachdenklichem Blick. »Angenommen, wir bringen meinen Mann um.«

Ich setzte mich auf und wischte mir Asche von der Brust. »Schlag dir das ganz schnell aus dem Kopf.«

Sie lächelte ein bißchen. »Es könnte wie ein Unfall aussehen.«

»Das habe ich schon mal gehört. Denk an was anderes, Schätzchen. Du machst mich nervös.«

Charley kam von einer seiner gesunden Reisen zurück, und in der folgenden Woche sah ich sie nur zweimal. Beide Male gerieten wir fast in Streit, weil sie immer wieder auf das Thema Unfall zurückkam.

Wahrscheinlich genehmigte ich mir darum ein paar zu viel an dem Abend, als sie mit Charley irgendwohin mußte.

Normalerweise halte ich mich bei den Promillespendern zurück, weil ich weiß, daß ich damit nicht umgehen kann. Aber Fays Gerede hatte mich beunruhigt, und ich sah das Ende einer guten Sache herannahen.

Die Drinks häuften sich in mir, und als ich langsam nicht mehr oben und unten voneinander unterscheiden konnte, war ich im Dritten Bezirk gelandet.

Ich hatte mich mit der Hand gegen eine Hauswand gestützt, um nicht zu fallen, und fragte mich gerade, wo zum Henker die Taxis waren.

Da begegnete mir Fred.

Er war ein kleiner, schniefender Mann mit ängstlich hochgezogenen Schultern und beäugte mich von der Schwelle eines geschlossenen Lebensmittelladens aus.

»Geh weiter, alter Tippelbruder«, blaffte ich ihn an. »Ich kippe nicht um.«

Er fuhr sich mit einer schmierigen Hand über die Nase. »Ich wollte Sie nicht ausnehmen, Mister.«

Er beobachtete mich, bereit, weiterzugehen, sobald ich näherkam. »Mister«, sagte er. »Ich habe seit Tagen nichts gegessen.«

»Ich bin zu Tränen gerührt«, antwortete ich nach einem Schluckauf. »Verhungere woanders.« Meine Hand rutschte von der Mauer ab, und ich wäre beinahe gefallen.

Ich schloß die Augen eine Sekunde, wie ich glaubte, aber es muß länger gewesen sein. Er war inzwischen so nahe herangekommen, daß ich ihn greifen konnte, als ich sie wieder aufmachte.

Ich erwischte ihn an der Hemdbrust, aber er war ein drahtiger kleiner Mistkerl und entwand sich mir, bevor ich einen Hieb landen konnte.

Er zog sich zwanzig Schritte zurück, bevor er sich umdrehte und knurrte: »Ihr reichen Fieslinge denkt, ihr könnt jeden rumstoßen.«

Ich überlegte, ob ich ihm nachsetzen sollte, aber das kam mir wie Arbeit vor. Da stand er nun und haßte mich, und dann fing der Alkohol in mir an zu reden.

»Was würdest du für ein paar Dollar tun?« fragte ich. »Alles?«

Er starrte mich an, während in seinen Augen Hoffnung aufblitzte.

Ich fingerte nach meiner Brieftasche und nahm zwei

Hunderter heraus. »Hübsch sehen die aus, nicht, wie sie sich so im Wind wiegen?«

Sein Blick liebkoste das Geld, und er wischte sich automatisch die Fingerspitzen der rechten Hand am Hosenbein ab.

Ich fand einen weiteren Hunderter und fächelte mir mit den drei Scheinen. »Würdest du für dreihundert jemanden umbringen? Dafür gibt's viele Flaschen.«

Er fuhr sich mit der Zunge über die Lippen, und ich grinste über die Art, wie er sich nach dem Geld reckte.

Seine Augen fingen an, für sein Hirn zu denken, und er sah mich an. »Wie heißt er?«

In dem Moment hätte ich aufhören und das Geld wieder wegstecken sollen. Aber nun war ich in Fahrt und ging noch weiter. »Ein wirklich wichtiger Mann«, sagte ich. »Charley Whittier.«

In dem Moment bog ein Taxi um die Ecke, und ich ließ ihn aus den Augen, während ich danach winkte.

Eine Sekunde zu spät fühlte ich den Ruck, als er mir die Hunderter aus den Fingern riß. Er entschlüpfte in eine Gasse, bevor mir auch nur einfiel zu fluchen.

So begegnete ich Fred.

Charley Whittier fuhr wieder weg, diesmal nach Kentucky, um sich einige Pferde anzusehen, und ich führte Fay zum Essen aus, nachdem seine Maschine gestartet war.

Sie fing sofort wieder davon an.

»Ich habe heute einen Mann angeheuert«, sagte sie.

»Ja?« sagte ich. Ich genoß mein Steak und achtete nicht weiter auf das, was sie sagte. »Hat bei euch einer gekündigt?«

»Keinen Dienstboten«, erwiderte sie scharf. »Er wird das tun, wovor du solche Angst hast.«

Ich hörte auf zu essen. »Was soll das heißen?«

Ihre Worte waren klar und hätten geflüstert werden müssen. »Ich habe jemanden engagiert, der meinen Mann umbringen soll.«

Sie sagte das einfach so. Richtig kaltblütig.

Ich legte Messer und Gabel aus der Hand und sah mich im Lokal um. Ich war ziemlich sicher, daß niemand etwas gehört hatte, aber mir war trotzdem unwohl. »Du bist verrückt«, sagte ich.

»Ja«, sagte sie. »Und daran bist du schuld.«

»Du kommst damit nicht durch. Mach es rückgängig.«

Sie blickte auf die Tischdecke. »Nein.«

Ich schob meinen Stuhl zurück. Fay legte mir die Hand auf den Arm. »Er sorgt dafür, daß es wie ein Unfall aussieht.«

Ich schüttelte den Kopf. »Zu vieles kann schiefgehen.«

»Es ist die einzige Möglichkeit für uns«, sagte Fay. »Ich will dich nicht nur teilzeit.«

Ich stand auf. »Teilzeit ist besser als gar nicht, Baby.«

Sie sah, daß es mir ernst war. »Also gut, Phil«, sagte sie langsam. »Ich mache es rückgängig.«

Charley kam aus Kentucky mit zwei Jährlingen zurück. Aber er hatte nie Gelegenheit, sie laufen zu sehen.

Am Tag nach seiner Rückkehr nahm ich die Zeitung zur Hand und las, wie er gestorben war.

Offenbar hatte Charley es sich angewöhnt, abends immer noch einen Spaziergang zu machen. Gewöhnlich ging er dabei zu einem einsamen Plätzchen, wo sein Anwesen ans Meer grenzte.

Und genau dort mußte er ausgerutscht sein, wie die Zeitungen schrieben, und war den Steilhang hinunter auf die Felsen gestürzt. Es gab keine Zeugen für den Unfall.

Ich hielt mich zwei Wochen lang von Fay fern und verbrachte meine Zeit damit, Buchstabe für Buchstabe alles zu lesen, was über Charleys Tod in den Zeitungen stand.

Die ganze Geschichte ging vorbei, ohne daß ein fauler Geruch zurückblieb. Der Tod wurde als Unfall eingestuft.

Ich entschied, daß ich Fay ohne Bedenken wieder treffen konnte.

Sie hatte eine Hand an die Hüfte gelegt, als ich ankam. »Na«, sagte sie. »Das war ja eine nette, lange, anständige Pause. Wie schön, dich wiederzusehen.«

»Ich bin froh, daß du so vernünftig warst, mich nicht anzurufen«, sagte ich. »Man weiß nie, ob Telefone nicht angezapft sind.«

Ihre schwarzen Augen blickten in meine. »Wovon redest du?«

»Da es nun vorbei ist, Schätzchen, können wir es vergessen.« Ich sah mir ihr enges Kleid an und wie sie sich darin bewegte. »Ich habe dich sehr vermißt, Liebling.«

Sie glaubte mir nicht ganz, aber sie kam zu mir. Später dachte ich dann, ich könnte die Frage ruhig stellen.

»*War* es denn nun ein Unfall?«

Sie strich mit der Hand über meine Wange. »Natürlich war es ein Unfall.«

»Gut, so werden wir es auch in Erinnerung behalten«, sagte ich. Dann lächelte ich, bevor ich sie küßte.

Fred kam ein paar Tage später zu mir.

Er hatte keinen einzigen von den dreihundert Dollar dazu benutzt, etwas für sein Äußeres zu tun, und er roch nach Feuchtigkeit.

»Ein seltsames Hirn hast du«, sagte ich. »Erst mich bestehlen und dann hier ankommen.«

Er zitterte in seinem Katzenjammer. »Sie können nicht

sagen, daß ich's gestohlen habe«, sagte er mit weinerlicher Stimme. »Sie erinnern sich doch, oder?«

Ich spürte, wie mir die Kälte in die Hände kroch. »Was zum Teufel meinst du?«

Er wurde etwas sicherer. »Sie lesen doch Zeitung, oder? Zum Beispiel über den Unfall von Mr. Whittier?«

»Und was für Ansprüche willst du anmelden?«

Sein Gesicht nahm einen schlauen Ausdruck an. »Ich melde keine Ansprüche nich an. Ich sage nur, ich hab das Geld nich gestohlen. Verstehn Sie?«

Er versuchte ein Grinsen, wobei er seine vorstehenden Zähne entblößte. »War gar nicht so leicht, Sie ausfindig zu machen. Ich könnte nämlich mal wieder einen Hunderter gebrauchen.«

Er war ein kleiner Mann, dessen Leben von dem warmen Schlaf bestimmt wurde, der nach dem Wein kommt. Sollte er je reden, stände sein Wort gegen meines.

Ich konnte sagen, es sei alles nur ein Scherz gewesen, oder abstreiten, ihn je zuvor gesehen zu haben. Aber wenn die Polypen erst mal anfingen zuzuhören, dann fingen sie auch an herumzuschnüffeln, und das wollte ich nicht.

Das Entscheidende war, sie gar nicht erst auf die Idee kommen zu lassen.

Fred stand jetzt aufrechter. »Wenn ich die hundert nich kriege, muß ich heute nacht auf einer Parkbank schlafen. Vielleicht werd ich dann ja aufgegriffen, und Bullen machen mich immer so kribbelig, daß ich leicht zuviel rede.«

Und so gab ich Fred seinen ersten Hunderter.

Er bekommt jetzt jede Woche einen. Manchmal per Scheck, denn seit Fay und ich verheiratet sind, reisen wir viel.

Es ist immer ein Hunderter. Nicht mehr und nicht weniger. Vielleicht ist das gar nicht so dumm von ihm. Bei nur hundert pro Woche komme ich nicht auf drastische Gedanken.

Da sieht man mal wieder, was Trinken einen kosten kann. Man gerät in Situationen wie diese und muß so einen kleinen Gernegroß bezahlen.

Nicht daß Alkohol nicht auch manchmal hilfreich sein kann. Er hat das andere Mal geholfen. Ich glaube nicht, daß ich sonst die Nerven gehabt oder den Gedanken auch nur in Erwägung gezogen hätte, wenn ich nicht zuviel getrunken hätte.

Vielleicht habe ich deswegen auch keine Alpträume.

Charley hat sich mächtig gewehrt und ganz schön geschrien, bis ich ihn endlich über die Felskante bugsiert hatte.

Sing ein Lied für Tony

Hast du Mike Lannigan umgebracht?« fragte ich.
»Klar«, antwortete Tony.

»Warum?«

Mein Bruder prüfte lässig die Stäbe seiner Zelle. »Man hat mich dafür angeheuert.«

»Wer hat dich angeheuert?«

»Henry Allison.« Tony drehte sich um. »Falls dir der Name nichts sagt, das ist der Sohn des Gouverneurs.«

Ich wartete, ob noch etwas käme, aber Tony lächelte nur.

»Also gut«, sagte ich endlich. »Ich spiele das Spielchen noch ein bißchen weiter mit. Warum hat Allison dich angeheuert?«

»Persönliche Gründe. Er hat sie mir nicht verraten.«

»Was hat er dir dafür bezahlt?«

»Wie findest du zehntausend?«

»Prima. Willst du das vor Gericht sagen?«

»So was Ähnliches«, sagte Tony. »Ich bin da von dir abhängig. Du mußt nämlich eventuelle Schlupflöcher stopfen.«

Tony betrachtete mich abwägend, dann redete er weiter: »Ich habe immer gedacht, wenn ich mal auf die kleine grüne Tür zugehen müßte, würde ich's ruhig und gelassen tun. Aber das war ein Traum, und dies hier ist die Wirklichkeit. Jetzt stelle ich fest, daß ich Schweißausbrüche kriege, wenn ich nur an den Stuhl denke.«

Ich klopfte eine Zigarette aus meiner Packung. »Bis jetzt sehe ich keine Möglichkeit, wie dich jemand davor bewahren könnte.«

»Du selbst mit eingeschlossen? Mein Bruder, der sich auf der juristischen Fakultät so hervorgetan hat?«

»Ja, ich selbst mit eingeschlossen.«

Er grinste plötzlich. »Vielleicht kannst *du* es nicht. Aber der Sohn des Gouverneurs kann es.«

»Wie kommst du darauf?«

Tony rieb sich den Nacken. »Als die Bullen mich eingelocht haben, da habe ich den Mund gehalten wie ein kluger Junge das tut, aber das hat mich nicht vom Nachdenken abgehalten. Erst hab ich mir überlegt, daß ich nur um den Stuhl rumkomme, wenn ich vor Gericht den Affen spiele und als verrückt abgestempelt werde. Aber dann bin ich unsicher geworden. Die haben heutzutage Psychiater, die schwören, daß du total okay bist, selbst wenn sie sehen, wie du an der Decke entlangspazierst.«

Tony lächelte. »Und plötzlich kam mir dann dieser superhelle Neongedanke: Der Sohn des Gouverneurs wird mich vor dem Stuhl bewahren, und mein kleiner Bruder von der Westküste wird sich der Einzelheiten annehmen und dafür sorgen, daß die ganze Sache glatt läuft.«

Der Anruf von Tonys Anwalt hatte mich an dem Morgen um vier Uhr erreicht, und innerhalb einer Stunde saß ich in einer Maschine in den mittleren Westen.

Bei der Landung wartete ein Mann auf mich. »Philip Walker?«

»Ja.«

Er streckte die Hand aus. »Ich bin Frank Jordan, der Anwalt Ihres Bruders. Reden wir im Auto.«

Der Shuttlebus brachte uns zum Parkplatz, und Jordan schloß seine Limousine auf. »Dem Polizeibericht nach ist es im ›Hotel Medford‹ in der Innenstadt passiert. Ein Nachtklubbesitzer namens Mike Lannigan hat dort im fünften Stock eine Suite. Und heute morgen gegen zwei entsteht da plötzlich ein Tumult. Möbelstücke werden geworfen, und die Nachbarn beschweren sich bei der Rezeption. Der Portier schickt den Hoteldetektiv rauf. Der Mann horcht an der Tür und stellt fest, daß die Nachbarn recht haben. Er will gerade klopfen, als er einen Schuß hört.«

Jordan fuhr rückwärts aus der Reihe parkender Wagen. »Der Detektiv will eben die Tür eintreten, als sie aufgeht und Ihr Bruder herauskommt.«

Jordan fuhr auf den Ausgang des Flughafens zu. »Dem Polizeibericht zufolge ist er etwas überrascht von dem Empfang im Korridor, denn inzwischen hat der Hotelschnüffler ein Schießeisen in der Hand. Also nimmt Tony einfach die Hände hoch und ergibt sich, ohne Schwierigkeiten zu machen.«

Jordan wartete auf eine Lücke im Verkehrsstrom und fädelte sich dann auf die Schnellstraße ein. »Tony wird in die Suite zurückgedrängt. Drinnen herrscht ein Chaos, und mitten in dem Chaos liegt Lannigan. Eine Kugel ist ihm sauber direkt in die Stirn gedrungen und nicht ganz so sauber am Hinterkopf wieder ausgetreten.«

»Was hat Tony der Polizei erzählt?«

»Nichts. Er hat den Mund nicht aufgemacht.«

»Und was hat er Ihnen erzählt?«

Jordan war leicht irritiert. »Nichts. Er hat nur gesagt, ich soll mich mit Ihnen in Verbindung setzen und Sie sofort herbitten. Das habe ich getan.«

Ich beobachtete, wie uns ein Wagen überholte, und fragte dann: »Außer Tony und Lannigan war niemand in der Suite?«

»Nein, niemand. Es gibt nur eine Tür zum Gang, und an der stand der Hausdetektiv. Die Zimmer liegen im fünften Stock, und durch die Fenster konnte niemand herein oder heraus. Es geht senkrecht nach unten; kein Sims oder so etwas.«

Jordan seufzte. »Und noch was: Ich dürfte kaum jemanden finden, der etwas von Notwehr hören will. Tony hatte die Mordwaffe in seinem Schulterhalfter, und es war die einzige Schußwaffe in der Suite.«

Ich ließ mir das alles durch den Kopf gehen. »War der Hausdetektiv der einzige, der Tony herauskommen sah?«

»Dummerweise nicht. Das Paar nebenan, das sich vorher beschwert hatte, stand in der offenen Tür und beobachtete die Vorstellung. Denen ist nichts entgangen.«

»Worüber haben Lannigan und Tony sich gestritten?«

»Das will Tony nicht sagen.«

Jordan hielt mit einer Hand das Steuer fest, während er mit der anderen nach seinen Zigaretten kramte. »Übrigens sollen Sie einen anderen Namen benutzen, wenn Sie zu Tony gehen. Er findet es nicht gut, wenn jemand erfährt, daß Sie sein Bruder sind.«

»Warum nicht?«

Jordan zuckte die Achseln. »Wahrscheinlich, weil er in Schwierigkeiten steckt. Er möchte nicht, daß etwas auf Sie abfärbt.«

Jetzt, mit Tony allein in seiner Zelle, sagte ich: »Also gut, Tony, dann erzähl mir mal, was eigentlich hinter dieser ganzen Geschichte steckt.«

Tony begann hin und her zu gehen. »Ich beliefere Lannigans Klub mit den meisten alkoholischen Getränken. Die Sachen, die nicht unbedingt die richtige Qualität, dafür aber die richtigen Etiketten und Steuerbanderolen haben, wenn man nicht allzu genau hinsieht. Fünf Jahre lang liefere ich also Lannigan sein Zeug. Dann fängt er plötzlich an, die Bestellungen zu kürzen. Natürlich werde ich neugierig und gehe der Sache nach. Ich stelle fest, daß seine Geschäfte laufen wie immer, vielleicht sogar besser. Also warte ich bis zum frühen Morgen, weil ich weiß, daß Lannigan dann allein in seinem Hotel ist, und gehe rauf zu ihm. ›Was ist los?‹ frage ich. Und er erzählt mir, daß ich Konkurrenz von einem Typen aus St. Louis habe, der ihm bessere Preise macht. Das paßt mir ganz und gar nicht, und ich gebe Lannigan zu verstehen, daß er aufhören soll, außerhalb der Stadt zu kaufen. Er sieht das aber anders, und als nächstes sind wir mitten in der schönsten Klopperei. Nach einem Weilchen sitze ich auf dem Fußboden und gucke dämlich zu ihm hoch. Das tut meiner Wut gar nicht gut. Da habe ich meine Kanone rausgezogen und abgedrückt.«

»So einfach war das?«

Tony nickte. »So einfach. Vielleicht könnte man es Notwehr nennen, aber wer sollte das bei meinem Ruf schon glauben?«

»Und nun willst du aus irgendeinem Grund den Sohn des Gouverneurs reinziehen. Warum?«

Tony hielt bei seinem Hin und Her inne. »In diesem Staat, und vielleicht in allen anderen, soviel ich weiß, ist derjenige, der einen Killer anheuert, ebenso schuldig, als ob er selbst abgedrückt hätte. Wenn der Mörder auf den Stuhl kommt, dann geht der andere, der ihn angeheuert hat, mit ihm.«

»Und du hättest gern Gesellschaft?«

Er machte eine ungeduldige Handbewegung. »Sieh mal, es ist so: Wir beide, Henry Allison und ich, werden für den Mord an Lannigan verurteilt. Wir kriegen beide den Stuhl. Aber glaubst du, daß der Gouverneur es bei seinem Sohn soweit kommen läßt? Nein! Er wandelt die Todesstrafe seines Sohnes um. Aber kann er es dabei belassen? Nein. Er muß meine auch umwandeln.«

»Tony«, sagte ich. »Du bist verrückt. Du versteigst dich da in etwas. Aber nur um der Argumentation willen, was könnte Henry Allison für ein Motiv haben, Lannigan den Tod zu wünschen?«

Tonys Augen glänzten. »Dadurch bin ich drauf gekommen. Das Motiv.« Er strich sich eine Haarsträhne aus den Augen. »Vor zwei Wochen war ich zufällig bei Lannigan einen trinken. Der Klub war ziemlich voll, es war gerade kurz vor der Varieté-Einlage, aber dieser eine Tisch fiel mir auf. Da saß der Sohn des Gouverneurs, ein kleiner Typ mit Brille. Ich hab in dem Moment nicht gewußt, daß er der Sohn des Gouverneurs ist, aber später hat's mir jemand erzählt.«

»Ein kleiner Kerl mit Brille? Ist er dir deswegen aufgefallen?«

»Also, eigentlich ist nicht direkt er mir aufgefallen. Es war das Mädchen. Ich weiß immer noch nicht, wer sie ist, aber sie sah aus, als wäre sie zum ersten Mal in so 'nem Schuppen wie Lannigans und vielleicht auch zum letzten Mal. Ich meine damit nicht, daß sie bloß auf den Boden geschaut hat oder so was, aber man merkte ihr an, daß sie das Ganze nicht sonderlich interessant fand.«

Er rieb sich den Nacken. »Also, weißt du, Lannigan hat ein Hobby. Er sammelt Federn für seinen Hut, wenn du verstehst, was ich meine, und als er dieses Exemplar sah, hat er wohl gedacht, das könnte ein hübsches Stück für seine Sammlung sein. Man könnte alle andern Federn wegschmeißen und hätte immer noch den schönsten Hut in der ganzen Stadt.

Er geht also an ihren Tisch und setzt sich dazu. Ich bin zwar auf der anderen Seite des Lokals und kann nicht Lippen lesen, aber es gehört nicht viel dazu, um zu sehen, daß er nicht willkommen ist. Also, dieser kleine Kerl mag offensichtlich weder die Vertraulichkeit noch die Konversation, denn als nächstes sehe ich, wie er Lannigan über den Tisch weg eine Ohrfeige gibt.«

»Eine Ohrfeige?«

»Genau. Es sollte wohl erst so was wie ein Boxhieb werden, aber als er bei Lannigans Gesicht angekommen war, hatte er die Faust aufgemacht, und es wurde eine Ohrfeige. Ich kann zwar auch nicht Gedanken lesen, aber wahrscheinlich wollte er Lannigan eine reinboxen und hat plötzlich gemerkt, wie groß Lannigan war und daß er ziemlich schnell mit einem ziemlich harten Antwortschlag rechnen mußte. Da hat er mit der Ohrfeige so was wie einen Kompromiß gemacht, in der Hoffnung, damit davonzukommen.«

»Und, ist er davongekommen?«

»Zurückgeschlagen hat Lannigan nicht. Er hat nur kurz geblinzelt, und dann hat er den kleinen Kerl am Kragen und am Hosenboden gepackt und ihn durch den ganzen Klub geschleift. Der Hintereingang war ganz in der Nähe, aber Lannigan hat ein Spektakel aus der Sache gemacht. Er hat Allison quer durch den Klub geschleppt und ihn am Haupteingang auf den Gehweg geworfen.«

In Tonys Gesicht spiegelte sich einen Augenblick die Situation wieder. »Ich bin zusammen mit vielen anderen Gästen hinterher, und draußen sehe ich diesen Henry Allison auf allen vieren vom Gehweg aus zu Lannigan raufglotzen. Ich habe in meinem ganzen Leben noch kein so angstvolles Gesicht gesehen. Dann hat Lannigan auf den Boden gestampft, wie man es macht, wenn man eine Katze verjagen will, und der kleine Kerl kreischt auf und rennt davon. Wahrscheinlich ist er den ganzen Weg nach Hause gerannt.«

»Und das Mädchen?«

»Die ist einfach verschwunden.«

»Wie hast du erfahren, daß es der Sohn des Gouverneurs war? Hat es dir jemand erzählt?«

»Einer von den Leuten an der Bar wußte, wer er war, und hat es verbreitet.«

Ich besah mir ein Weilchen die Gitterstäbe der Zelle, dann sagte ich: »Und jetzt willst du also die Geschichte in die Welt setzen, diese Sache hätte Henry Allison derart zugesetzt, daß er dich beauftragt hat, Lannigan umzubringen?« Ich schüttelte den Kopf. »Das ist nicht mehr als ein Strohhalm.«

»Es ist der einzige Strohhalm, den ich habe«, sagte Tony verzweifelt. »Sieh mal, Jimmy, ich bin dein Bruder. Wir sind in den letzten zehn Jahren vielleicht auseinandergedriftet, aber an der Küste früher, da haben wir doch immer zusammengehalten. Nie gab's Streit zwischen uns, und ich war immer da, wenn du mich gebraucht hast. Jetzt brauche ich dich. Du kannst diese Geschichte für mich rausreißen.«

Ich betrachtete meine Hände und sagte nichts.

Er legte mir eine Hand auf die Schulter. »Machst du dir Sorgen, was mit Henry Allison passiert, wenn unsere

Todesurteile umgewandelt werden? Ob er dann den Rest seines Lebens hinter Gefängnismauern verbringt?« Tony lächelte. »Nein, Sir. Auch das habe ich mir überlegt. Ein paar Jahre lang mime ich den braven Jungen im Knast. Ich gehe jeden Sonntag in die Kirche. Und dann verkünde ich plötzlich, daß ich nicht länger damit leben kann. Daß ich die Wahrheit sagen muß. Daß der Sohn des Gouverneurs unschuldig ist und ich ihn nur mit hineingezogen habe, weil ich dachte, es würde mir das Gefängnis ersparen. Aber jetzt sehe ich meinen Irrweg. Ich bereue mein Verhalten und will gestehen. Und dann wird Henry Allison freigelassen, so gut wie neu, und vielleicht lebt er durch die sauberen Jahre sogar länger.«

Tony beobachtete mich. »Du kannst es schaffen, Jimmy. Du kannst diese ganze Sache so wasserdicht machen, daß sie hält. Du warst immer der kluge Kopf in der Familie.«

Ich holte tief Luft. »Ich weiß nicht, Tony. Ich weiß nicht.«

Seine Stimme klang sanft, aber entschieden: »Entweder so, Jimmy, oder ich gehe auf den Stuhl. Das liegt jetzt bei dir.«

Ich hatte auf seiner Pritsche gesessen. Nun stand ich auf. »Ich lasse es mir durch den Kopf gehen, Tony. Vielleicht kann ich etwas tun. In der Zwischenzeit hältst du den Mund und sagst zu niemandem etwas.«

Draußen ging ich zum nächsten Drugstore, nahm mir ein Telefonbuch und sah unter »Diskrete Ermittlungen« nach. Ich notierte mir die Adresse und nahm ein Taxi zum Fairmont Building. Im vierten Stock fand ich das Büro von O'Herne und Bradley.

Eine Sekretärin führte mich ins Büro von Julius O'Herne.

Ich setzte mich auf den Stuhl, den er mir anbot. »Ich möchte gern, daß Sie für mich Erkundigungen über einen Mann einziehen.«

O'Herne, ein dünner Mann mit schütterem Haar, nahm einen Stift zur Hand. »Ihren Namen bitte.«

»John Smith.«

Er sah auf und lächelte dünn. »Gut, Mr. Smith. Und wie heißt der Mann, den wir für Sie beobachten sollen?«

»Henry Allison.«

Er notierte sich den Namen. »Seine Anschrift?«

»Die kenne ich nicht. Die lasse ich Sie herausfinden.«

»Mr. Smith«, sagte er milde. »Es gibt wahrscheinlich Dutzende von Männern, die...«

»Sie könnten ihn im Gouverneurspalast finden. Er ist der Sohn des Gouverneurs.«

O'Herne hob eine Augenbraue.

Ich blitzte ihn an. »Es ist mir egal, wer er ist. Wenn meine Frau glaubt, daß sie damit...« Ich hielt inne und räusperte mich. »Ich möchte, daß Sie alles über Henry Allison in Erfahrung bringen. Setzen Sie so viele Leute auf ihn an, wie nötig, aber ich will so bald als möglich Ergebnisse sehen.«

Das machte ihn glücklich. »Natürlich, Mr. Smith. Ich lasse die Sache sofort anlaufen. Wohin sollen wir die Berichte schicken?«

»Ich komme morgen wieder her und erwarte dann Resultate.«

Am nächsten Nachmittag löste ich einen Barscheck ein und ging zum Fairmont Building.

O'Herne sah sich einige Berichte auf seinem Schreibtisch an. »Also, Henry Allison wohnt nicht im Gouverneurspalast. Er lebt im Haus der Familie in Fox Point. Und den Beschreibungen nach, die wir bekommen konnten, scheint er wenig attraktiv zu sein.« Er blickte auf. »Aber andererseits weiß man nie, was Frauen in manchen...« Er ließ den Rest versickern. »Allison wiegt etwa hundertzwanzig Pfund. Augenfarbe undefinierbar, Haarfarbe undefinierbar, alles undefinierbar. Das einzig Bemerkenswerte an ihm scheint zu sein, daß er ein Schachfan ist. Während seiner Collegezeit hat er praktisch nichts anderes getan, als Schach gespielt.«

»Muß er sich seinen Lebensunterhalt verdienen?«

»Er hat ein Büro im Zeitungsgebäude seines Vaters. Dort erscheint er an Werktagen und macht Papierflieger. Die Angestellten sind höflich, aber brauchen tut ihn keiner.«

O'Herne blätterte eine Seite um. »Komisch ist aber doch, daß er, nach allem, was unsere Leute herausfinden konnten, seit über zwei Wochen das Haus nicht verlassen hat.«

»Warum?«

O'Herne zuckte die Achseln. »Das wissen wir noch nicht. Er hat sich einfach ganz plötzlich in seinem Bau verkrochen. Er hat eine eigene Wohnung im ersten Stock des Allison-Hauses, und er weigert sich, irgend jemanden zu empfangen.« Er schob mir die Berichte herüber. »Sollen wir die Beobachtungen und Nachforschungen fortsetzen?«

Ich schüttelte den Kopf. »Ich hatte eine Auseinandersetzung – ich meine ein Gespräch – mit meiner Frau, und sie hat versprochen...« Ich faltete die Berichte zusammen und steckte sie in die Tasche. »Ich glaube, für den Augenblick habe ich genügend Informationen.«

O'Herne war enttäuscht, trug es aber mit Fassung. »Falls

die Dinge sich nicht zufriedenstellend entwickeln sollten, wissen Sie, daß wir jederzeit zu Ihrer Verfügung stehen. Man hat uns immer wieder als sehr hilfreich empfunden, wenn es um Material ging, das vor Gericht bestehen soll. Wohin dürfen wir die Rechnung schicken, Mr. Smith?«

»Ich zahle gleich, bar.«

Ich trank Kaffee in einem Restaurant, während ich O'Hernes Berichte noch einmal durchlas. Anschließend mietete ich mir einen Wagen.

Das Anwesen der Allisons lag in einem der nördlichen Vorstadtbezirke. Ich fuhr langsam die lange, geschwungene Auffahrt hinauf und hielt vor dem imposanten, zweistöckigen Bau.

Es war ein Haus, das einen Butler erforderte, und es hatte ihn. Er öffnete die Tür und wartete höflich.

»Ich möchte gern zu Mr. Henry Allison.«

Sein Blick flackerte etwas. »Es tut mir leid, Sir, aber er ist nicht da.«

»Natürlich«, sagte ich und lächelte dabei. »Würden Sie ihm trotzdem sagen, daß Professor Rogers hier ist. Ich vertrete den Schachklub der Universität.«

Der Butler blieb hart. »Vielleicht könnten Sie Ihre Telefonnummer hinterlassen.«

Ich behielt mein Lächeln bei. »Ich bin ziemlich sicher, daß er mich gern empfangen würde. Sie wissen ja, was Schach für ihn bedeutet, und es handelt sich um eine sehr wichtige Angelegenheit.«

Der Butler wurde schwach. »Vielleicht würde ihm so etwas ja aus seinem Zustand heraushelfen. Wenn Sie hier drin warten wollen. Ich komme gleich wieder, Sir.«

Nach ein paar Minuten kam er wieder. »Folgen Sie mir bitte, Sir.«

Wir gingen über eine breite Treppe in den ersten Stock und durch einen Gang auf eine Tür rechter Hand zu. Der Butler klopfte leise.

Die Tür öffnete sich einen Spaltbreit. Henry Allison linste heraus. Er trug eine Brille und musterte mich aufmerksam. »Professor Rogers? Ich kenne Sie gar nicht.«

»Verständlich«, sagte ich. »Ich bin erst '57 an die Universität gekommen. Sie sind '56 abgegangen, soweit ich weiß.«

Henry nickte. »Stimmt.«

»Aber im Schachklub redet man immer noch von Ihnen. Sie haben noch viele gute Freunde in dieser Fakultät.«

Er errötete vor Freude. »Wirklich? Ich hatte nicht das Gefühl, daß ich einen großen Eindruck hinterlassen habe.« Er strich sich die Haare aus der Stirn. »Wie geht es Professor Schreiber?«

»Sehr gut«, sagte ich. »Genaugenommen ist er der Grund, warum ich hier bin.«

Henry machte die Tür weiter auf. »Kommen Sie doch bitte herein.«

Ich sah mich kurz im Zimmer um. Es war gut eingerichtet, aber offensichtlich ging Bequemlichkeit über Geschmack. Dies war Henrys Nest, seine Zuflucht vor der Welt. Hier war er gut aufgehoben und sicher.

»Professor Schreiber spricht oft über Ihr Spiel«, sagte ich.

Henrys Gesicht war immer noch gerötet. »Er hat immer gesagt, daß mein Spiel zu wenig aggressiv sei.«

»Genau«, pflichtete ich ihm bei. »Aber er hatte ganz schönen Respekt vor Ihrer Verteidigung.«

Henry wurde beflissen. »Etwas zu trinken?«

»Vielen Dank. Ein Brandy wäre nicht schlecht.«

Er ging nervös im Zimmer umher und hob dabei Bücher und Papiere auf Regalen und Tischen hoch. Schließlich entdeckte er auf dem Kaminsims einen Schlüssel und schloß den Barschrank auf. Er musterte die Flaschen und mußte erst die Etiketten lesen, bevor er die Brandyflasche fand. Es war Blackwell & Teague.

Er brachte zwei Kognakschwenker herüber und reichte mir einen davon. Seinen stellte er auf ein Beistelltischchen, wo er bald vergessen war.

Ich setzte mich in einen hellgrünen Sessel. Die eine Armlehne war ganz zerschlissen. Henry hätte sie zweifellos reparieren lassen können, aber wahrscheinlich war der Sessel ein alter Freund, und davon hatte Henry so wenige.

Henry beugte sich vor. »Professor Schreiber hat von mir gesprochen?«

»Natürlich. Im Klub werden oft Ihre besten Spiele besprochen.«

Henrys Herz klopfte wahrscheinlich schneller als sonst. »Das einzige Turnier von mir, das Professor Schreiber je erwähnt hat, war das gegen Syracuse. Ich habe damals das entscheidende Spiel verloren. Mein achtzehnter Zug war Springer C4, und das hätte ich nicht tun dürfen.«

»Aber bis dahin«, warf ich ein, »war Ihr Manöver meisterlich.« Ich ließ meinen Blick wieder im Zimmer umherwandern. Verschiedene Schachbretter waren auf kleinen Tischen aufgebaut.

Henry folgte meinem Blick. »Ich spiele gern die Probleme aus den Zeitungen nach. Und gewöhnlich löse ich sie auch. Meistens jedenfalls.«

Ich nippte an meinem Brandy. »Henry, die Mitglieder des Klubs wollen Professor Schreiber ein besonders schönes Schachspiel schenken.«

»Zum Geburtstag? Das ist der 29. November. Ich weiß es, weil ich ihm jedes Jahr eine Karte schreibe. Er hat mir noch nicht geantwortet, aber er ist ja immer sehr beschäftigt.« Henry stand auf. »Ich habe ein wirklich schönes Spiel in meinem Schrank im Schlafzimmer. Vielleicht möchte der Klub ihm das schenken?«

»Vielen Dank«, sagte ich. »Aber der Klub hat schon ein Spiel ausgesucht. Allerdings dachten wir, daß einige ausgewählte frühere Mitglieder sich vielleicht gern an dem Geschenk beteiligen würden.«

»Natürlich«, sagte Henry. »Wieviel soll ich dazugeben?«

»Zehn Dollar.«

»Selbstverständlich.« Er wühlte in den Schubladen seines Schreibtischs herum, bis er sein Scheckheft gefunden hatte. »Zehn Dollar? Ich würde gern auch mehr geben.«

»Nein, wir haben beschlossen, daß jeder die gleiche Summe bezahlen soll. Keiner soll eine Sonderrolle spielen, wissen Sie. Und ein Anteil macht genau 10 Dollar 78.« Ich hielt inne. »Oder waren es 10 Dollar 87?« Ich fing an, in meinen Taschen herumzusuchen. »Heute ist der siebte.«

Er schrieb das pflichtbewußt auf den Scheck, dann runzelte er die Stirn. »Ich dachte, heute sei der achte?«

»Es spielt wohl keine Rolle«, sagte ich. »Solange der Scheck gedeckt ist. Bitte schreiben Sie einen Barscheck aus.«

Ich durchforstete weiter meine Taschen, und wie ich gehofft hatte, benutzte Henry die Zeit, um den Scheck zu unterschreiben. Dann wartete er auf meine weiteren Angaben.

Ich holte meine Brieftasche hervor und blätterte den Inhalt durch. »Ich bin ganz sicher, daß ich die genaue Zahl irgendwo notiert habe. Sie erwähnten vorhin ein Schachspiel, das Sie besitzen?«

»Ja. Handgeschnitzt von Evans. Würden Sie es gern sehen?«

»Wenn es Ihnen nicht zuviel Mühe macht.«

Er stand auf. »Natürlich nicht. Ich hole es gleich.«

Ich wartete, bis er im Schlafzimmer verschwunden war, und riß schnell den Scheck aus dem Heft. Dann setzte ich mich und kopierte sorgfältig das Datum und die Unterschrift sowie das Wort »bar« auf das nächste leere Scheckformular. Ein Handschriftenexperte würde sich davon nicht täuschen lassen, aber das war auch nicht nötig. Ich steckte den herausgetrennten Scheck in meine Brieftasche.

Als Henry zurückkam, stand ich an einem der Bücherregale und sah mir die Titel an.

»Hier ist es«, sagte Henry. »Das Evans-Spiel.«

Ich bewunderte zehn Minuten lang die Stücke und sagte dann: »Ach, übrigens, der genaue Betrag war 10 Dollar 78.«

Henry setzte sich hin, warf einen prüfenden Blick auf das Scheckheft, und füllte dann die leere Zeile aus. Als er mir den Scheck übergeben hatte, deutete er auf eines der Schachbretter. »Würden Sie gern ein oder zwei Spiele machen?«

Ich sah auf die Uhr. »Es tut mir wirklich leid, aber ich bin mit meiner Frau verabredet. Und ich bin sowieso schon spät dran.«

Henry verabschiedete mich an der Tür zu seiner Suite, und ich ging allein die Treppe hinunter. Auf dem Treppenabsatz blieb ich vor einer offenen Tür stehen. Es schien ein Arbeitszimmer zu sein, und in einer Ecke stand auf einem Tischchen eine Schreibmaschine.

Ich versicherte mich, daß mich niemand beobachtete, und schlüpfte in das Zimmer. Drinnen spannte ich den Scheck, den ich aus Henrys Scheckheft gerissen hatte, in die Schreibmaschine. In der ersten freien Zeile setzte ich die Zahl 10.000 ein, und darunter die Worte Zehn Tausend und 00/100.

Ich steckte den Scheck wieder in meine Brieftasche und verließ das Haus durch den Haupteingang.

Neben meinem Auto wartete ein Mädchen. Ihre Augen waren von kühlem Grau, sie war schlank, und ihr Haar war lohfarben. »Es ist Ihnen also gelungen, mit Henry zu reden?«

Ich lächelte. »Wie kommen Sie darauf, daß ich bei Henry war?«

»Durch einfache Schlußfolgerung. Sein Vater wohnt in der Hauptstadt im Gouverneurspalast. Und wären Sie gekommen, um einen der Dienstboten zu besuchen, hätten Sie wohl kaum den Haupteingang benutzt.« Sie musterte mich. »Henry hat seit zwei Wochen niemanden empfangen. Was unterscheidet Sie so von anderen?«

»Warum fragen Sie das nicht Henry?«

»Er will mich nicht sehen. Speziell mich nicht.«

Ich gab einer Vermutung nach. »Sind Sie das Mädchen, mit dem er in Lanningans Klub war?«

Ihr Blick flackerte. »Warum sollte er Ihnen das erzählen?«

»Könnte ich nicht ein alter Freund sein?«

»Dummerweise hat Henry keine Freunde, weder alte noch sonst welche. Und ich bin ganz sicher, Sie müßten sogar noch mehr als ein Freund sein, damit Henry sich diesen ganz besonderen Zwischenfall Ihnen gegenüber von der Seele reden würde.« Ihr Blick blieb nachdenklich an meinem Auto hängen. »Haben Psychiater diese kleinen Abzeichen an ihren Nummernschildern wie Ärzte sie haben?«

Ich lächelte. »Nein.«

Sie sah mich an. »Ich wohne nebenan und kenne Henry, seit er fünf war. Kann ich irgend etwas tun, um ihm zu helfen?«

»Lieben Sie ihn?«

»Ich mag ihn. Aber das ist alles. Ich bin die einzige, die mit ihm redet, als wäre er wichtig.«

»Liebt er Sie?«

»Er glaubt es vielleicht, aber ich bezweifle eigentlich, daß er irgend jemanden lieben kann. Er kann nur Leute für sich einspannen und wollen, daß man ihn liebt.«

»Wissen Sie, warum Henry sich geweigert hat, irgend jemanden zu empfangen? Ist es wegen des Zwischenfalls in Lanningans Klub?«

Sie überlegte und antwortete dann: »Henry schämt sich zu Tode. Er sieht sich als Feigling.«

»Und das ist er auch, oder?«

Sie betrachtete mich kühl. »Für manche Menschen ist die Welt voller Tiger. Ich bin sicher, daß Psychiater sich darüber im klaren sind.« Sie betrachtete mich wieder abschätzend. »Hat Henry selbst nach Ihnen geschickt? Oder war es sein Vater?«

»Das würde ich lieber nicht sagen.«

Sie nickte abwesend. »Es muß Henry selbst gewesen sein. Sein Vater hätte sich bestimmt nicht die Mühe gemacht.«

»Henry und sein Vater stehen sich nicht sehr nah?«

Ihre Stimme klang trocken. »Sie haben sich gelegentlich mal gesehen.«

»Weshalb hat sein Vater denn so wenig Zeit?«

»Weil er erst Abgeordneter war, dann Senator, und jetzt ist er Gouverneur. Und er hat nicht vor, als Gouverneur seine Karriere zu beenden.« Der harte Ausdruck wich etwas aus ihrem Gesicht. »Ich hoffe wirklich, daß Sie Henry helfen können. Ich hoffe, es ist nicht zu spät.«

Dann ging sie. Ich sah ihr nach und merkte, daß ich nicht einmal nach ihrem Namen gefragt hatte.

Ich fuhr zum Stadtgefängnis, um meinen Bruder zu besuchen.

Als ich ihm alles berichtet hatte, glänzten seine Augen. »Das hast du gut hingekriegt. Hattest du es geplant, bevor du hingegangen bist?«

»Nein. Ich wollte eigentlich nur wissen, wie Henry aussieht. Aber dann folgte eins aufs andere. Aber wir haben immer noch nicht genug. Wir brauchen ein paar Lügner, die dir den Rücken stärken. Wir brauchen Zeugen, die gehört haben, wie Allison dich angeheuert hat, und dabei können wir keinen gebrauchen, der schon aktenkundig geworden ist.«

Er rieb sich den Nacken. »Saubere Namen sind nicht leicht zu kriegen. Aber da wäre Pete Robertson. Er tut, was ich will. Er ist nicht vorbestraft, aber ich könnte ihn sehr schnell ins Strafregister bringen, wenn ich ein bißchen was ausplaudern würde. Erinnere ihn daran, wenn du mit ihm sprichst.«

»Gut, Pete Robertson. Wer noch?«

Tony dachte eine halbe Minute eifrig nach. »Gillie McMasters. Keine Vorstrafen, soweit ich weiß. Gillie ist ein Typ, der Sachen für Geld macht. Mit ein paar Tausendern könnte man ihn wohl kaufen.«

Ich nahm Henrys Scheck, den über zehntausend Dollar,

aus meiner Brieftasche. »Als die Polizei dich hierhergebracht hat, bist du da durchsucht worden?«

»Nur das übliche Abklopfen. Und meine Taschen sollte ich leermachen.«

Ich gab ihm den Scheck. »Dann hast du vergessen, das hier aus deiner Uhrtasche zu nehmen.«

Tony faltete ihn zusammen und steckte ihn weg. »Soll ich die Geschichte schon mal den Bullen erzählen?«

»Nein. Gib mir noch Zeit, mit Robinson und McMasters zu proben. Wir lassen sie erst zur Polizei gehen. Danach erzählst du deinem Anwalt deine Geschichte.«

Tony grinste. »Er wird mir nicht glauben.«

»Keiner wird dir glauben. Zuerst.« Ich fuhr mit den Fingerspitzen die Stäbe der Zelle entlang. »Du verbringst also ein paar Jahre im Gefängnis und rückst dann mit der Wahrheit heraus. Und was passiert mit mir?«

»Nichts«, sagte Tony. »Niemand hier weiß, daß ich überhaupt einen Bruder habe. Du fährst einfach zurück an die Küste und bist sicher.«

»Dein Anwalt kennt mich.«

»Der redet nicht. Das Gericht unseres Staates hat ein Auge auf ihn, und er wird sich nicht in etwas verwickeln lassen, wenn es nicht sein muß.«

»Was ist mit Gillie und Pete?«

»Was gehen die uns an? Dann kriegen sie eben ein paar Jahre wegen Meineides.«

Die Geschichte stand am nächsten Tag groß in den Abendausgaben der Zeitungen. Henry auf den Titelseiten, flankiert von zwei Polizisten. Er sah verloren aus, verwirrt und ein bißchen wie ein Kind.

Fünf Wochen später saß ich in der letzten Reihe des Gerichtssaals, als mein Bruder in den Zeugenstand trat.

Bezirksstaatsanwalt Steve Carney ließ Tony seinen Kopf. »Sagen Sie uns, wann Sie zum ersten Mal Kontakt mit Henry Allison hatten.«

»Das war letzten Monat, am siebten. Kurz nach Mitternacht. Da klingelte bei mir das Telefon, und dieser Henry Allison war dran.«

»Er hat sich mit Namen gemeldet?«

»Genau. Und er sagte, er hätte viel über mich in der Zeitung gelesen und ob das wahr sei.«

»Ob was wahr sei?«

Tony blickte unschuldig drein. »Sie wissen ja, wie die Zeitungen sind. Jedesmal, wenn einer verschwindet oder im Kofferraum eines Autos gefunden wird, hat die Polizei nichts Besseres zu tun, als mich zu holen und mir vierundzwanzig Stunden lang die Hölle heiß zu machen, und das steht dann in den Zeitungen. Darum habe ich einen gewissen Ruf.«

Der Bezirksstaatsanwalt lächelte. »Aber es ist nichts dahinter? Dann erzählen Sie bitte weiter.«

»Also, dieser Allison kam dann direkt zur Sache und fragte, ob ich mich für ihn um jemanden kümmern würde. Endgültig.«

»Wie kam Allison zu Ihrer Telefonnummer?«

»Ich stehe im Telefonbuch. Ich habe nichts zu verbergen.«

»Und da hat er also gefragt, ob Sie sich für ihn endgültig um jemanden kümmern würden. Was haben Sie geantwortet?«

»Ich habe ihm gesagt, er sei plemplem.«

»Aber aufgelegt haben Sie nicht?«

»Äh – nein. Ich dachte, mal zuhören kann ja nicht schaden.«

»Und was hat er dann gesagt?«

»Er hat gesagt, ich soll gleich zu ihm kommen, dann könnten wir die Sache bereden.«

»Sie sind also gleich hingefahren?«

»Na ja, nicht gleich. Aber ich war neugierig und wollte wissen, was das Ganze sollte. Zugleich wollte ich nicht so unvorsichtig sein und mitten in der Nacht allein hingehen. Ich meine, es gibt da schon ein paar unfreundliche Leute, die mir eine Falle stellen könnten.«

»So haben Sie also Pete Robertson und Gillie McMasters zum Schutz mitgenommen? Waren sie bewaffnet?«

Tony machte große Augen. »Nein. Die beiden sind gesetzestreue Bürger und nicht vorbestraft. Ich dachte nur, es könnte dumme Gedanken gleich im Keim ersticken, wenn ich die beiden bei mir habe. Ich meine, einen allein würde man vielleicht abknallen, aber wenn man drei vor sich sieht, überlegt man es sich.«

Der Staatsanwalt bedeutete Tony weiterzusprechen, und er fuhr fort: »Wir fahren also zu diesem Allison-Anwesen, lassen den Wagen an der Straße stehen und gehen zu Fuß die Auffahrt zu dem großen Haus rauf. Alles dunkel, aber als ich klopfe, macht Allison gleich auf. Wahrscheinlich hatte er schon auf uns gewartet.«

»Um welche Zeit war das?«

»Gegen ein Uhr morgens.«

»Sie wußten, daß es Henry Allison war? Hatten Sie ihn schon mal gesehen?«

»Ja.« Daraufhin erzählte Tony dem Gericht, was Harry in Lannigans Klub widerfahren war.

Als er damit fertig war, wiederholte der Staatsanwalt: »Allison hat also die Tür aufgemacht?«

»Ja. Aber er war ein bißchen mißtrauisch, weil Pete und

Gillie dabeiwaren. Ich hab ihn beruhigt, die beiden seien gute Freunde von mir, und er könne sagen, was er wolle, sie würden sich nicht schockieren lassen. Da ist er mit uns in den ersten Stock gegangen, wo er eine Wohnung hat, und wir haben uns hingesetzt.«

Tony warf einen Blick zur Geschworenenbank. »Ich habe in einem grünen Sessel gesessen, der hatte 'ne total abgewetzte Armlehne. Man sollte meinen, jemand mit Allisons Geld könnte sich was Besseres leisten.«

»Kommen Sie zur Sache«, mahnte der Staatsanwalt. »Weiter.«

»Also, dieser Allison holt uns was zu trinken. Brandy. Blackwell & Teague war's. Feines Gesöff.«

Der Staatsanwalt war etwas verärgert über diese Nebensächlichkeiten. »Weiter.«

»Jaja, Henry Allison kommt dann also direkt damit raus. Er will, daß ich Lannigan umbringe.«

»Hat er Ihnen gesagt, warum?«

»Nein. Aber das konnte ich mir zusammenreimen. Was da in Lannigans Klub passiert war, das muß ihn ziemlich mitgenommen haben.«

Henrys Anwalt erhob Einspruch, und der letzte Satz wurde gestrichen.

Der Staatsanwalt fuhr fort: »Sie erklärten sich also einverstanden, Lannigan umzubringen?«

»Nein, ich hab erst mal...« Tony räusperte sich. »Ich habe ihm gesagt, daß er wohl 'nen Witz mache.«

»Und was hat er getan?«

»Er hat sein Scheckheft geholt und alles ausgefüllt bis auf die Summe. Dann sagt er, ich soll sie ihm nennen.«

»Und, haben Sie das getan?«

»Nein.«

Der Staatsanwalt zeigte weiße Zähne. »Ihnen ist plötzlich klargeworden, daß Robertson und McMasters mit dabei waren, und der Gedanke, Zeugen für Ihre Transaktion zu haben, paßte Ihnen nicht in den Kram.«

Tony wandte den Blick ab. »Ich habe Allison gesagt, er soll die Sache vergessen, und wir drei haben uns verabschiedet.«

»Aber das war nicht das Ende?«

»Nein. Allison kommt uns die Treppe runter nach und wedelt mit seinem Scheck und sagt, er meint es ernst. Wir wollen grade zur Tür raus, da sagt er: ›Warten Sie einen Augenblick!‹ Und dann geht er in ein Zimmer – es ist voller Bücher und so –, und ich sehe, wie er den Scheck in eine Schreibmaschine spannt. Dann bringt er ihn raus und zeigt ihn mir. Auf die freie Zeile hat er die Zahl Zehntausend getippt.«

Der Staatsanwalt lächelte. »Das ist viel Geld, nicht? So wurde der Handel also abgeschlossen?«

»Nein«, sagte Tony. »Ich hab ihm gesagt, ich mache das Geschäft nicht.«

Die Stimme des Staatsanwalts klang wie Seide. »Aber den Scheck haben Sie genommen?«

Tony sah verlegen aus. »Ich wollte ihn später zerreißen.«

Im Gerichtssaal wurde gelacht, und selbst der Richter lächelte.

»Hat Allison nichts weiter gesagt? Hat er nicht gesagt, wenn Lannigan bis zum Mittag nicht tot sei, wäre es nichts mit dem Handel, und er würde den Scheck sperren lassen?«

Henrys Anwalt tat das Richtige zum falschen Zeitpunkt, er stand auf und erhob Einspruch, dem stattgegeben wurde.

»Also gut, Mr. Walker«, sagte der Staatsanwalt zu Tony, »sprechen Sie weiter.«

»Wir sind dann gegangen, und ich habe Gillie und Pete an einer Straßenecke abgesetzt.«

»Danach sind Sie zu Lannigans Suite im ›Medford Hotel‹ gefahren, nicht wahr?«

»Ja.«

»Um ihn zu töten?«

»Nein«, sagte Tony rasch. »Ich wollte ihn nur warnen. Ihn wissen lassen, daß jemand es auf ihn abgesehen hat, und daß er damit machen kann, was er für richtig hält.«

»Und dann wollten Sie den Scheck zerreißen?« fragte der Staatsanwalt zuckersüß. »Aber was passierte?«

Tony wischte sich ein paar Mal die Hände an seinen Hosenbeinen ab. »Also, vielleicht hab ich's ihm ja nicht richtig klargemacht, oder Lannigan hatte ein paar Gläser zu viel getrunken und konnte nicht mehr klar denken. Er hat es jedenfalls so verstanden, daß ich wirklich gekommen sei, um ihn umzubringen, und da ist er auf mich losgegangen.« Tony sah zu den Geschworenen. »Da habe ich ihn in Notwehr erschossen.«

Man hörte wieder Lachen, aber diesmal klopfte der Richter mit seinem Hammer auf den Tisch.

Als die Ruhe wiederhergestellt war, wandte sich der Staatsanwalt an Tony: »Diese beiden gesetzestreuen Bürger, McMasters und Robertson, warum haben sie nach Ihrer Festnahme mehr als zwei Tage gewartet, bevor sie zur Polizei gegangen sind?«

Tony zuckte die Achseln. »Ich würde sagen, sie wollten sich keinen Ärger einhandeln. Aber dann haben sie noch mal drüber geredet und beschlossen, es doch lieber von der Seele zu kriegen.«

McMasters und Robertson wurden in den Zeugenstand gerufen, und beide bestätigten Tonys Geschichte – bis hin zum Blackwell & Teague.

Henry Allison hatte gute Verteidiger, aber Bezirksstaatsanwalt Carney und seine Leute hatten die Munition. Man konnte die Tatsache nicht wegwischen, daß Henrys Unterschrift auf dem Scheck war. Und die Experten aus dem Polizeilabor bewiesen, daß die Schreibmaschine in dem Arbeitszimmer dazu benutzt worden war, den Betrag einzusetzen. Was das Motiv betraf, bestätigten Zeugen, daß der Vorfall in Lannigans Klub ihn so belastet hatte, daß er vor Scham niemanden sehen wollte und sich in seine Wohnung im Haus seines Vaters verkrochen hatte, um, so das Gericht, dort seine Rache zu planen.

Henry leugnete natürlich alles. Aber weder er noch seine Verteidiger konnten die Tatsachen aus der Welt schaffen. Die Geschworenen zogen sich nur anderthalb Stunden zurück, und als sie wiederkamen, hieß das Urteil: *Schuldig*.

Henry und Tony wurden zum Tod auf dem elektrischen Stuhl verurteilt.

Am zweiten Tag nach seiner Verlegung in den Todestrakt erhielt ich die Erlaubnis, meinen Bruder zu besuchen.

Als ich ankam, rauchte er gerade genüßlich eine Zigarre. Er saß mit dem Rücken gegen die Wand gelehnt auf seiner Pritsche. »Das ist das Leben.«

»Ist dir je der Gedanke gekommen, daß der Gouverneur nur das Todesurteil seines Sohnes umwandeln könnte? Und deines nicht?«

Tony grinste. »Nicht eine Sekunde lang.«

Ich zog an meiner Zigarette. »Wo ist Henry?«

Tony machte eine Handbewegung. »Den Gang runter. Direkt neben der kleinen Tür.«

Ja, dachte ich. Da paßt Henry hin. Direkt neben die kleine Tür.

»Still wie ein Mäuschen«, sagte Tony. »Man merkt gar nicht, daß er da ist.«

Als der Wachmann mich eine halbe Stunde später aus Tonys Zelle ließ, ging ich den Gang entlang zur letzten Zelle.

Henry saß vor einem kleinen Tischchen und war mit einem Schachproblem beschäftigt. Er blickte auf, und seine Miene erhellte sich. »Hallo, Professor Rogers. Wie hat Professor Schreiber das Schachspiel gefallen, das der Klub ihm geschenkt hat?«

»Er war sehr angetan davon.«

Henry stand auf. »Sie sind mein erster Besucher.«

»Bis auf Ihren Vater?«

»Er war noch nicht hier.« Und beschwichtigend fügte er hinzu: »Aber er kommt noch. Da bin ich ganz sicher.«

Möglichst beiläufig fragte ich: »War sie noch nicht hier, um Sie zu besuchen?«

»Sie? Ach, Madeleine?« Er sah weg. »Man hat mir gesagt, daß sie gestern hier war. Aber ich wollte sie nicht sehen.«

»Warum nicht?«

Er wich meinem Blick aus. »Sie haben sicher in den Zeitungen davon gelesen. Ich meine, was in Lannigans Klub passiert ist.« Er seufzte. »Wissen Sie, jeder Mann, mag er auch noch so klein oder unbedeutend sein, hat immer das Gefühl, zu gegebener Zeit für die Frau, die er liebt, zum Löwen zu werden. Für mich war die Zeit da, aber ich bin nicht zum Löwen geworden. Nicht einmal für Madeleine.«

»Aber sie ist die Frau, die Sie lieben?«

Er schien verwirrt. »Wäre ich weggerannt, wenn sie es wäre?« Dann schüttelte er den Gedanken ab. »Hätten Sie vielleicht Zeit für eine Partie Schach, oder auch zwei?«

Ich sah den Wachmann neben mir an. Er zuckte die Achseln und schloß die Zellentür auf.

Ich spielte drei Partien mit Henry. Ich hätte jede gewinnen können. Aber ich tat es nicht.

Als ich ging, traf ich vor dem Büro des Direktors auf Madeleine.

Sie war überrascht, mich zu sehen. »Sie wollen Henry besuchen?«

»Ich war bei ihm.«

»Wird er mich zu sich lassen?«

»Nein. Ich fürchte nicht. Er schämt sich immer noch ziemlich.«

Sie seufzte. »Na, wenigstens hat ihn jemand besucht. Das ist ja auch etwas.«

»Er erwartet seinen Vater«, sagte ich.

Sie zögerte, dann sagte sie: »Henry hat es Ihnen anscheinend nicht gesagt, aber ich glaube, Sie sollten es wissen. Henry ist adoptiert. Es ist so etwas wie ein Familiengeheimnis. Henry hat es selbst nicht gewußt, bis er zwölf war. Da hat er aus Versehen ein Fenster zerschlagen, und sein Vater benutzte diesen erhebenden Augenblick, um es ihm mitzuteilen.« Sie sah mich an. »Übrigens glaube ich nicht, daß ich Ihren Namen mitbekommen habe.«

Fast hätte ich ihn ihr gesagt, aber dann erklärte ich rasch: »David Rogers.«

In den nächsten beiden Monaten besuchte ich meinen Bruder und Henry regelmäßig.

Ende November schmeckten Tony seine Zigarren nicht

mehr so gut wie vorher. Er warf eine auf den Boden. »Worauf wartet der Gouverneur? Eine Meinungsumfrage?«

»So ähnlich«, sagte ich. Ich sah zu, wie er nach einer neuen Zigarre griff. »Tony, es gibt da etwas, das ich seit ein paar Monaten weiß, womit ich dich aber bisher nicht beunruhigen wollte. Jetzt sage ich es dir. Henry ist gar nicht der richtige Sohn des Gouverneurs. Er ist adoptiert.«

Tony starrte mich an, er war bei meinen Worten ziemlich blaß geworden. »Hör mal, Jimmy, du hast für mich ein paar tolle Sachen gemacht, und bis jetzt hat's geklappt. Aber es bringt alles nichts, wenn diese Geschichte kein Happy End hat. Wir haben noch eine Woche, und ich werde langsam nervös.«

»Also gut«, sagte ich. »Ich werde sehen, was ich tun kann.«

Am Nachmittag fuhr ich in die Hauptstadt, und um halb vier wurde ich ins Büro des Gouverneurs geführt.

Er warf einen Blick auf die Notiz, die seine Sekretärin ihm offenbar gegeben hatte. »Es passiert nicht jeden Tag, daß jemand den ganzen Weg von der Küste herkommt, um mich zu sehen. Sie sind doch Reporter, nicht?«

Ich setzte mich. »Sagen wir, ich komme vom *Chronicle*.«

»Und Sie haben meiner Sekretärin gegenüber erwähnt, daß Sie ein persönlicher Freund von Senator Michells sind?«

»Das habe ich wohl. Ganz nebenbei.«

Gouverneur Allison lächelte wissend. »Das war der Schlüssel, der Ihnen mein Büro geöffnet hat. Der Senator ist der *Chronicle*, und der *Chronicle* ist der Senator. Der Senator hat siebenundzwanzig nationale Delegierte in der Tasche, und die kann er jedem zuteilen, den er für würdig hält.«

Ich akzeptierte eine Zigarre. »Der Senator hat eine hohe Meinung von Ihnen.«

Der Gouverneur gab mir Feuer. »Ich höre.«

Ich paffte Leben in die Zigarre. »Er würde gern wissen, was Sie in dieser – äh – dieser Sache tun wollen, die Ihren Sohn betrifft.«

Allison runzelte die Stirn. »Seit ich Gouverneur bin, sind sechs Menschen auf den Stuhl gestiegen. Sie können sich vorstellen, was die Leute sagen würden, wenn ich das Urteil gegen meinen Sohn umwandle. Politisch wäre es für mich das Aus.«

Ich nickte. »Vielleicht. Aber andererseits, wenn Sie das Urteil vollstrecken lassen, hätten die Wähler vielleicht irgendwie das Gefühl, daß Sie kein Herz haben. Und das wäre womöglich verhängnisvoll. Der Senator schlägt vor, daß Sie das Todesurteil Ihres Sohnes umwandeln, und das dieses anderen Mannes – Wilker? Walker? – auch. Sie könnten eine Erklärung herausgeben, daß Ihnen das Problem der Todesstrafe schon seit Jahren zu schaffen macht.«

Er betrachtete mich mitleidig. »Das stinkt, und Sie wissen es.«

Ich probierte noch einmal die Zigarre. »Mit anderen Worten: Sie lassen Ihren Sohn sterben?«

»Genaugenommen ist er ein Adoptivkind«, sagte Allison. »Das wissen nur wenige, aber ich sorge dafür, daß diese Tatsache zufällig ans Licht kommt. Das verändert dann wohl die Dinge ein bißchen. Ich meine, das ist dann nicht so, als würde man sein eigen Fleisch und Blut…« Er stand auf. »Hören Sie, am Samstag habe ich ein paar Sendeminuten in Bronsons *New Review*. Beste Sendezeit, angeschlossen an alle Fernsehanstalten des Landes. Meine Mannschaft und ich haben seit Wochen eine kleine Rede ausgearbeitet. Ehrlich gesagt, wir halten sie für recht gut. Sagen Sie dem Senator, er soll sich das unbedingt ansehen.«

Er lächelte. »Sehen Sie, es waren auch andere Leute hier, die mich in dieser Sache sprechen wollten, Leute, die über sechsundneunzig Delegierte verfügen. Und die finden, ich sollte das Todesurteil vollstrecken lassen.«

Ich stand auf.

Der Gouverneur kam um seinen Schreibtisch herum. »Senator Michells ist ein fähiger und intelligenter Mann. Ich bin sicher, wenn er sich die Sache durch den Kopf gehen läßt, wird er merken, daß meine Mannschaft und ich richtig entschieden haben. Ich bewundere ihn sehr, und er weiß, daß wir politisch am gleichen Strang ziehen.« Als wir an der Tür waren, hatte er einen Arm um meine Schultern gelegt. »Im nächsten Monat veranstalte ich in Kanada eine private kleine Jagdgesellschaft. Vielleicht kann der Senator sich ja freimachen?«

»Er wird wahrscheinlich dabeisein«, sagte ich.

Ich fuhr in die Stadt zurück und ging am nächsten Morgen Tony besuchen.

Er hörte mir zu, und Schweißperlen zeigten sich auf seiner Stirn. »Das war's dann wohl, was?«

»Das war's, Tony.«

Er blickte zum Kalender an der Wand, und wir schwiegen eine Weile.

»Hör mal, Tony«, sagte ich. »Wir haben es probiert, und es ist danebengegangen. Ich finde, du solltest jetzt zum Direktor gehen und die Sache geraderücken.«

Tonys Augen blitzten. »Kommt nicht in Frage. Wenn ich auf den Stuhl soll, nehme ich den Sohn des Gouverneurs mit.«

»Tony, du kannst den Gouverneur damit nicht im geringsten treffen. Was mit Henry passiert, ist ihm völlig egal.«

Tony hörte nicht zu. »Das habe ich nicht verdient, Jimmy. Ich stehe in dem Ruf, ein halbes Dutzend aus dem Weg geschafft zu haben, dabei hab ich nie einem ein Haar gekrümmt, bis ich's Lannigan gegeben habe. Und dafür kommt man meiner Ansicht nach nicht auf den Stuhl.«

»Möglicherweise nicht. Aber du bist nun mal hier. Und du änderst nichts daran, wenn du Henry mitnimmst.«

»Ich tue niemandem einen Gefallen. Wenn ich auf den Stuhl komme, dann auch Henry.«

»Denk darüber nach«, sagte ich. »Tu das, und du wirst deine Meinung ändern.«

Als ich mich von Tony verabschiedet hatte, ging ich den Gang hinunter zu Henrys Zelle. Der Wachhabende machte mir die Tür auf. Henry lächelte und fing an, die Figuren auf dem Schachbrett aufzustellen. Ich sah ihm dabei zu. Er schien ein paar Pfund zugenommen zu haben in den letzten beiden Monaten.

»Wie fühlen Sie sich, Henry?«

»Meinen Sie, ob ich Angst habe?« Er schüttelte den Kopf. »Nein, ich habe keine Angst.«

Ich spürte einen seltsamen Ärger in mir aufsteigen. »Warum nicht, Henry? Warum haben Sie keine Angst?«

Er dachte darüber nach. »Ich weiß es nicht. Vielleicht sollte mein Leben so enden.« Er lächelte schwach. »Es war kein sonderlich wichtiges Leben, wissen Sie.«

»Wollen Sie sterben?«

Er überlegte. »Nein, nicht direkt. Ich nehme an, trotz allem möchte ich schon leben. Aber das Entscheidende ist jetzt, daß ich keine Angst vor dem Sterben habe. Ich habe Angst vor dem Leben, ich habe Angst vor Menschen, ich habe vor allem Angst, aber nicht vor dem Sterben. Irgendwie fühle ich mich dadurch zum ersten Mal in meinem Leben als Mann.«

Meine Stimme war harsch. »Sie werden Angst vor dem Sterben bekommen. Spätestens, wenn Sie auf diese Tür da zugehen.«

Er sah mich milde an. »Vielleicht haben Sie recht. Aber das ist dann ein anderer Tag, und heute habe ich keine Angst vor dem Sterben.« Er deutete aufs Schachbrett. »Schwarz oder Weiß?«

Als ich ging, wartete Tony an den Stäben seiner Zelle auf mich. »Na, was macht dein kleiner Freund?«

»Er sagt, er hat keine Angst vor dem Sterben.«

Tony fauchte: »Den Teufel hat er. Ich werde ihn noch kreischen hören, wenn sie ihn holen kommen.«

Draußen ging ich in den nächsten Spirituosenladen, kaufte mir eine Flasche und nahm sie mit in mein Hotelzimmer. Am nächsten Tag schlief ich bis mittags, und als ich endlich aus dem Bett kroch, nahm ich als erstes Aspirin. Während ich mich rasierte, stellte ich das Radio an, und da erfuhr ich es.

Tony war tot.

Heute morgen, als der Wachmann ihm das Frühstückstablett brachte, hatte Tony sein Endspiel gemacht. Er hatte dem Mann einen Finger in den Rücken gedrückt wie eine Pistole und ihn dann als Schild benutzt, um mit diesem Bluff durchs Gefängnistor nach draußen zu kommen. Aber die Wachen waren nicht so leicht zu überzeugen gewesen, und in dem folgenden Handgemenge war Tony erschossen worden.

Es war noch ein Rest in der Flasche. Ich goß ihn mir ein und trank langsam aus.

Das sollte es also gewesen sein? Die ganze geschickt eingefädelte Sache für nichts und wieder nichts, und Tony tot und bald beerdigt.

Was nun? Zurück an die Küste und wieder in den Namen Walker schlüpfen? Alles Unangenehme vergessen, das passiert war?

Ich fing an, meinen Koffer zu packen.

Henry baute das Reiseschach auf. »Weiß oder Schwarz?«

»Weiß«, sagte ich.

Ich durfte nicht über die Trennwand greifen, darum rief ich ihm meinen Zug zu. »Bauer e5.«

Henry sagte: »Mein Psychiater meint, daß Sie auch um Ihrer selbst willen ein Geständnis abgelegt haben und ins Gefängnis gegangen sind, nicht nur, um mein Leben zu retten. Deshalb sollte meine Dankbarkeit sich in Grenzen halten. Ich komme also nur einmal im Monat.« Henry schien etwas unsicher. »Oder alle zwei Monate?«

»Seien Sie stark, Henry«, sagte ich. »Einmal alle zwei Monate.«

Er nickte. »Aber ich denke, ich kann Madeleine dazu bringen, die Lücke zu füllen. Schließlich kommt sie an jedem zweiten Besuchstag. Vielleicht könnte ich ihr das Schachspielen beibringen, damit Sie beide etwas zu tun haben?«

»Nein danke, Henry«, sagte ich. »Wir bemühen uns und schaffen es schon, ein Gesprächsthema zu finden.«

Ich sah auf die Uhr an der Wand. Noch zweiundzwanzig Minuten.

Ich seufzte. »Springer b3.«

Wenn man einen sauberen Mord bestellt

Im Lauf der vergangenen zwanzig Jahre wurde ich beauftragt, eine nicht geringe Zahl von Menschen umzubringen, und ich habe meine Aufgabe stets prompt, ordentlich und ohne anschließende Peinlichkeiten für meine Klienten erledigt.

Meine Opfer hatten die verschiedensten Positionen und Berufe, aber sie hatten zumindest eines gemeinsam – einen Feind, der willens war, für ihr Ableben Geld auszugeben.

Dies war allerdings das erste Mal, daß mich jemand beauftragen wollte, mich selbst umzubringen.

Nun wußte Walter Brandt natürlich nicht, daß er *mich* engagierte, um mich zu beseitigen. Er wußte nur, daß er *jemanden* dafür engagierte, es zu tun.

Die Kontakte zu meinen Klienten müssen notwendigerweise auf Umwegen erfolgen. Niemand darf wissen, wer ich bin, darum habe ich ein Postfach unter falschem Namen und kommuniziere über dieses Medium mit meinen Kunden. Als zusätzliche Vorsichtsmaßnahme hole ich meine Post zu den ungewöhnlichsten Zeiten ab, meist zwischen Mitternacht und den frühen Morgenstunden.

Ich hatte keine Ahnung, wie Walter an meine Postfachadresse gekommen war, konnte mir aber vorstellen, daß einer meiner früheren Klienten mich weiterempfohlen hatte.

All das brachte mich natürlich etwas durcheinander und ließ mich verständlicherweise zögern.

Eigentlich kannte ich Walter Brandt gar nicht richtig. Genaugenommen gehörte er zu den Leuten, denen ich im Klub höchstens zunickte, und ich konnte mir absolut nicht vorstellen, was ihn wohl dazu veranlaßt haben mochte, meinen Tod zu wollen. Wie die meisten meiner Klienten, weigerte er sich, sein Motiv preiszugeben. Er wollte mich schlicht aus der Welt geschafft wissen.

Und was besonders niederschmetternd für mein Ego war: Brandt feilschte um den Preis. Wir hatten bislang im Ganzen drei Briefe gewechselt und waren noch zu keiner Übereinkunft gekommen. Ich hätte den ganzen Auftrag sausen lassen, aber unter den gegebenen Umständen wollte ich nicht, daß Brandt mit seinem Anliegen zu jemand anderem ging.

Ich mußte mehr über Brandt erfahren, und so richtete ich es ein, daß wir eines Abends ganz zufällig nebeneinander vor dem Kamin im Klub saßen.

Brandt war ein dünner Mann Anfang Vierzig, und sein Profil war mehr oder weniger *diminuendo*.

»Ein bißchen kalt draußen«, begann ich. »Ziemlich ungewöhnlich für die Jahreszeit.«

Er löste kurz den Blick von seiner Zeitung. »War mir gar nicht aufgefallen.«

Ich lauschte eine halbe Minute den prasselnden Scheiten im Kamin. »Ich habe gehört, Sie wurden mal von einem südamerikanischen Riesenfaultier verfolgt.«

Er sah wieder auf. »Das war Williams. Allerdings sind die Riesenfaultiere nach Meinung der meisten Experten längst ausgestorben.«

Ich nickte. »Ich hatte schon immer meine Zweifel, was Williams und seine Geschichten angeht.«

»Das würde ich Williams gegenüber an Ihrer Stelle nicht

erwähnen«, sagte Brandt. »Er wird leicht wütend. In Guatemala hat er mal einen umgebracht.«

Auch das bezweifelte ich, nahm aber die Eröffnung an. »Schrecklich, einen Menschen umzubringen.«

Brandt überlegte. »Kommt auf die Umstände an, denke ich.«

»Aber wenn ein Mensch umgebracht werden muß, dann sollten wir das doch wohl der Gesellschaft überlassen. Wir haben Gerichte und Geschworene und...« Ich zögerte einen Augenblick. »Und autorisierte Henker.«

Brandt lächelte milde. »Ich frage mich oft, ob wir Richter, Geschworene und Henker vielleicht nur haben, weil wir feige sind. Wir haben Angst, selbst zu tun, was getan werden muß. Wir wollen unsere Schuldgefühle aufteilen, wenn wir jemanden bestrafen.«

Vielleicht war es ja nur Einbildung von mir, aber als er das Wort »aufteilen« aussprach, schien in seinem Blick etwas zu flackern.

Ich bohrte weiter. »Ich kann mir einfach keinen Grund vorstellen, der ausreichend wäre, einen anderen Menschen umzubringen.«

Brandt zog eine Augenbraue hoch. »Rache, eine Frau, Geld. Guter Mann, es gibt Hunderte von Gründen.«

Ja, stimmte ich für mich zu, *es gibt Hunderte von Gründen*. Aber welches ist deiner? Wir kennen uns praktisch nicht, und doch willst du mich umbringen.

Als ich wieder in Brandts Richtung schaute, war er beim Kreuzworträtsel und unsere Unterhaltung damit eindeutig beendet.

Als ich mich zehn Minuten später zum Gehen anschickte, half mir Madsen in der Halle in den Mantel.

»Dieser Walter Brandt«, sagte ich, »netter Kerl.«

»Ja, Sir«, meinte Madsen unverbindlich.

»Er hat doch was mit der Eisenbahn zu tun?«

Madsen strich meinen Kragen glatt. »Nein, Sir. Seine Firma ist Brandt Enterprises. Apartmenthäuser.«

Es war halb zehn, als ich ins Taxi stieg, um nach Hause in meine Wohnung zu meiner Frau zu fahren.

Wenn man von Helen spricht, hat man unweigerlich das Gefühl, anfügen zu müssen: »Was für ein wunderbares Wesen«, denn sie ist die nahezu vollendete Perfektion in menschlicher Gestalt.

Ist Ihnen schon mal aufgefallen, daß eine unattraktive Frau stets an ihrer Persönlichkeit arbeitet, vielleicht in Extremfällen auch an ihrer Intelligenz?

Eine schöne Frau fühlt sich dazu nicht bemüßigt. Sie *ist*, und ihr ist das genug.

Helen kommt wochenlang ohne Zeitungslektüre aus, und man merkt ihr nicht den Schatten einer Entbehrung an. Am Tag ihres Abgangs von der High School hat sie ihre Bücher zugeklappt, und seither blieben ihre Augen unbefleckt von jedem Versuch, ihren Geist anzustrengen.

Sie besitzt allerdings ein instinktives Gefühl für Selbstschutz. Sie weiß, daß es bei Fragen des Intellekts am besten ist, mit Aufmerksamkeit, einem Lächeln und neutralem Schweigen zu reagieren.

Ich will mich beileibe nicht beschweren. Ich hege ein tiefes Mißtrauen gegen Frauen, die Intelligenz an den Tag legen. Sie erinnern mich eher an Spalierobst. Die ganze Idee widerspricht den Gesetzen der Natur.

Für mich ist Helen perfekt, so wie sie ist. Ich sammle auch Van Goghs, schwarze Jadestatuetten und Gobelins. Und ich erwarte nicht, daß man mit ihnen geistvolle Gespräche führen kann.

Ich fand Helen ganz zufällig vor einem Jahr in einem kleinen Restaurant, wo sie als Kassiererin arbeitete, und merkte sofort, daß ich einen Edelstein gefunden hatte, der nur auf die entsprechende Fassung wartete.

Helen erwies sich als zugänglich – bis zu einem gewissen Grade. Ich hätte ein weniger bindendes Arrangement vorgezogen, aber die Moral von Sheboygan war noch ziemlich frisch bei ihr, und so fand ich mich im Alter von fünfundvierzig Jahren in der Zunft der Frischvermählten wieder.

Als ich in die Wohnung kam, saß Helen vor ihrem Frisiertisch.

»Du kommst früh«, sagte sie, ohne den Blick vom Spiegel zu wenden.

»Ich bin ziemlich müde.« Ich sah zu, wie sie sanft ihr Gesicht massierte. »Wieviel Zeit brauchst du jeden Tag dafür?«

Sie sah zu meinem Spiegelbild auf. »Zehn Minuten vielleicht, oder eine Viertelstunde.«

»Ich meine alles zusammen. All das Zurechtmachen.«

»Mit Anziehen?«

Ich seufzte. »Ja. Mit Anziehen.«

Sie gab sich so nachdenklich, wie sie konnte. »Ich weiß wirklich nicht, Ronnie. Aber ich bin den ganzen Tag beschäftigt. Ich weiß kaum, wo die Zeit bleibt.«

»Langweilst du dich denn nie?«

Sie sah mich über die Schulter hinweg an. »Aber nein, Ronnie. Es gibt immer irgendwas zu tun. Nägel zum Beispiel oder Haare«, ihr Blick ging wieder zum Spiegel zurück. »Langweilst du dich denn manchmal, Ronnie?«

Ich war etwas verblüfft. »Ich? Aber natürlich nicht. Kein Mann von Intellekt langweilt sich.«

»Ich meine, du läufst nur herum und streichst über diese

Wandteppiche, oder spielst mit diesen Plastikfiguren, oder stehst ewig vor diesen düsteren Bildern. Langweilt dich das nicht?«

»Van Gogh war einer der größten Maler der Welt«, erklärte ich nachsichtig.

»Wirklich? Woher weißt du das?«

»Die Kritik ist sich da völlig einig.«

»Ich meine, magst du ihn *wirklich*, oder glaubst du nur, du müßtest ihn mögen? Um im Trend zu bleiben, meine ich.«

Ich spürte einen Hauch von Verärgerung. »Ich habe einen untadeligen Geschmack.«

»Ich weiß, Ronnie. Natürlich hast du das.« Sie schien mich kurz zu mustern. »Ich habe nie herumspioniert, Ronnie. Ich weiß, daß du eine Erbschaft oder so was hast, weil du nie arbeitest. Aber ich finde, du solltest irgendwas tun. Etwas Wichtiges, meine ich. Damit du nicht anfängst, dich zu langweilen.«

»Ich langweile mich nicht.«

»Du solltest das Gefühl haben können, wichtig für die Welt zu sein.«

Es war nicht leicht, ruhig zu bleiben. »Ich *bin* wichtig für die Welt. Du hast keine Ahnung, wie wichtig.«

»Natürlich bist du für mich wichtig«, meinte sie beruhigend. »Aber ich finde, du solltest etwas anfangen, was für deine Mitmenschen wichtig ist.«

»Wie zum Beispiel?« wollte ich wissen.

»Ach, ich weiß nicht, Ronnie. Aber irgend etwas Bedeutendes. Etwas, das mit Leben und Tod zu tun hat oder so.«

Mein Ärger verflog, und ich lächelte. »Eines Tages vielleicht, mein Liebes.«

Sie wischte sich die Fingerspitzen an einem Kleenex ab. »Ronnie, bist du mit mir zufrieden?«

Ich tätschelte ihre Schulter. »Ich mag dich geradeso, wie du bist. So und nicht anders.«

Sie lächelte. »Das habe ich mir gedacht.«

Ich ging ins Wohnzimmer, machte mir einen Drink zurecht und setzte mich hin, um ihn zu genießen.

Während ich mich umsah, gratulierte ich mir. Ich hatte wirklich Glück gehabt, als ich diese Wohnung fand, die im Lauf der letzten zehn Jahre zu meinem Lager geworden war, dem Museum für meine Schätze.

Der Hausverwalter versucht mich seit einiger Zeit weichzuklopfen, ich solle mein Mietverhältnis lösen. Man wollte aus meiner Wohnung drei kleinere Apartments machen. Aber ich beharrte auf meinem Recht. Mein Mietvertrag war hieb- und stichfest und unbefristet.

Unsere Debatten waren sogar so hitzig geworden, daß ich mich einmal zu dem volkstümlichen »Nur über meine Leiche« hinreißen ließ.

Jetzt nippte ich an meinem Drink, und der Augenblick wäre vollkommen gewesen, hätte sich nicht das Problem Walter Brandt dazwischengedrängt.

Warum um alles in der Welt wollte er mich umbringen? Aus finanziellen Gründen? Er hatte wahrscheinlich fünfzig Mal so viel wie ich. Aus Rache? Rache wofür? Ich konnte mir nicht vorstellen, daß ich ihn jemals auf irgendeine Weise verletzt hatte.

Eine Frau?

Schon wollte ich auch zu dieser Überlegung den Kopf schütteln, als mir eine schwindelerregende Vermutung kam.

Aber es war unsinnig! Lächerlich!

Und doch …?

Ich war mir Helens völlig sicher. Abgesehen davon hatte sie nicht die Phantasie, um irgendeine … Ich behandle sie gut, dachte ich verdrießlich. Ihr mangelt es an nichts.

Der Gedanke war viel zu weit hergeholt.

Ich stellte fest, daß ich ziemlich rasch atmete.

Helen und Brandt? Da quietschten in meinem Kopf alle Bremsen. *Amour*? Mit Walter Brandt?

Aber er war so … so unbedeutend. Eigentlich überhaupt nicht kultiviert. Äußerlich kaum vorzeigbar.

Aber Frauen sind berüchtigt für die unvorhersehbare Wahl ihrer … Gefährten.

Am nächsten Morgen ging ich früh aus dem Haus.

Die Detektei, die ich aussuchte, war ein großes Unternehmen. Ich finde, man sollte die besten unterstützen, jedenfalls die erfolgreichsten, wenn man schon darauf zurückgreifen muß, private Detekteien zu beschäftigen.

Sie hatten einen ruhigen, angenehm beleuchteten Warteraum und eine Empfangsdame mit gedämpfter Stimme, deren Erscheinung rundum Geschmack verriet.

Mr. Lister, dem offensichtlich die Leitung oblag, klang nach Princeton und hatte einen grauen, militärischen Schnauzbart.

Ich machte es kurz und sachlich. »Ich möchte meine Frau beobachten lassen.«

Lister war ganz geschäftsmäßig. »Hegen Sie irgendeinen Verdacht?«

»Ich will nur, daß meine Frau beobachtet wird. Ich glaube, das sollte für Ihre Zwecke genügen.«

»Natürlich«, sagte Lister ausdruckslos. »Wünschen Sie eine bestimmte Tageszeit?«

»Rund um die Uhr.«

Er nickte. »Ich habe nur gefragt, weil manche unserer Kunden gern sparen wollen. Normalerweise übernehmen sie dann eine Achtstundenschicht selbst.«

Er musterte meine Kleidung und schien zufrieden. »Ich werde die Männer in Schichten zu acht Stunden einteilen. Allerdings arbeiten sie nicht sieben Tage in der Woche, deshalb brauche ich zusätzlich drei Leute für die Wochenenden.«

»So viele Sie brauchen«, sagte ich.

»Hätten Sie die Berichte gern wöchentlich?«

»Täglich. Ich komme sie selbst holen.«

Als ich ging, jonglierte er zufrieden auf seinem Schreibblock mit Zahlen herum.

Ich verbrachte mehrere Stunden in einer Galerie, einer Ausstellung plumper Regionalkunst, und folgte dann, als ich feststellte, daß ich in der Nähe des Restaurants war, wo ich Helen kennengelernt hatte, einer Eingebung und ging hinein.

Die Bedienung, die an meinen Tisch trat, lächelte mich strahlend an. »Hallo, Mr. Reynolds. Sieht man Sie auch mal wieder hier?«

»Entschuldigung, aber ...«

»Oh, wahrscheinlich erinnern Sie sich nicht an mich. Ich habe Sie hier nie bedient, und wir sind uns nur einmal vorgestellt worden. Das war bei Helens Hochzeit.«

»Aber natürlich«, sagte ich. Allerdings war mir ihr Vogelgesicht völlig unbekannt.

»Ich bin Elsie Schwendt«, sagte sie und kicherte dann. »Ich meine Elsie Barrows. Es ist so schwierig, sich an meinen neuen Namen zu gewöhnen.«

»Das kann ich mir vorstellen. Ich hätte gern ein Lendensteak, blutig.«

Sie deutete auf einen jungen Mann mit angespanntem Gesicht, der offenbar gerade einem Hilfskellner eine Strafpredigt hielt. »Das ist Mr. Barrows. Wir haben erst vor zwei Monaten geheiratet. Er ist der stellvertretende Geschäftsführer und möchte, daß ich arbeite, so lange ich kann, aber –«

»Ja«, sagte ich. »Und Tomatenscheiben.«

»Irgendwann möchte ich Helen gern mal besuchen und sehen, wie's ihr so geht.«

»Unbedingt. Nur das Steak und die Tomaten. Keine Beilagen, auch kein Brot.«

»Helen und ich sind zur gleichen Zeit in den Osten gekommen«, sagte sie, »und haben hier angefangen zu arbeiten. Ich war in der Schule mit ihr befreundet.« Sie meinte, das einschränken zu müssen. »Nicht sehr eng befreundet allerdings. Sie gehörte mehr zu den intellektuellen Typen und hat immer viel gelesen.«

»Helen? Intellektuell?« fragte ich amüsiert.

Elsie Barrows nickte. »Sie hat die Abschlußrede ihres Jahrgangs gehalten.«

Ich lachte kurz auf. »Wie viele waren denn in ihrem Jahrgang? Drei? Oder vier?«

»Aber nein«, sagte Elsie. »Es waren dreihundertsechsundzwanzig Schüler, die abgingen. Und Helen hatte den höchsten Notendurchschnitt in der Geschichte der Schule.«

Ich trank einen Schluck Wasser und lächelte. »Meine liebe Mrs. Barrows, reden wir von derselben Person? Meine Frau ist Helen Thorne Reynolds.«

»Natürlich«, sagte Elsie. »Thorne war ihr Mädchenname.«

Ich rieb mir das Kinn und schnitt eine Grimasse.

»Ich nehme an, sie macht tagsüber ihre Seminare«, sagte Elsie.

»Seminare? Was für Seminare?«

»College natürlich.«

Mir wurde warm, und ich wurde langsam ärgerlich. »Leider weiß ich nicht, wovon Sie reden.«

Elsie schien erstaunt. »Geht Helen denn nicht aufs College?«

Ich war mit meiner Geduld fast am Ende. »Meine liebe Mrs. Barrows, Helen geht nicht aufs College.«

Elsie verdaute diese Information. »Das ist aber seltsam. Helen hat immer gesagt, daß sie eine College-Ausbildung mehr als alles anstrebt. Das und Geld natürlich. Wir Mädchen waren alle ziemlich aufs Geld aus.«

Sie warf einen liebevollen Blick zu ihrem Mann hinüber. »Ich habe viele Gelegenheiten sausen lassen, bevor ich Henry gefunden habe. Er ist erst sechsundzwanzig und schon stellvertretender Geschäftsführer hier. Das Restaurant gehört zu einer Kette, wissen Sie.« Auf ihrem Gesicht malte sich ihr ganzer Stolz. »Henry wird es weit bringen. Er ist ein Organisationstalent.«

Ich merkte, daß ich Wasserringe auf dem Tischtuch machte, und hielt inne. »Es gibt ein Cheboygan in Michigan. Vielleicht verwechseln Sie das mit...«

»Sheboygan. In Wisconsin«, sagte Elsie. »Helens Familie konnte es sich nicht leisten, sie aufs College zu schicken, darum ist sie nach New York gekommen, um Geld zu verdienen. Sie wollte ein Jahr arbeiten, dann ein Jahr aufs College gehen, und wieder ein Jahr arbeiten und so weiter, bis sie ihren Doktor hatte. In Mathematik, glaube ich.«

Elsie bedachte mich mit dem scheuen Blick der Geheimnisträgerin. »Sind Sie ganz sicher, daß Helen nicht aufs College geht?«

»Ich würde es ihr nicht erlauben«, schnauzte ich.

»Ich meine, vielleicht, wenn Sie arbeiten und nicht zu Hause sind.«

»Ich arbeite nicht«, sagte ich steif. »Ich bin die meiste Zeit zu Hause, und ich habe Helen noch nie zum College gehen oder von da kommen sehen.«

»Das ist aber komisch«, sagte Elsie. »Helen hat immer gesagt, das College sei ihr das Allerwichtigste auf der Welt. Und Helen hat immer bekommen, was sie wollte.« Sie dachte einen Augenblick nach. »Wissen Sie, Helen hat mir mal gesagt, sie würde jeden umbringen, der sie davon abzuhalten versuchte. Ich glaube, das hat sie ernst gemeint.«

Das war der letzte Tropfen. »Also, jetzt hören Sie aber auf! Man bringt doch nicht einfach Leute um, nur weil man aufs College gehen will.«

»Wahrscheinlich nicht«, gab Elsie zu. »Aber trotzdem, manchmal, wenn Helen etwas wollte und es nicht bekommen konnte...« Elsie erschauerte leicht. »Helen hat komische Augen. Ist Ihnen das nicht aufgefallen? Irgendwie grün, und manchmal ist es, als ob sie glühen. Aber die ganze Familie war ein bißchen...« Sie hielt inne und errötete. »Bitte vergessen Sie nicht, Helen von mir zu grüßen. Lendensteak, blutig, und Tomaten?«

Das Steak war zu sehr durchgebraten, wie das offenbar so üblich ist, und geschnitten war es eher nach Zweckmäßigkeit als nach Güte.

Beim Bezahlen rutschte mir ein Stück Papier aus der Brieftasche. Ich hob es auf, und mein Blick fiel eher zufällig darauf. Es war die letzte Quittung für meine Miete, und da sah ich etwas, das mir bisher entgangen war.

Der eingedruckten Kopfzeile der Quittung war zu entnehmen, daß ich meine Miete an Brandt Enterprises bezahlte. Ich hatte das nie vorher bemerkt, da ich immer nur mit dem Hausverwalter zu tun gehabt hatte.

Ein belustigender Gedanke ging mir durch den Kopf. Angenommen, Brandt versuchte tatsächlich, mich loszuwerden, weil ich mich weigerte, meine Wohnung zu räumen.

Das fand ich wirklich eine prickelnde Vorstellung.

Die Kassiererin sah mich etwas merkwürdig an, und ich merkte, daß ich vor mich hingekichert hatte. »Mir ist eben ein Witz eingefallen, den mir vorhin jemand erzählt hat«, erklärte ich hastig.

In der Diele meiner Wohnung legte ich Hut und Mantel ab und stellte mich vor den Spiegel, um meine äußere Erscheinung zu begutachten und in Ordnung zu bringen.

Ich sah, daß der Spiegel einen Teil des Wohnzimmerspiegels reflektierte, und dieser wiederum eine Ecke des Wohnraums. Spaßeshalber probierte ich ein bißchen herum, indem ich mich hin und her bewegte, bis ich das ganze Wohnzimmer im Blick hatte.

Helen saß in einem Sessel.

Und sie las ein Buch!

Mehr noch, sie hatte einen Bleistift in der Hand, und auf ihren Knien lag ein Schreibblock. Hin und wieder runzelte sie die Stirn und kritzelte etwas auf den Block.

Ich stützte mich auf ein Ablagetischchen und brachte dabei eine Blumenvase ins Wanken.

Helens Bewegungen waren rasch und geschmeidig wie die einer Katze, und ich beobachtete sie fasziniert. In Sekundenschnelle verschwanden Buch, Block und Stift unter den Kissen des Sessels, und aus Helen wurde ein träges, gelassenes und selbstgefällig untätiges Wesen.

»Bist du das, Lieber?« rief sie.

Ich riß mich zusammen. »Ja, Helen.«

Später am Abend, als sie aus dem Zimmer gegangen war, suchte ich zwischen den Kissen herum. Ich erkannte nur eine der Gleichungen auf dem Block. Sie gehörte zu den wenigen Dingen, an die ich mich aus meinem Pflichtkurs der analytischen Geometrie auf dem College erinnerte.

Die folgenden drei Wochen waren völlig unbefriedigend. Brandt feilschte weiter um den Preis für meinen Tod und weigerte sich trotz meines Nachbohrens beharrlich, sein Motiv zu enthüllen.

Und Helen vertiefte sich derweil in die Integralrechnung.

In Mr. Listers Büro beendete ich die Lektüre des einundzwanzigsten Tagesberichtes und legte ihn beiseite. »Nichts. Absolut nichts.«

»Absolut nichts Verdächtiges«, bestätigte Lister. »Sie hat sich mit niemandem getroffen, aus dem wir einen, äh, Rivalen konstruieren könnten.«

»Nicht einmal College«, murmelte ich. »Entweder macht sie ein Fernstudium, oder sie studiert für sich allein.«

Lister zog eine Augenbraue hoch. »College?«

»Ach nichts.« Ich seufzte. »Ich glaube, es ist nutzlos, sie weiter zu beobachten.«

Lister stimmte zu, aber widerwillig. »Normalerweise ist es so, daß sie es nicht länger als eine Woche aushalten können, getrennt zu sein, wenn sie ein Verhältnis haben. Sie haben eine absolut treue Frau, Mr. Reynolds.«

Er musterte mich kurz und räusperte sich dann. »Wenn

Sie es allerdings wünschen, könnten wir bestimmt etwas arrangieren, das vor Gericht bestehen würde.«

Ich schnitt eine Grimasse.

Lister zuckte die Achseln. »War nur so ein Gedanke.«

Am Abend hörte ich kaum die Beethoven-Platte, die ich mir aufgelegt hatte, während ich brütend im Sessel saß. Brandts Motiv blieb weiterhin rätselhaft. Bis auf die dürftige Möglichkeit, daß er meine Wohnung so dringend haben wollte, daß…

Nein. Ein solcher Gedanke war kaum der Überlegung wert.

Und Helen.

Natürlich war ich erleichtert, daß sie treu war, aber diese heimlichen Studien mußten aufhören. Ich würde bald mit ihr reden müssen.

»Möchtest du etwas zu trinken, Liebster?« fragte Helen.

Ich tauchte aus meiner Tagträumerei auf. »Ja, danke, Liebes.« Ich stand auf. »Ich bin gleich wieder da. Ich würde gern mein Hausjackett anziehen.«

Ich nahm das kastanienbraune Seidenjackett aus dem Schrank im Schlafzimmer und ging zu Helen zurück. In der Diele blieb ich automatisch vor dem Spiegel stehen. Das hatte ich mir in den letzten drei Wochen angewöhnt, oft zu meinem Nutzen.

Ich sah, wie Helen zwei Gläser auf den Couchtisch stellte. Schon wollte ich mich abwenden, als etwas mich bewog innezuhalten.

Helen hatte einen kleinen weißen Umschlag in der Hand, von dem sie gerade eine Ecke abriß.

Ich sah mit zunehmender Faszination zu, wie sie den Inhalt vorsichtig in das Glas schüttelte, das für mich bestimmt war. Als der Umschlag offenbar leer war, zerknüllte sie ihn zu einem winzigen Ball und warf ihn in einen Aschenbecher.

Dann setzte sie sich wieder in ihren Sessel und lächelte. Es war ein träges, abwartendes Lächeln.

Ich wischte meine feuchten Hände ab und trat lässig ins Wohnzimmer.

Helens Gesicht war glatt und ausdruckslos, aber ihre Augen wirkten aufmerksamer, als es der Gesichtsausdruck vermuten ließ. »Die Drinks sind fertig, Liebster.«

»Danke dir. Deine Martinis sind immer perfekt.« Während ich mir eine Zigarette anzündete, ließ ich den Blick zu meinem Glas wandern. Das Pulver war nicht zu erkennen. »Wie war dein Tag, Liebes?«

»Ach, alles wie gewöhnlich, Ronnie.«

Ich war immer noch erschüttert. Es war verrückt. Irrational. Man bringt doch nicht einfach seinen Mann um, nur weil man aufs College gehen will.

Ich fuhr mir mit der Zunge über die Lippen. »Weißt du, Liebes, ich habe nachgedacht, und ich glaube, ich bin vielleicht ein bißchen egoistisch gewesen.«

Sie schien etwas erstaunt. »Egoistisch?«

»Ja, mein Liebes. Ich habe dich abgeschottet wie eine Art heimlichen Schatz, etwas Schönes nur für mich.«

Nur ihre Mundwinkel deuteten ein Lächeln an. »Du hast mich gut behandelt, Ronnie.«

»Ja«, stimmte ich zu. »Aber ich habe nie überlegt, daß du mehr sein könntest als eine schöne Frau, eine Zierde; daß du auch Verstand hast und ihm vielleicht eine Zulassung verschaffen möchtest.« Ich korrigierte mich. »Irgendwie Ausdruck verleihen möchtest.«

Ich tat den Sprung ins kalte Wasser. »Hast du je daran gedacht, noch aufs College zu gehen?«

In ihren Augen flackerte es. »Wie kommst du denn darauf?«

»Das ist mir nur so eingefallen.« Ich merkte, daß ich anfing zu schwitzen. »Warum schreibst du dich nicht ein? Morgen gleich. Oder wann immer das Semester anfängt.«

Ihr Lächeln war flau. »Tja, danke, Ronnie.«

»Du willst also?«

»Ich werde darüber nachdenken.« Dann bekam ihre Stimme etwas Gebieterisches. »Probier deinen Drink, Ronnie.«

Ich war fassungslos. Nun hatte ich ihr die Blankoerlaubnis erteilt, aufs College zu gehen, und sie wollte mich immer noch umbringen!

Und dann kam blitzartig die Vernunft zurück.

Natürlich! Ich hatte wie ein von Panik besessener Narr gedacht. Wie lächerlich doch in Streßsituationen die Gedanken werden.

Helen wollte mich aus dem einfachsten und klassischen Grunde umbringen. Sie wollte mich loswerden, damit sie an mein Geld kam.

Mir war ganz schwummerig vor Erleichterung. Die Welt war wieder logisch. Gesund. Rational.

Beinahe hätte ich darauf getrunken, als mir der Inhalt meines Glases einfiel.

Und es war alles so belustigend. Ich lebte gut, aber ich lebte von meinem Einkommen. Ich besaß kein Kapital, und im Augenblick war ich weniger als dreitausend Dollar wert.

Wahrscheinlich wäre es gar nicht schwer gewesen, ihre Aufmerksamkeit für einen Moment abzulenken und die Gläser zu vertauschen. Aber ich verwarf den Gedanken. Das würde mich in eine peinliche Lage bringen. Ich hatte keine Pläne zur Beseitigung der Leiche, und Improvisation ist in solch einer Situation eine gefährliche Sache.

Helen beugte sich vor und nahm ihr Glas. Das war eindeutig gedacht, um mich zu animieren, und ich fügte mich.

Ich schnüffelte an dem eisgekühlten Glas und war etwas enttäuscht, als ich keinen Bittermandelgeruch wahrnahm. »Helen«, sagte ich, »bist du glücklich mit mir gewesen?«

»Aber natürlich, Liebster.« Sie nippte an ihrem Drink und wartete, daß ich es ihr gleichtat.

Ich führte mein Glas an die Lippen und setzte es wieder ab, ohne den Martini probiert zu haben. »Und ich mit dir, Liebes.«

Vielleicht wäre »zufrieden« das bessere Wort gewesen. Nach unserer Heirat genoß ich dasselbe Gefühl der Bereicherung und Befriedigung, das ich nach dem Erwerb einer der Arles-Landschaften gehabt hatte.

Helens Blick ruhte auf meinem Glas.

Ich lachte leicht. »Weißt du, Helen, ich war fünfundvierzig, als ich dich geheiratet habe, und bin lange Junggeselle gewesen.«

Mir war, als holte sie tiefer Luft als sonst. »Ja, Liebster. Fünfundvierzig Jahre lang. Dein Drink wird ganz warm.«

»Und natürlich neigt man nach so langem Alleinsein dazu, in festgefahrenen Bahnen zu leben – und zu denken – man wird sozusagen, äh, leichter mißtrauisch.«

Ihre Augen verengten sich. »Mißtrauisch?«

Ich versuchte, so entwaffnend zu lächeln wie ich nur konnte. »Schließlich warst du eine schöne junge Frau, die sicher eine bessere Partie hätte machen können. Und dann ich, ein Mann von fünfundvierzig.« Ich räusperte mich. »Mit Geld.«

In Helens Augen leuchtete es eindeutig grün.

Ich hob mein Glas an die Lippen, zögerte einen Augenblick und setzte es unberührt wieder ab.

Ich bin sicher, daß Helen Thorne Reynolds in Gedanken fluchte.

»Jedenfalls«, sagte ich, »bin ich nie dazu gekommen, mein Testament zu ändern.«

Helens Kopf neigte sich langsam seitlich. »Testament?«

Ich nickte. »Ja. Ich hatte alles meinem Bruder vermacht.«

In Wirklichkeit habe ich keinen Bruder. Und so gesehen auch kein Testament.

»Aber jetzt, da einige Zeit vergangen ist und wir so aneinander gewöhnt und so glücklich sind, will ich es ändern.« Ich lächelte wohlwollend. »Ich werde dich zu meiner Alleinerbin machen. Wenn ich nächstes Mal zu meinem Anwalt gehe, veranlasse ich das.«

Ich nahm meinen Drink und hob das Glas. »Also dann, *Cheers*.«

Es war erstaunlich, wie schnell Helen war. Eben noch in einem Sessel zwei Meter von mir entfernt, und im nächsten Augenblick neben mir, die Finger fest um mein Glas gelegt.

»Dein Drink ist inzwischen viel zu warm geworden. Ich mache dir einen neuen.«

Es wurde das reinste Fingerhakeln. »Nein, Liebes, ich mag Martini eigentlich viel lieber so. Da kommt der Geschmack voll zum Tragen.«

»Quatsch«, sagte sie entschieden. »Martinis werden gekühlt, um den Geschmack auszuschalten. Sonst erinnert er an Benzin.«

Was Helen als nächstes tat, war nicht originell. Doch unter den Umständen war Tatkraft zwingender geboten als Originalität, und das Glas fiel mir aus der Hand und landete auf dem Teppich.

»Ach du liebes bißchen«, sagte Helen mechanisch. »Wie ungeschickt von mir. Hoffentlich habe ich jetzt nicht den Teppich ruiniert.«

»Mach dir keine Sorgen um den Teppich«, erklärte ich beruhigend. »Ich bin sicher, daß der Fleck wieder rausgeht.«

Helen brachte mir einen neuen Martini. Er war eisgekühlt und köstlich. Während ich trank, überlegte ich traurig, daß ich nun Helen beseitigen mußte, bevor sie mich beseitigte.

Es war kurz nach fünf am nächsten Nachmittag, und Helen war noch beim Friseur, als es an der Wohnungstür klingelte.

Als ich aufmachte, stand Walter Brandt vor mir.

Mein ganzer Körper schaltete sofort auf Alarm. Vielleicht hatte Brandt, der alte Geizkragen, beschlossen, die Ausgabe zu sparen und mich eigenhändig umzubringen.

»Mr. Reynolds«, sagte er schüchtern. »Kann ich Sie einen Augenblick sprechen?«

Ich glaube, ich hätte ihm die Tür vor der Nase zugeschlagen, hätte nicht Millie, unsere Köchin, sich genau diesen Moment ausgesucht, um nach Hause zu gehen.

»Ich gehe dann für heute, Mr. Reynolds«, sagte sie.

Mir kam der Gedanke, daß Brandt wohl kaum dumm genug sein würde, mich zu ermorden, nachdem er von einer potentiellen Zeugin identifiziert worden war. Das tut ein Mörder einfach nicht. Ich habe es jedenfalls nie getan.

»Millie«, sagte ich rasch. »Das ist Mr. Walter Brandt. Von Brandt Enterprises. Ihm gehört das Haus hier.«

Beide waren gleichermaßen überrascht über diese Vorstellung.

Millie machte den Mund auf, um ihren Nachnamen zu nennen, etwas, das ich absichtlich nicht getan hatte.

»Und nun sausen Sie los, Millie, und erzählen Sie Ihren Freunden, daß Sie Walter Brandt genau um…«, ich warf einen Blick auf die Uhr, »17 Uhr 17 hier getroffen haben.«

Ich sah ihr nach, dann rieb ich mir die Hände. »Kommen Sie doch herein, Mr. Brandt.«

Fünf Minuten später saßen wir in meinem Arbeitszimmer, und Brandt lächelte wie einer, der sein Gegenüber gleich schockieren wird.

»Mr. Reynolds«, sagte er, »in den letzten fünf Wochen habe ich mit einem Mann verhandelt, der Sie umbringen soll.«

So eine Unverfrorenheit! Sich mir gegenüberzusetzen und es rundheraus zuzugeben! Er hob die Hand. »Bleiben Sie ganz ruhig, Mr. Reynolds. Die Verhandlungen sind noch nicht abgeschlossen.«

»Gut«, sagte ich mit Nachdruck.

Sein Lächeln wurde breiter. »Ich glaube, ich fange lieber von vorn an. Erinnern Sie sich an Clement Hudson?«

Ich erinnerte mich. Er war einer meiner Klienten gewesen. Aber ich war vorsichtig. »Nein.«

Brandt lieferte Informationen. »Vor zwei Jahren wurde Hudsons Frau ermordet. Zuerst hatte die Polizei Hudson im Verdacht. Offenbar wußte jeder, daß er und seine Frau erbittert gestritten hatten. Sie besaß in der Familie das Vermögen und gab ihm nicht mehr als ein erbärmliches Taschengeld.«

Ich erwischte mich dabei, wie ich nickte, und ließ es wieder.

»Aber Hudson hatte ein unerschütterliches Alibi. Er war mit mindestens fünfzehn Leuten zusammen und über hundert Kilometer entfernt, als der Mord geschah.«

Natürlich, dachte ich zufrieden. *So war es ja geplant.*

»Die ganze Geschichte hat Hudson tief getroffen«, sagte Brandt. »Er war voller Verzweiflung.«

Reue, korrigierte ich für mich.

»Ich war bei ihm in der Wohnung, als es passierte«, sagte Brandt.

Ich setzte mich auf. »Der Mord an seiner Frau?«

»Nein, als Hudson Selbstmord beging.«

»Oh«, sagte ich ziemlich erleichtert.

»Ich war sein bester Freund. Ich hatte versucht, ihn über den Verlust seiner Frau etwas hinwegzutrösten, aber anscheinend konnte ich nichts tun.« Brandt schüttelte traurig den Kopf. »Es ging so schnell. Hudson verließ das Zimmer. Ich dachte, er wollte seinen Mantel holen, um einen Spaziergang zu machen, aber dann hörte ich den Schuß. Ich rannte in sein Schlafzimmer, und da lag er auf dem Boden. Es war scheußlich.«

»So kann es gehen«, sagte ich. »War er tot?«

Brandt lächelte vielsagend. »Nein. Nicht ganz.«

Ich rutschte unruhig auf meinem Stuhl herum.

»Er starb innerhalb von Sekunden, aber vorher flüsterte er mir etwas zu.« Brandt senkte die Stimme zu einem dramatischen Flüstern. »Er sagte: ›Ich habe sie umgebracht.‹«

»Aber das war ja offensichtlich unmöglich.«

»Das ist noch nicht alles«, meinte er. »Er flüsterte auch eine Zahl: ›1217‹.«

Mir war kalt. Das war die Nummer meines Postfachs. »Sind Sie sicher?«

»Völlig. Ich höre sehr gut.«

»Noch etwas?« fragte ich behutsam.

»Nichts weiter. Nur das. ›Ich habe sie umgebracht. 1217‹.«

Ich beschloß, mir einen Drink zu genehmigen. »Und Sie haben es der Polizei mitgeteilt?«

Brandt schüttelte den Kopf. »Nein. Wie ich schon sagte, war Hudson mein bester Freund. Damals war ich sicher, daß er seine Frau nicht umgebracht haben konnte. Ich hatte das Gefühl, seine letzten Worte seien in einer Art Delirium gesagt worden und drückten womöglich nur ein Schuldgefühl aus, daß er nicht dagewesen war, um seine Frau zu beschützen. Unter diesen Umständen sah ich keinen Grund, es der Polizei zu erzählen. Es hätte einfach den guten Namen meines Freundes gefährdet.«

Eine seiner Formulierungen hatte sich mir eingeprägt, und ich wiederholte sie. »Damals?«

Brandt nickte. »Damals dachte ich, daß Hudson seine Frau nicht umgebracht haben könnte, aber dann kam mir vor etwa einem Jahr der Gedanke, daß er vielleicht wirklich für ihren Tod verantwortlich war. Er hätte jemanden beauftragen können, sie umzubringen.«

Welch ein kühner, schneller Kopf, dachte ich sarkastisch. Du hast nur ein Jahr gebraucht, um darauf zu kommen. »Und *dann* sind Sie zur Polizei gegangen.«

Brandt errötete leicht. »Nein. Es war inzwischen über ein Jahr vergangen seit Hudsons Selbstmord, und ich hatte Angst, daß die Polizei mein Schweigen als Behinderung der Justiz auslegen könnte.«

»Durchaus eine Möglichkeit«, murmelte ich.

»Und die Nummer 1217 ging mir nicht mehr aus dem Kopf, bis ich eines Tages, als ich meine Post abholte, plötzlich auf den Gedanken kam, daß 1217 die Nummer eines Schließfachs sein könnte.«

Ich verdünnte meinen Drink mit etwas Wasser und trank einen Schluck. Dann fielen mir meine Manieren ein, und ich machte für Brandt auch einen zurecht.

»Ich überlegte weiter«, fuhr Brandt fort. »Wenn Hudson tatsächlich einen Mörder angeheuert hatte, konnten die Verhandlungen dann nicht über ein Schließfach mit der Nummer 1217 gelaufen sein?«

»Und danach sind Sie natürlich zur Polizei gegangen.«

Brandt errötete wieder. »Nein. Inzwischen waren achtzehn Monate vergangen. Ich hätte mich noch größeren Schwierigkeiten ausgesetzt als vorher.«

Und das sind genau die Leute, die sich darüber beschweren, daß die Polizei in Mordfällen so wenig unternimmt, dachte ich traurig.

Brandt holte tief Luft. »Aber ich konnte nicht einfach so tun, als sei nichts geschehen. Da beschloß ich, es mit einem Experiment zu versuchen. Ich schickte selbst einen Brief an diese Schließfachnummer – um über einen bezahlten Mord zu verhandeln.«

Ich reichte ihm sein Glas und sagte nichts.

»Ich hatte recht«, erklärte Brandt mit taktvollem Triumph in der Stimme. »Es war die Postfachnummer eines Mannes, der sich für Morde anheuern läßt.«

Ich schürzte die Lippen. »Und warum bitte, haben Sie mich als Ihr Opfer ausgesucht?«

Brandt lächelte. »Ich habe eigentlich keine Feinde. Und so war ich bei der Überlegung, wen ich denn als mein Opfer wählen sollte, ziemlich ratlos, bis Ihr Name mir plötzlich einfiel.«

»Ich kenne Sie nicht einmal«, sagte ich gereizt. »Ich habe Ihnen nie etwas getan.«

Brandt lachte in sich hinein. »Nicht direkt. Aber Sie haben Brandt Enterprises etwas Ärger gemacht. Ich will dieses Haus in kleinere Apartments umwandeln, und soweit haben sich alle einverstanden erklärt auszuziehen – nur Sie nicht.«

»Aber daß ein Mann seine Wohnung nicht aufgeben will, ist doch noch kein vernünftiger Grund, auf Mord zurückzugreifen«, empörte ich mich. »Das ist das kaltblütigste, unmenschlichste Verfahren, von dem ich je gehört habe.«

»Na, na«, sagte Brandt beruhigend. »Ich hatte natürlich nicht vor, es tatsächlich so weit kommen zu lassen.«

»Na, das will ich aber auch hoffen!«

»Ich wollte lediglich einen Briefwechsel mit ihm anfangen. Dann hatte ich vor, das Fach zu beobachten und zu sehen, wer die Post abholte.« Brandt schüttelte den Kopf. »Leider klappt mein Plan nicht!«

Ich konnte meine Befriedigung und Erleichterung kaum verbergen. »Ach ja?«

»Ich kann nicht vierundzwanzig Stunden lang ein Postfach im Auge behalten. Das ist rein physisch unmöglich, und außerdem habe ich ziemlich viel anderes zu tun. Ich schaffte es gerade in meiner Mittagspause und an ein paar Stunden abends. Aber er hat seine Post nie abgeholt, wenn ich gerade da war.« Brandt seufzte. »Ich habe die Korrespondenz hinausgezögert, indem ich vorgab, um den Preis zu feilschen, aber ...« Er hob die Schultern.

Sein Mißerfolg machte mich großzügig.

»Die Polizei hätte das Fach vierundzwanzig Stunden lang beobachten können.«

»Nein«, sagte Brandt müde. »Ich habe Ihnen ja gesagt, daß es zu peinlich wäre, denen jetzt alles zu erklären. Und außerdem, wenn etwas schiefgeht? Angenommen, der Mörder wird mißtrauisch und gibt sein Postfach auf, dann würde ich mich zusätzlichen Schwierigkeiten mit den Behörden ausgesetzt sehen.«

Mein Drink schmeckte köstlich. »Es ist Ihnen also nicht geglückt?«

Er nickte mißmutig. »Bis jetzt nicht.« Dann warnte mich sein Gesichtsausdruck, daß er drauf und dran war, mich erneut in Erstaunen zu versetzen. »Ich habe beschlossen, die Sache zu einer Entscheidung zu bringen. Ich werde auf seine Preisvorstellung eingehen und ihm sagen, er soll Sie umbringen.«

»Also, guter Mann…«, begann ich geduldig.

»Natürlich werde ich ihm nicht wirklich gestatten, seine Aufgabe zu erledigen.«

»Das will ich auch hoffen.«

»Er verlangt fünfzehntausend, und die werde ich auch zahlen«, sagte Brandt. »Obwohl ich finde, daß es ziemlich hochgegriffen ist.«

»Das kommt immer auf den Standpunkt an.«

»Ich werde auf bestimmten Bedingungen bestehen. Ich lege Zeit und Ort des Mordes fest.« Er sah sich um. »Direkt hier, in Ihrem Arbeitszimmer, scheint mir ideal zu sein.«

»Ja«, stimmte ich zu. »Es ist bequem.«

Brandt hatte offensichtlich die Pläne bereits fertig. »Sie werden es so einrichten, daß Sie an dem Abend allein sind. Sie werden hier in Ihrem Arbeitszimmer sein. Um halb neun kommt der Mörder dann in die Wohnung und schleicht sich hinter Ihnen herein.«

»Sie geben ihm einen Schlüssel?«

»Wenn ich mir einen von Ihnen ausleihen darf?«

»Natürlich.«

»Er schleicht sich also hier herein und gibt Ihnen eins über den Schädel.«

»Ehrlich gesagt, ich würde lieber erschossen.«

»Nein. Ich werde darauf bestehen, daß Sie eins über den Schädel bekommen. Wenn der Mörder eine Schußwaffe benutzt, könnte die ganze Sache vorbei sein, bevor ich aus meinem Versteck stürze.«

»Aha, Sie stürzen also aus Ihrem Versteck?«

Brandt nickte. »In dem Augenblick, in dem er die tödliche Waffe erhebt, um zuzuschlagen, springe ich mit meinem Revolver heraus und ertappe ihn auf frischer Tat. *Flagrante delicto.* Sie haben doch einen Schrank oder so etwas, wo ich mich verstecken kann?«

»Ja. Die Tür dort drüben.«

Er beugte sich eifrig vor. »Sie sind also einverstanden?«

Es war offensichtlich, daß dieses ganze Abenteuer zum Scheitern verurteilt war. Aber es war eine Gelegenheit, fünfzehntausend Dollar zu verdienen. »Also gut«, sagte ich. »Sie treffen die nötigen Vereinbarungen.«

Im Laufe der folgenden Woche brachten Brandt und Postfach Nummer 1217 ihre Verhandlungen zu Ende. Ich bestand auf fünfzehntausend im voraus und bekam sie auch. Das mache ich immer. Und diesmal verlangte ich als zusätzliche Vorsichtsmaßnahme kleine Scheine.

Ich überlegte mir, daß Brandt sich bei großen Scheinen womöglich die Mühe machte, die Seriennummern zu notieren, um sie dann letzten Endes den wirkungsvollen Händen der Polizei zu übergeben.

Brandt wählte einen Dienstag abend und kam um sieben in meine Wohnung.

Das war die verabredete Zeit.

Ich führte ihn ins Arbeitszimmer. »Ich dachte schon, Sie würden nie mehr kommen.«

Er warf einen Blick auf seine Armbanduhr. »Ich bin auf die Minute pünktlich.«

Ich sah auf meine eigene Uhr und ließ den Blick dann zur elektrischen Wanduhr wandern, dann zur Standuhr in der Ecke. »Ihre Uhr geht eine halbe Stunde nach.«

Die Beweise waren arrangiert und überwältigend. Brandt stellte seine Uhr eine halbe Stunde vor. »Sind Sie allein?«

»Nein. Meine Frau ist noch da.«

Brandt protestierte: »Aber...«

»Sie geht in ein paar Minuten aus dem Haus. Sie will ins Kino und kommt nicht vor elf zurück. Bis dahin müßte alles vorbei sein. Sind Sie bewaffnet?«

Brandt holte den 38er-Revolver aus der Tasche. Er fühlte sich offensichtlich nicht recht wohl damit. »Er hat meinem Vater gehört.«

Ich hörte Helen in der Diele und machte die Tür auf. Sie zog gerade ihre Handschuhe an.

»Ach, übrigens, Helen«, sagte ich, »darf ich dir Walter Brandt vorstellen.« Brandt trat hinter mir hervor. Er blinzelte, als er sie ansah.

Sie nickte: »Sehr erfreut.«

»Wir haben eine Zeitlang hier zu tun, Helen«, sagte ich. »Wiedersehen, Liebes.« Ich machte die Tür zu, und Brandt und ich waren wieder allein.

»Was für ein wundervolles Wesen«, flüsterte er wie zu sich selbst. Dann löste er sich aus seiner Benommenheit und ging zur Schranktür. Er verschwand einen Augenblick dahinter und kam wieder heraus. »Ich lasse die Tür einen Spalt breit offen. So kann ich Sie an Ihrem Schreibtisch und die Tür hinter Ihnen sehen.«

»Lassen Sie mich keine Sekunde aus den Augen«, sagte ich.

»Natürlich nicht. Ihr Leben liegt in meiner Hand.«

»Ja, so ist es wohl. Möchten Sie gern etwas trinken? Das beruhigt. Der Mörder ist kaum vor einer Stunde zu erwarten, und es wäre unsinnig, wenn Sie so lange im Schrank hocken.«

Am Barschrank stand ich mit dem Rücken zu ihm, als ich das graue Pulver in sein Glas schüttete. Ich hatte es vorher genau nach seiner Größe und seinem Gewicht abgemessen. Ich rührte beide Drinks um und brachte ihm seinen. »Und nun setzen Sie sich und genießen.«

Brandt zögerte, und ich mußte ihn praktisch in den Sessel drücken. Ich war nicht unbedingt um seine Bequemlichkeit besorgt. Ich wollte schlicht nicht, daß er nach vorn fiel und womöglich sein Gesicht verletzte. Das zu erklären könnte schwierig werden.

»Hoch die Tassen«, sagte ich und beobachtete, wie er ungefähr die Hälfte trank. »Ich habe ein paar Leuten erzählt, daß Sie heute bei mir sind.«

Brandt war überrascht. »Warum das?«

»Nur eine Vorsichtsmaßnahme«, erklärte ich. »Aber ich habe nicht gesagt, warum Sie hier sind.« Ich dachte, ich sollte die Dinge unmißverständlich klarmachen. »Mir kam der Gedanke, daß Sie mich vielleicht doch umbringen wollen.«

Er machte große Augen. »Das ist absurd.«

»Ja«, sagte ich, »wahrscheinlich ist es das. Aber wenn Sie

mich umbringen wollten, was gäbe es für eine günstigere Gelegenheit, als unter den Vorkehrungen, die Sie getroffen haben. Ich wäre allein und guten Glaubens.«

Er lachte kurz. »Ihre Frau weiß, daß ich hier bin.«

»Aber das habe ich selbst so gedreht.«

»Warum dann die Mühe, anderen Leuten auch noch zu sagen, daß ich hier bin?«

Ich lächelte. »Vielleicht würde meine Frau sich nicht erinnern.« Was ich damit sagen wollte, war, daß sie sich womöglich nicht erinnern wollte. Ich bin ein sehr vorsichtiger Mensch. Es konnte trotz allem eine Verbindung zwischen den beiden geben, die ich nicht bemerkt hatte.

Brandt schüttelte den Kopf. »Warum sollte ich einem Mörder fünfzehntausend Dollar zahlen, wenn ich vorhabe, Sie selbst umzubringen?«

»Sie haben vielleicht Hemmungen, die Tat wirklich selbst zu begehen. Das könnte er tun. Sie würden es einfach unterlassen, mich zu warnen, wenn er das Zimmer betritt.«

Brandt trank aus. »Sie sind bemerkenswert mißtrauisch.«

»Ja«, sagte ich, »und vorausschauend.« Ich sah verstohlen auf die Uhr. Es würde etwa fünf bis sechs Minuten dauern, bis das Pulver in seinem Drink wirkte. »Eine Zigarette, Mr. Brandt?«

»Eigentlich rauche ich nicht.«

»Aber heute ist eine Ausnahme«, beharrte ich.

Ich füllte die Minuten damit, unseren Plan noch einmal durchzugehen und beobachtete Brandt genau.

Es passierte unvermittelt, wie es sollte. Seine Augen fielen zu, und ich fing die Zigarette auf, als sie ihm aus den Fingern glitt.

Ich drückte sie aus, brach sie durch und streute den Tabak in den Papierkorb.

Dann ging ich in die Diele und wartete.

Helen war nicht im Kino.

Kurz bevor ich Brandt erwartete, hatte ich ihr erklärt, daß ich dringend Aspirin brauchte. Wir hätten überhaupt keine mehr im Hause – dafür hatte ich gesorgt –, und würde sie so lieb sein, und mir im Drugstore welche holen. Ich wäre ja selbst gegangen, aber ich erwartete jeden Augenblick einen Besucher.

Die Zeit, die sie dafür brauchte, hatte ich vorher berechnet.

Mit dem Fahrstuhl nach unten fahren, zum Drugstore laufen, den Einkauf tätigen und zurückkommen, dauerte durchschnittlich zwanzig Minuten.

Helen war nicht saumselig, eine ihrer Tugenden, und ich erwartete sie ohne Verzögerung zurück. Dennoch entfuhr mir ein Seufzer der Erleichterung, als ich ihren Schlüssel im Schloß hörte.

Sie machte die Tür hinter sich zu. »Ist dein Freund noch da?«

»Ja, im Arbeitszimmer.«

Ich betrachtete ihr Gesicht zum letzten Mal. Es war so schade, etwas Schönes zerstören zu müssen.

Sie legte gerade ihr Portemonnaie und ihre Handschuhe auf den Tisch, als ich den schweren Messingaschenbecher nahm und zuschlug.

Es ging schnell und gründlich, und sie gab keinen Laut von sich, als sie zu Boden fiel. Ich vergewisserte mich, daß sie tot war; dann wischte ich den Aschenbecher ab und stellte ihn neben sie.

Danach ging ich zurück in mein Arbeitszimmer.

Brandt sah wirklich aus, als wäre er tot, und ich war einen Moment lang beunruhigt, doch eine Überprüfung zeigte, daß er durchaus lebendig war, wenn auch noch ohne Bewußtsein.

Wenn meine Berechnungen sich als richtig erwiesen, und ich war sicher, daß sie es waren, wachte er in etwa fünfzehn Minuten auf – nach einem Tiefschlaf von einer halben Stunde.

Ich stellte die beiden großen Uhren, danach meine Armbanduhr und anschließend Brandts eine halbe Stunde zurück auf die richtige Zeit.

Dann beobachtete ich ihn und wartete. Als ich sicher war, daß er jetzt gleich zu sich kam, brach ich eine Zigarette durch und zündete die eine Hälfte an. Ich legte sie auf den Aschenbecher neben ihm.

Der Prozeß der Rückkehr ins Bewußtsein konnte ein oder zwei verschwommene Minuten in Anspruch nehmen, aber ich wollte den Zeitpunkt scharf begrenzen. Ich schlug mit einem schweren Buch auf eine Ecke meines Schreibtischs.

»... sicher wesentlich bequemer«, sagte ich laut und deutlich.

Brandt blinzelte. »Wie bitte?«

»Ich sagte, es wäre sicher wesentlich bequemer, wenn Sie einen Stuhl mit in den Schrank nehmen würden.«

Brandt warf einen Blick auf die Uhr an der Wand und verglich sie mit seiner Armbanduhr. Sein Blick fiel auf die Zigarette, die noch brennend im Aschenbecher lag, und sein rationaler Verstand sagte ihm, daß er vielleicht für ein oder zwei Sekunden eingenickt war, wenn überhaupt. Viel eher war nur seine Aufmerksamkeit kurz abgelenkt worden.

Und so war eine halbe Stunde geboren worden und wieder gestorben, und Brandt hatte keine Ahnung davon.

»Noch eins«, sagte ich. »Sie dürfen nicht einschlafen.«

Brandt unterdrückte ein Gähnen. »Natürlich nicht.«

Ich lächelte. »Ich meine nur, daß Sie mich nicht aus den Augen lassen dürfen.«

»Sie können sich auf mich verlassen«, sagte Brandt entschieden.

Die nächsten drei Stunden zogen sich endlos hin. Ich saß an meinem Schreibtisch und las einen Kriminalroman. Normalerweise machte mir solche Lektüre Spaß, aber diesmal war ich sehr erleichtert, als Brandt schließlich um elf aus dem Schrank kam.

»Ich verstehe nicht, was da schiefgegangen ist«, beklagte er sich verdrießlich.

»Sie hätten nie im voraus bezahlen sollen«, wies ich ihn zurecht. »Ihr Mörder hat das Geld eingesteckt und sich dann überlegt, daß er den eigentlichen Mord doch nicht riskieren will.«

Und dann fanden wir Helens Leiche in der Diele.

Natürlicherweise verdächtigte die Polizei mich. Aber wie hätte ich den Mord begehen sollen? Ich war mit Brandt zusammengewesen, als ich meine Frau zuletzt gesehen hatte und hatte mich nicht aus seinem Blickfeld entfernt, bis wir ihre Leiche fanden.

Der arme Brandt hatte bei der Polizei einiges auszustehen. Sie waren äußerst skeptisch angesichts seiner Darstellung, daß wir auf einen bezahlten Mörder gewartet hätten, aber am Ende gab es keine andere Erklärung.

Helen hatte beschlossen, doch nicht ins Kino zu gehen, oder sie hatte etwas vergessen und war in die Wohnung zurückgekommen.

Entweder hatte sie den Mörder in der Diele überrascht, oder er war kurz nach ihr hereingekommen. Er hatte sie umgebracht, um nicht erkannt zu werden oder ihren Aufschrei zu verhindern; dann war er geflohen.

Mir tat es leid, daß ich Helen verloren hatte. Sie war so wunderschön, so hinreißend. Besonders, wenn sie vor dem Wandteppich mit der Jagdszene stand.

Aber immerhin hatte ich die fünfzehntausend Dollar.

Und eine andere angenehme Folge der Sache war: Brandt Enterprises belästigte mich nie wieder damit, meine Wohnung in Apartments unterteilen zu wollen.

Verbrechen mit Himbeergeschmack

»Da ist es«, sagte Gerald Vanderveer. A ja. Da war es. Eine Badewanne voller Wackelpudding. Hauptsächlich Rot, aber hie und da sah man einen Streifen Grün, Gelb und Orange.

»Wann haben Sie das bemerkt?« fragte ich.

»Als ich heute morgen ins Bad kam.«

»Wann sind Sie gestern abend zu Bett gegangen?«

»Gegen zehn.«

Ich nickte verständig. »Ganz offensichtlich hat sich heute nacht, während Sie schliefen, jemand hereingeschlichen. Sie haben kein Wasser laufen hören, oder?«

»Nein, ich habe einen ziemlich festen Schlaf.«

Geralds Bruder, Colonel Frank Vanderveer, erschien an der Badezimmertür. Er sah ziemlich blaß aus. »Milstead ist erstochen worden. Er ist tot. Er liegt in meinem Ankleidezimmer.«

Ich runzelte die Stirn. »Wer ist Milstead?«

»Der Butler«, erklärte Gerald.

Wir folgten Colonel Vanderveer zu seinem Zimmer.

Ein Mann um die Fünfzig in einem kastanienfarbenen Hausjackett lag vor den hohen Fenstern auf dem Boden. Er war offenbar von hinten erstochen worden. Neben der Leiche lag ein Messer.

Der Colonel und Gerald sahen mich hilfesuchend an. Schließlich war ich Privatdetektiv. Ich zeigte mich der Situation gewachsen. »Wir rufen besser die Polizei.«

Die Polizei kam, und ein Lieutenant Tatum hatte offenbar das Kommando.

Er musterte mich. »Sie sagen, Sie sind Privatdetektiv?«

Ich nickte. »Ich verspreche aber, Ihnen nicht ins Handwerk zu pfuschen. Sie bearbeiten sozusagen Ihre Straßenseite, und ich meine. Ich bin hier, um die Sache mit dem Wackelpudding zu untersuchen.«

Gerald beeilte sich, das zu erklären: »Jemand verteilt Wackelpudding in meinem Haus. Am Montag war es im Waschbecken. Am Dienstag in der Toilette. Und heute in der Badewanne. Da habe ich schließlich einen Privatdetektiv engagiert, um die Sache aufzuklären.«

Tatum ging mit langen Schritten zur Badezimmertür und sah es sich an. »Da soll doch …« sagte er. Dann zuckte er die Achseln und kam zurück. »Wer weiß von der Sache?«

»Jeder hier im Hause«, sagte ich. »Der Colonel, sein Bruder Gerald und Geralds Tochter Kitti. Schließlich kann man eine ganze Badewanne voller Wackelpudding nicht …«

»Ich meine den Mord«, schnauzte der Lieutenant.

»Ach das. Nun, ich habe niemanden in dieses Zimmer gelassen, aber ich nehme an, es hat sich herumgesprochen, angesichts Ihrer Sirene und so.«

Zwei weißbekittelte Männer legten Milsteads Leiche auf eine Bahre. Sie deckten ihn sorgsam mit einem Laken zu und trugen ihn hinaus.

Gerald hatte ihnen zugesehen. »Frank«, sagte er zu seinem Bruder, »hat Milstead nicht dein Hausjackett an?«

Colonel Vanderveer nickte. »Ja. Ich habe ihn vor ein paar Monaten mal damit erwischt, und wie es sich herausstellte, hat er es oft angezogen, wenn ich nicht da war, um sich dann der Vorstellung hinzugeben, er sei Besitzer dieses Anwesens. Ich sagte ihm, er solle sich keinen Zwang antun, wenn es ihm Spaß mache. Schien mir relativ harmlos.«

Der Mann von der Spurensicherung sah von seiner Arbeit auf. »Am Messer sind keine Fingerabdrücke.«

Ein Polizist geleitete Mrs. Milstead herein, eine recht stabile Frau mit engstehenden Augen, die trocken waren.

»Mrs. Milstead«, sagte Lieutenant Tatum, »ich muß Ihnen leider etwas Schlimmes mitteilen.«

Ihr Blick wanderte zu dem dunklen Fleck auf dem Teppich. »Ich weiß. Eines der Mädchen hat mir gesagt, daß er tot ist.«

Tatum wartete offenbar auf Tränen, aber es kamen keine, und so fuhr er fort: »Wann haben Sie Ihren Mann zuletzt gesehen?«

»Gegen drei Uhr heute nachmittag, als wir mit dem Koch in der Küche eine Tasse Kaffee getrunken haben. Danach bin ich einkaufen gegangen und habe noch Besuche gemacht. Ich bin erst vor ein paar Minuten zurückgekommen.«

»Haben Sie und Ihr Mann sich gut verstanden?«

»Wir hatten unsere Streitigkeiten. Das weiß jeder.«

»War Ihr Mann lebensversichert?«

»Natürlich. Über fünfundzwanzigtausend Dollar.«

»Ist das nicht eine ziemlich hohe Summe?«

Sie schien nicht dieser Meinung. »Heutzutage nicht. Ich habe versucht, ihn dazu zu bringen, daß er sie erhöht, aber er war starrköpfig.«

»Haben Sie eine Vorstellung, wer Ihren Mann hätte umbringen wollen?«

»Nein. Vielleicht war es ja wieder so einer von diesen *Unfällen.*«

»Unfälle?«

Sie sah Colonel Vanderveer an. »Der Colonel ist letzte Woche fast von einem Pfeil getroffen worden. Nur um ein paar Zentimeter hat der ihn verfehlt. Und dann, am Mittwoch, da ist ein Blumentopf oben aus dem zweiten Stock gefallen – oder gestoßen worden –, als er gerade unten vorbeiging. Wenn der ihn getroffen hätte, wäre er sicher tot gewesen.«

Gerald nickte jetzt etwas widerwillig. »Außerdem hat gestern jemand an den Bremsen im Auto meines Bruders herumgefummelt. Sie abgeklemmt, oder was immer man in solchen Fällen tut.«

Tatum wandte sich an den Colonel: »Sie hatten einen Autounfall?«

Colonel Vanderveer schüttelte den Kopf. »Genaugenommen nein. Kitti – das ist meine Nichte und Geralds Tochter – hat sich zufällig meinen Wagen geliehen. Dann ist sie damit gegen einen Baum gefahren.«

»Wurde sie verletzt?«

»Nein. Nur durchgeschüttelt.«

Tatum wandte sich wieder an Mrs. Milstead. »Glauben Sie, daß der Mord an Ihrem Mann ein Versehen war?«

Sie hob die Schultern. »Es ist direkt hier im Ankleidezimmer des Colonel passiert, nicht?«

»Ja.«

»Mein Mann ist ungefähr so groß wie der Colonel, oder?«

»Wahrscheinlich.«

»Wie ich hörte, ist mein Mann von hinten erstochen worden. Stimmt das?«

»Stimmt.«

»Der Mörder hat also sein Gesicht nicht gesehen, oder?«

»Möglicherweise nicht.«

Sie lächelte grimmig. »Mein Mann stand mit dem Rücken zu dem Mörder. Vielleicht war die Beleuchtung nicht gut. Der Mörder hat meinen Mann für den Colonel gehalten und ihn erstochen.«

Ich räusperte mich. »Könnte mir jemand sagen, wo ich ein Metermaß oder ein Lineal finde?«

Tatum starrte mich entgeistert an.

»Ich will die Badewanne ausmessen«, sagte ich. »Länge, Breite, Höhe. Man kann nicht zu genau sein.«

»Da drüben in dem Schreibtisch müßte ein Lineal sein«, sagte Colonel Vanderveer.

Ich fand es und ging ins Bad, wo ich die Badewanne abmaß. Als ich in den Wohnraum zurückkam, war Mrs. Milstead schon wieder weggeschickt worden.

Tatum befragte jetzt den Colonel. »Sie sind pensionierter Offizier, ja?«

Vanderveer strich sich über seinen Bürstenschnurrbart. »Quartiermeistertruppe. Als Menschenfreund habe ich mich mächtig, aber vergeblich dafür eingesetzt, Hackfleisch mit Soße auf Toast aus dem Frühstücksangebot zu streichen.«

»Erzählen Sie mir etwas über diese Unfälle. Was war mit dem Pfeil?«

»Da gibt es nicht viel zu erzählen. Ich machte gerade einen kleinen Rundgang, als er aus dem Wald schoß und in einem Baum neben mir steckenblieb. Zweifellos ein verirrter Querschläger. Die Jungens aus Esterville gehen oft im Wald jagen, und sie haben kaum eine Vorstellung von Grundstücksgrenzen.«

»Und der Blumentopf, der Sie beinahe erschlagen hat?«

»Er hat mich um mindestens zwei Meter verfehlt. Wahrscheinlich hat ihn ein plötzlicher Windstoß vom Fensterbrett gefegt.«

»Der Autounfall?«

»Bremsen versagen gelegentlich.«

»Dann glauben Sie also nicht daran, daß jemand versuchen wollte, Sie umzubringen?«

»Ich weigere mich, an so etwas auch nur zu denken«, sagte Colonel Vanderveer mit Nachdruck.

»Wer erbt im Falle Ihres Todes Ihren Besitz?«

»Mein Bruder Gerald.«

»Wie hoch ist das Erbe?«

Der Colonel zuckte die Achseln. »Etwa vier Millionen.«

Gerald nickte. »Und ich andererseits besitze nicht einen Cent.«

»Wie das Leben so spielt«, sagte Colonel Vanderveer. »Gerald und ich haben beide mit dem gleichen bescheidenen Erbe angefangen. Ich bin zur Armee gegangen und habe meine Finanzen einem vertrauenswürdigen Familienanwalt überlassen. Er hat mich reich gemacht. Gerald hat beschlossen, die Investition jedes Cents seines Kapitals persönlich in die Hand zu nehmen. Er hat alles verloren.«

Gerald lächelte fröhlich. »Aber mein Bruder sorgt großzügig für mich und die Meinen. Ich könnte ebensogut reich sein, es würde überhaupt keine Rolle spielen. Und ich zahle keine Steuern.«

Ich hatte inzwischen auf einer Seite meines Notizblocks ein bißchen herumgerechnet. »Können Sie mir sagen, wo die Küche ist?«

Gerald erklärte mir, wo sie war, und ich fand Mrs. Milstead allein in der Küche bei einer Tasse Kaffee.

»Kann ich mir mal Ihre Wackelpuddingvorräte ansehen?« fragte ich. »Falls noch welcher da ist natürlich.«

Sie musterte mich ohne große Begeisterung und führte mich dann zu einem kleinen Vorratsraum. Sie schloß die Tür auf und besah sich die Regale. »Wir haben vier Packungen Wackelpudding. Zweimal Zitrone, einmal Wildkirsche und einmal schwarze Himbeere.«

»Kann ich mir eine davon ansehen?«

»Welche?«

»Schwarze Himbeere. Das ist meine Lieblingssorte.«

Sie gab mir die Packung.

Ich las die Zubereitungsanweisung und alle anderen Angaben auf der Packung sorgfältig durch. »Warum nehmen Sie an, daß Ihr Mann die Hausjacke des Colonel getragen hat, als er umgebracht wurde?«

»Ich weiß es nicht«, sagte sie. »Vielleicht sagen Sie mir's ja.«

Ich beschloß, Milsteads heimliche Phantasien zu respektieren, auch wenn er tot war. »Ich habe nicht die leiseste Ahnung.« Ich betrachtete wieder die Packung Wackelpudding. »Schwarze Himbeere. In meinem Supermarkt scheint es immer gerade ausverkauft zu sein.«

»Behalten Sie's«, sagte sie. »Geht aufs Haus.«

Ich ging zurück ins Zimmer des Colonel.

Tatum unterhielt sich gerade mit Kitti Vanderveer.

Sie war ziemlich groß und schlank und hatte kohlschwarzes Haar und ebenso schwarze Augen.

»Was ist denn genau mit dem Auto passiert?« fragte Tatum.

»Ich wollte in die Stadt fahren«, sagte Kitti, »aber mein eigener Wagen sprang nicht an. Da fragte ich Onkel Frank, ob ich einen von seinen ausleihen könnte. Er sagte ja, natürlich. Als ich ans Ende der Auffahrt kam, trat ich auf die Bremse, um vor dem Abbiegen auf die Hauptstraße das Tempo wegzunehmen, aber es war so, als wäre gar keine Bremse da. Ich hatte keine Lust, auf die Straße hinauszurasen und womöglich direkt in ein vorbeifahrendes Auto, da habe ich das Steuer herumgerissen und bin statt dessen an einen Baum gefahren. Zum Glück bin ich nur durchgeschüttelt worden. In der Werkstatt haben sie den Schaden auf hundertfünfundzwanzig Dollar geschätzt.«

»Sie haben den Verdacht, daß jemand sich an den Bremsen zu schaffen gemacht hat?«

»Na ja... hätten Sie den nicht? Angesichts all der anderen Zwischenfälle – Blumentopf und Pfeil und so, wissen Sie.«

Nachdem Tatum sein Verhör beendet hatte, folgte ich Kitti die Treppe hinunter. »Als Sie ins Auto Ihres Onkels stiegen, stand es da in der Einfahrt oder in der Garage?«

»In der Garage.«

»Mußten Sie da nicht, nachdem Sie rückwärts rausgefahren waren, die Bremse treten, um zu verhindern, daß Sie weiter zurückrollten? Warum hat die Bremse da nicht versagt?«

Sie dachte ein paar Sekunden darüber nach, dann hellte sich ihr Gesicht auf. »Ja, der Wagen war rückwärts in die Garage gefahren worden. Ich mußte nur einsteigen und vorwärts rausfahren.«

»Dann wäre da noch die Sache mit dem Schaden am Auto Ihres Onkels«, sagte ich. »Sie erwähnten, glaube ich, eine Summe von hundertfünfundzwanzig Dollar, oder?«

»Ja, und?«

Ich rieb mir nachdenklich das Kinn. »Wenn man bedenkt, wie leicht die heutigen Autos gebaut sind, kommt es mir wie ein Wunder vor, daß Sie an einen Baum gefahren sind und nur einen Schaden von hundertfünfundzwanzig Dollar verursacht haben. Selbst wenn man mit einer Geschwindigkeit von nur zehn Stundenkilometern auf ein feststehendes Objekt prallt – und ich bin sicher, Sie sind schneller gefahren –, dann läge der durchschnittliche Schaden bei einem Durchschnittsauto wohl eher bei *dreihundertfünfundzwanzig* Dollar, meinen Sie nicht?«

Sie lachte kurz auf. »Sagten Sie hundert? Ich wollte natürlich *vier*hundert sagen. Da habe ich mich versprochen.«

Ich schüttelte den Kopf. »Es wäre wahrscheinlich eine Kleinigkeit, Ihre Werkstatt anzurufen und herauszufinden, wie hoch der Schaden am Auto Ihres Onkels wirklich ist. Und wenn ich schon mal dabei bin, könnte ich auch gleich fragen, ob etwas an den Bremsen in Ordnung gebracht werden mußte. Schließlich waren sie ja angeblich abgeklemmt oder so etwas.«

Wir schwiegen beide, während sie mit verzweifeltem Nachdenken beschäftigt war.

Schließlich sagte ich: »Es hat sich überhaupt niemand an den Bremsen zu schaffen gemacht, oder? Sie sind einfach in den Wagen Ihres Onkels gestiegen und haben ihn gegen einen Baum gefahren, nicht?«

Zögernd kam sie mit der Wahrheit heraus. »Genaugenommen bin ich zweimal gegen den Baum gefahren. Beim ersten Mal bekam ich es im letzten Augenblick mit der Angst und habe den Baum kaum berührt. Da mußte ich zurücksetzen und es noch einmal versuchen.«

»Aber warum?«

Sie seufzte. »Also, es hatte ja diese beiden anderen Anschläge auf das Leben des Colonel gegeben, und ich wollte nicht, daß er glaubt, *ich* sei womöglich dafür verantwortlich. Da dachte ich, wenn ich es so drehe, daß es aussieht, als sei wieder ein Anschlag auf sein Leben geplant gewesen, und ich sei nur zufällig und ohne etwas zu ahnen an seiner Stelle gefahren, müßte er davon ausgehen, daß ich wohl kaum diejenige sein kann, die versucht hat, ihn umzubringen, denn ich würde ja sicher nicht in meine eigene Falle tappen, oder?«

Beinah hätte ich sie gebeten, den letzten Satz noch einmal zu wiederholen, aber dann ließ ich es doch lieber. »Gibt es im Haus Pfeil und Bogen?«

»Ich glaube, auf dem Dachboden haben wir noch irgendwo so etwas.«

»Sind Sie eine gute Bogenschützin?«

»Nein. Ehrlich gesagt ist keiner von uns in dieser Sportart gut, außer Colonel Frank.«

Ich ging wieder nach oben ins Zimmer des Colonel.

Ich lächelte. »Wie viele Packungen Wackelpudding würde man Ihrer Meinung nach brauchen, damit eine Badewanne voll Wasser richtig geliert?«

Alle im Zimmer – besonders Lieutenant Tatum – starrten mich an, und offensichtlich wußte keiner die Antwort.

Ich gab sie ihnen. »Man würde etwa eintausendundachtzig Packungen Wackelpudding brauchen, um die Sache zu einem Erfolg zu machen. Plus minus ein Dutzend.«

Tatum schien die Decke mit seinem Blick durchbohren zu wollen. »Meinen Sie die Familienpackung oder die normale Größe?«

»Die normale Größe. Und als Menge ergäbe das etwa hundertfünfzig Kubikdezimeter. Der Wackelpudding selbst würde gar nicht so viel Raum einnehmen. Sie wissen ja, wie verräterisch Verpackungen heutzutage sind.« Ich wandte mich an Colonel Vanderveer. »Haben Sie ein örtliches Telefonbuch?«

Er deutete auf ein kleines Tischchen an der Wand, auf dem das Telefon stand.

Ich schlug das dünne Buch auf und blätterte bis zu den gelben Seiten. Ich stellte fest, daß Esterville nur zwei Supermärkte besaß. Ich wählte die Nummer des ersten und bat, mit dem Filialleiter verbunden zu werden.

Lieutenant Tatum beobachtete mich mit schiefgelegtem Kopf. Es war schwer, aus seinem Gesichtsausdruck etwas zu entnehmen. Vielleicht professionelle Ehrfurcht?

Als der Filialleiter des Supermarktes ans Telefon kam, fragte ich: »Hat bei Ihnen in letzter Zeit – in den letzten Tagen – jemand eine ungewöhnlich große Menge Wackelpudding gekauft?«

Ich hörte ihn förmlich nicken. »Jetzt, wo Sie fragen – es war erst gestern. Er hat uns völlig leergekauft. Ich mußte extra jemanden ins Hauptlager schicken, um Nachschub zu holen.«

»Aha«, sagte ich. »Haben Sie zufällig die Autonummer des Kunden?«

»Autonummer? Warum sollte ich darauf achten?«

Das war enttäuschend. »Könnten Sie mir den Kunden dann vielleicht beschreiben?«

»Das könnte ich wahrscheinlich. Aber wäre es nicht einfacher, wenn ich Ihnen den Namen sage?«

»Also… ja, natürlich.«

»Es war Mr. Vanderveer. Nicht der Colonel. Der andere. Gerald. Höflicher, freundlicher Typ.«

Ich legte auf und sah Gerald Vanderveer ernst an. »*Sie* haben den Wackelpudding gekauft!«

Er wurde ein bißchen rot. »Nun ja, mein Bruder wollte einfach die Tatsache nicht erkennen, daß irgend jemand versuchte, ihn umzubringen. Er weigerte sich, die reguläre Polizei oder auch nur einen Privatdetektiv damit zu beauftragen, endlich Licht in die Sache zu bringen. Da habe ich mir die Wackelpudding-Sache ausgedacht. Aus dem einzigen Grund, um jemand Kompetentes ins Haus zu holen – der vorgeblich das Rätsel mit dem Wackelpudding lösen sollte, eigentlich aber herausfinden sollte, wer diese Anschläge auf Franks Leben zu verantworten hat. Ich hatte vor, Ihnen das nachher zu erzählen, aber ehrlich gesagt, ich wollte auch sehen, wie Sie sich anstellen…«

Lieutenant Tatum unterbrach: »Na ja, da haben Sie also das Ding mit dem Wackelpudding gelöst. Glückwunsch. Ich nehme an, Sie könnten nicht dasselbe mit dem Mord an Milstead tun?«

Ich überlegte kurz. »Vielleicht ein paar Vorschläge?«

»Tun Sie sich keinen Zwang an.«

»Sie könnten nachsehen, ob an dem zerbrochenen Blumentopf Fingerabdrücke sind.«

Er blinzelte, hatte sich aber gleich wieder in der Gewalt. »Der ist wahrscheinlich inzwischen auf der Mülldeponie verteilt.«

»Möglich. Aber andererseits sind kaputte Blumentöpfe äußerst nützlich als Drainagematerial. Kein Gärtner würde sie einfach wegwerfen. Ich könnte mir vorstellen, daß der Gärtner des Colonel die Scherben aufgehoben hat.« Ich lächelte fröhlich. »Genaugenommen gibt es so wenig Tonscherben, daß manche Leute sogar heile Töpfe zerbrechen, um Scherben für die Drainage zu haben.«

Aus irgendeinem Grund warf Tatum mir einen finsteren Blick zu, dann schickte er einen seiner Leute weg.

»Sie könnten auch die Bogenschützenausrüstung auf dem Dachboden mal überprüfen lassen«, sagte ich. »Auf dem Bogen finden Sie vielleicht Fingerabdrücke.«

Er schickte einen anderen Beamten weg.

Wir warteten, bis beide zurückkamen und dem Experten von der Spurensicherung ihre Funde aushändigten.

Tatum glotzte immer noch finster. »Noch etwas?«

Ich nickte. »Nehmen wir mal an, daß die Anschläge auf das Leben des Colonel nicht wirklich ernst gemeint waren. Mit anderen Worten, daß sie danebengehen sollten.«

Jetzt runzelte Tatum die Stirn. »Einen Blumentopf auf den Colonel fallenzulassen soll kein Anschlag auf sein Leben gewesen sein?«

»Er sagt ja selbst, das Ding habe ihn um gut zwei Meter verfehlt.«

»Was ist mit den Bremsen und diesem verdammten Pfeil?«

Ich ließ die Episode mit den Bremsen aus. »Sie sind davon ausgegangen, daß der Schütze sein Ziel *ungewollt* verfehlt hat. Aber angenommen, er hat es bewußt verfehlt?«

»Der Pfeil hat den Colonel nur um Zentimeter verfehlt. Das hätte nur ein sehr guter Bogenschütze fertiggebracht.«

»Entweder ein Könner oder schlicht ein unerfahrener Schütze, der dem Ziel näher kam, als er vorhatte.«

»Wie steht es mit dem Mord an Milstead?« wollte Tatum wissen. »Da hat es kein Verfehlen gegeben.«

»Sie gehen davon aus, daß Milstead durch ein Versehen zu Tode kam und der Colonel das eigentliche Opfer war. Aber angenommen, Milstead wurde um seiner selbst willen umgebracht und die anderen Zwischenfälle wurden nur zu dem Zweck arrangiert, uns glauben zu machen, daß der Mord an Milstead nur ein weiterer fehlgeschlagener Anschlag auf das Leben des Colonel war.«

Der Mann von der Spurensicherung sah auf. »Ich habe übereinstimmende Fingerabdrücke von den Scherben und dem Bogen.«

Ich holte vorsichtig die Packung Wackelpudding aus der Tasche und gab sie dem Mann. »Hierauf werden Sie meine Fingerabdrücke finden und die von Mrs. Milstead. Ihre müßten eigentlich mit denen auf dem Bogen und den Blumentopfscherben übereinstimmen.«

Ich sah mich im Zimmer um, in dem es still geworden war, und lächelte. »Mrs. Milstead hat behauptet, sie habe ihren Mann zuletzt um drei Uhr in der Küche gesehen. Offenbar hat Milstead zu dem Zeitpunkt das Hausjackett des Colonel nicht getragen, denn das war sein Geheimnis. Und doch *wußte* Mrs. Milstead, daß ihr Mann es bei seinem Tod anhatte. Das konnte nur der Mörder wissen.«

Tatum runzelte die Stirn. »Sie hätte es sehen können, als die Leiche hinausgetragen wurde.«

»Nein. Da war sie völlig mit einem Laken abgedeckt.«

Sein Stirnrunzeln vertiefte sich. »Meiner Erinnerung nach hat Mrs. Milstead nichts davon erwähnt, daß sie wußte, was für ein Jackett ihr Mann bei seinem Tod getragen hat.«

Ich räusperte mich. »Als ich mich in der Küche mit ihr unterhalten habe und ihr sagte, daß ihr Mann bei seinem Tode das Jackett des Colonel anhatte, *nickte* sie nur – was mir eindeutig sagt, daß sie es wußte, und das konnte, wie ich schon sagte, nur der Mörder wissen. Hätte sie nichts von dem Jackett gewußt, wäre sie doch sicher so überrascht gewesen, daß sie zumindest ›Ach?‹ gesagt hätte.«

Tatum hatte offenbar Schwierigkeiten beim Sprechen.

»Sie wollen mir also erklären, daß Ihr ganzer Fall sich auf die Tatsache stützt, daß sie nicht ›Ach?‹ gesagt hat, als sie eigentlich sollte?«

»Na ja... ich nehme an, sie hat ihn wegen der Lebensversicherung über fünfundzwanzigtausend Dollar umgebracht.«

Das Schweigen war total. Genaugenommen dauerte es ziemlich lange.

Schließlich äußerte sich der Fingerabdruckexperte. »Die Abdrücke auf den Scherben des Blumentopfs, dem Bogen und der Packung Wackelpudding stimmen überein. Ich nehme an, es war wirklich diese Mrs. Milstead.«

Lieutenant Tatum sah mich an.

Mich beschlich das seltsame Gefühl, daß er am liebsten angefangen hätte zu heulen.

Statt dessen ging er zur Tür und sagte zu einem seiner Leute: »Schicken Sie bitte Mrs. Milstead herauf. Ich möchte ihr noch ein paar Fragen stellen.«

Falsches Hühnchen

Ich mußte nur einmal an die Tür des weißen Farmhauses klopfen, schon öffnete mir ein Mädchen Anfang Zwanzig. Sie hatte hellbraunes Haar und graue Augen, in denen der Schalk saß.

»Hallo«, sagte ich. »Kann ich bei Ihnen mal telefonieren? Mein Wagen ist etwa fünfhundert Meter die Straße runter im Schlamm steckengeblieben, und ich fürchte, nur ein Abschleppwagen kriegt ihn wieder flott. Ich habe schon über eine Stunde versucht, ihn herauszubekommen, aber es geht nicht.«

»Ich weiß«, sagte sie. »Wir haben Ihnen zugeschaut. Kommen Sie doch rein und setzen Sie sich.«

Ich folgte ihr in das warme Wohnzimmer. »Vielleicht sollte ich mich vorstellen«, sagte ich.

»Das ist nicht nötig«, meinte sie lächelnd. »Sie sind Jim Henderson, der neue Jagdaufseher. Ich bin Eileen White.«

In der Ferne hörte ich Gewehrschüsse. »Woher kommen denn die Schüsse?« fragte ich und lauschte.

»Das kann ich Ihnen leider nicht sagen«, erklärte Eileen. »Man kann sich sehr irren, wenn man solche Geräusche orten will. Außerdem müßte man fast drei Kilometer weit über schrecklich schlammige Felder stapfen, um hinzukommen.«

Das Telefon klingelte, und sie ging hin und nahm den Hörer ab. »Ja, Millie«, sagte sie. »Er sitzt noch fest.« Sie hörte ein Weilchen zu und meinte dann: »Ja, hier bei uns.«

Eine Frau in den Vierzigern mit freundlichem Gesicht kam aus der Küche herein. »Ah, Mr. Henderson«, sagte sie. »Sie sind viel jünger, als wir dachten. Das ist ja wirklich zu ärgerlich mit Ihrem Auto.«

»Ja«, sagte ich. »Es ist offenbar das Gesprächsthema der ganzen Gegend.«

»Ich bin Mrs. White«, erklärte sie. »Mein Mann und unser Sohn Freddie sind gerade unterwegs. Seit etwa einer Stunde.«

»Ich weiß«, sagte ich. »Ungefähr zehn Minuten nachdem ich mich festgefahren hatte, sah ich einen Wagen aus Ihrer Einfahrt kommen. Ich hatte die vage Hoffnung, er käme, um mir zu helfen, aber er fuhr in die entgegengesetzte Richtung.«

Eileen legte den Hörer auf. »Hatten Sie denn schon Erfolge?« fragte sie, und ihre Mundwinkel zuckten verräterisch.

»Ja«, antwortete ich. »Erst gestern habe ich zwei Männer festgenommen, weil sie außerhalb der Saison Fasane geschossen haben.« Unsere Blicke trafen sich. »Aber sie waren beide nicht von hier, das zählt ja dann wohl nicht, oder?«

»Die nächste Werkstatt ist fünf Kilometer entfernt«, sagte Eileen. »Aber ich glaube, am besten versuchen Sie's bei Ed Hawkins. Er hat einen Bulldozer.«

»Prima«, sagte ich. »Könnten Sie mir seine Nummer geben?«

»Allerdings ist er im Moment nicht zu Hause«, erklärte sie lächelnd.

Ich sah sie lange an. »Wahrscheinlich ist er vor etwa einer Stunde weggegangen?«

»Also, das könnte durchaus sein«, pflichtete sie mir bei.

Das Telefon klingelte wieder, und sie ging hin. »Ja«, sagte sie. »Immer noch hier.« Und gleich darauf: »Gegen fünf. Kurz bevor es dunkel wird.«

»Bleiben Sie zum Essen?« fragte Mrs. White. »Ich habe zwei schöne Fas...«

»Hühner«, verbesserte Eileen hastig.

»A ja«, sagte Mrs. White und lachte etwas dabei. »Zwei schöne Hühner im Ofen.«

Nach vier weiteren Telefonaten stand ich zufällig neben dem Telefontischchen, als es wieder klingelte. Ich nahm den Hörer ab. »Ja«, sagte ich ohne Umschweife, »ich sitze immer noch fest.«

Ich legte auf und sah Eileen finster an. In der Ferne waren weitere Schüsse zu hören.

»Es kommt nicht oft vor, daß ein Jagdaufseher zur Untätigkeit verdammt und mehr oder weniger festgenagelt wird, oder?« bemerkte ich.

»Finden Sie nicht, daß wir für die Jahreszeit wirklich wunderschönes Wetter haben?« fragte Eileen unschuldig.

Um Viertel vor fünf kamen Mr. White und Freddie zurück. Sie brachten einen Hauch von Pulverdampf mit herein, aber sie trugen keine Waffen. Außerdem machten sie einen sehr zufriedenen Eindruck.

Mr. White zog seine Jacke aus. »Wir haben hier draußen Ketten an unseren Autos, um durch den Schlamm zu kommen«, sagte er. »Wie ich höre, sind Sie unten an der Straße steckengeblieben.«

»Ich glaube, Sie haben recht«, antwortete ich.

»Der letzte Jagdaufseher ist vormittags steckengeblieben«, meinte Freddie. »Dadurch hatten wir den ganzen Tag.«

»Freddie«, sagte Mr. White. »Geh doch mal raus und

wasch dich vor dem Abendessen. Was gibt es denn, Martha?«

Mrs. White räusperte sich. »Huhn«, sagte sie. »Du weißt schon, welche Art ich meine, Frank. Diese richtig fedrigen Hühner.«

»Ach ja?« sagte Mr. White mit hochgezogenen Augenbrauen.

»Mr. Henderson bleibt nicht zum Essen«, warf Eileen ein.

»Aha!« machte Mr. White, und seine Brauen senkten sich.

Das Telefon klingelte mal wieder, und Mr. White nahm das Gespräch entgegen. Er hörte ein Weilchen zu und legte dann auf. Er wirkte etwas betreten. »Eds Bulldozer springt nicht an. Er meint, es könnte eine Stunde oder auch länger dauern, bis er ihn in Ordnung gebracht hat.«

»Wenn das so ist«, sagte ich, »nehme ich Ihre freundliche Einladung zum Essen gerne an, Mrs. White. Es gibt nichts, was einem mehr das Wasser im Mund zusammenlaufen läßt als ein saftiges, fedriges Huhn.«

Mr. White schluckte und sah Mrs. White an.

Das Schweigen wurde drückend, bis Eileen schließlich aufstand und in die Küche ging. Kurz darauf kam sie wieder und machte die Tür hinter sich zu.

»Also so was!« sagte sie. »Die Hühner sind hoffnungslos angebrannt. Ich fürchte, wir müssen heute auf Huhn verzichten.«

»Aber Kind.« Mrs. White sprang auf. »Ich verstehe nicht, wie das passieren konnte. Ich hatte es ganz klein gestellt und...« Sie sah mich an und ließ sich auf ihren Stuhl zurückfallen. »Ach du liebes bißchen«, sagte sie. »Hoffnungslos angebrannt. Ich rieche es von hier aus.«

Freddie machte ein unglückliches Gesicht. »Ich bin praktisch am Verhungern.«

»Tut mir leid, mein Junge«, sagte Mrs. White. »Und im Augenblick habe ich nichts anderes als Schinken im Haus. Mögen Sie Schinken, Mr. Henderson?«

»Sehr gern«, sagte ich.

In Eileens Augen lag etwas wie ein Zwinkern, als sie mich in dem nun folgenden langen Schweigen beobachtete.

Schließlich grinste ich und stand auf. »Ich mag Schinken wirklich«, sagte ich, »aber ich glaube, im Augenblick sollte ich doch lieber mal zu meinem Wagen gehen und sehen, ob er noch da ist. Ich komme in genau einer Stunde wieder.«

Sowohl Freddie als auch Mr. White wirkten erleichtert.

»Könnten Sie nicht anderthalb Stunden daraus machen?« fragte Mrs. White sorgenvoll. »Ich muß noch aufräumen, nachdem...« Sie brach den Satz unter dem warnenden Blick ihres Mannes ab.

»Anderthalb Stunden«, sagte ich. »Sie haben das Wort eines Gentleman, eines rundum gutmütigen Kerls und eines Jagdaufsehers.«

Als ich zu meinem Wagen kam, setzte ich mich hinters Steuer und machte es mir bequem, um den Sonnenuntergang zu beobachten.

Nach etwa zwanzig Minuten hörte ich durch den Schlamm hinter mir jemand heranstapfen. Es war Eileen mit einer Tüte und einer Thermosflasche.

Sie schlüpfte neben mich auf den Vordersitz. »Ich habe Ihnen heißen Kaffee und Hühnersandwiches mitgebracht. Ein kleiner Teil von dem Huhn war nicht hoffnungslos angebrannt.«

Ich besah mir die Brote, bevor ich hineinbiß. »Ich habe

gute Lust, den Jungs im Labor eins davon zur Analyse mitzunehmen.«

»Ich glaube nicht, daß irgendwas übrigbleibt«, sagte Eileen und griff zu. »Ich habe auch noch nicht gegessen, und ich habe Hunger.«

Ich hielt die Pappbecher, während sie heißen Kaffee eingoß. »Wenn man es von der inoffiziellen Seite betrachtet, dann bin ich ganz froh, daß ich hier steckengeblieben bin«, sagte ich.

»Wie soll ich das wohl verstehen?« fragte sie. Dann schaute sie aus dem Fenster und nippte an ihrem Kaffee. »Sie müssen unseren Standpunkt verstehen«, meinte sie nach einem Weilchen. »Schließlich leben diese fedrigen Hühner auf unserem Land und fressen unser Korn. Außerdem können während der regulären Jagdsaison viele von uns die Arbeit auf der Farm nicht einfach liegenlassen.«

Ich lächelte, als unsere Blicke sich wieder trafen, und sie sah rasch weg. »Natürlich«, erklärte sie, »ist uns auch klar, daß der Posten des Jagdaufsehers sehr wichtig ist. Um die Jäger aus der Stadt zu überwachen und solche Dinge.«

»Natürlich«, sagte ich.

Wir schwiegen ein Weilchen, bis sie sagte: »Die Lichter, die da auf uns zukommen, gehören zu Ed Hawkins Bulldozer. Wahrscheinlich wird er Sie in Nullkommanichts hier heraushaben, und dann brausen Sie davon und kommen nie wieder.«

»Wahrscheinlich.«

Wir beobachteten die Lichter

»Andererseits«, sagte ich, »habe ich den leisen Verdacht, daß es hier in der Gegend von Wilddieben nur so wimmelt. Vielleicht sollte ich das mal genauer unter die Lupe nehmen.«

»Ein Mann hat seine Pflichten«, meinte sie, ohne mich anzusehen.

»Wenn ich im Verlauf meiner Nachforschungen zufällig morgen abend in der schlammigen Auffahrt zu Ihrer Farm steckenbleibe, was gäbe es denn dann bei Ihnen zum Abendessen?«

Sie dachte darüber nach und lächelte dann. »Ich glaube, gekochten Schinken.«

So war es, und er schmeckte hervorragend.

Und ungefähr nach einem Jahr gab Mr. White die Wilddieberei auf. Er fand, das gehörte sich nicht so recht, wenn man einen Jagdaufseher zum Schwiegersohn hatte.

Bittere Medizin

Nora Merrick schüttete drei Teelöffel von der dunkelbraunen Flüssigkeit in das Glas Wasser und rührte um. Ihre kühlen grünen Augen betrachteten prüfend das Ergebnis, dann fügte sie einen Löffel Zitronensaftkonzentrat hinzu.

Sie trug das Glas ins Schlafzimmer und rührte im Gehen weiter.

Ihr Mann lag, von zwei Kissen gestützt, im Bett. »Was ist das?«

»Deine Medizin, Harold.«

Er legte seine Zeitschrift beiseite. »Der Arzt hat mir keine Medizin verschrieben. Er hat gesagt, ich brauche nur ein paar Tage Ruhe.«

Sie stellte das Glas auf den Tisch neben ihm. »Das hier kann dir nicht schaden.«

Er betrachtete das Glas zweifelnd. »Vielleicht schadet es mir nicht, aber woher willst du wissen, ob es mir guttut?«

»Da bin ich ganz sicher.« Also wirklich, dachte Nora, Männer sind doch wie Babys. Mißtrauen jeder Pille oder Medizin. Jerome war genauso gewesen. Und Bill auch.

Harold nahm das Glas. »Was ist da drin?«

»Etwas Zitronensaft.«

»Außerdem, meine ich.«

»Nur Medizin.«

Er runzelte die Stirn. »Eins von deinen Hausmittelchen?«

Nora fing an, auf dem Nachttisch aufzuräumen. »Schatz, könntest du bitte daran denken, den Aschenbecher zu benutzen. Dazu ist er schließlich da.«

Er betrachtete sie. »Du siehst ein bißchen rot aus. Ich wette, du kriegst auch eine Erkältung.«

Sie legte den Handrücken an ihre Stirn. Ja, sie kam ihr etwas warm vor.

Er lächelte ein bißchen. »Hier. Nimm mein Glas. Du brauchst es mehr als ich. Es wird dir guttun.«

»Nein«, entgegnete sie kühl. »Ich mache mir nachher auch eins.«

Harold starrte sein Glas an und stellte es dann auf dem Nachttisch ab. »Ich trinke es später.«

Nora hatte nicht übel Lust, einen scharfen Ton anzuschlagen, aber sie beherrschte sich. »Also gut. Aber ich komme in einer Viertelstunde wieder, und bis dahin hast du das ausgetrunken. Bis auf den letzten Tropfen.«

Sie ging in die Küche, um abzuwaschen.

Detective Sergeant Paley wühlte in der obersten Schublade seines Schreibtischs herum, bis er eine Schachtel Zigaretten gefunden hatte. »Was haben Sie gesagt, wo das war?«

Sergeant Blanchard rutschte ungeduldig auf seinem Stuhl herum. »East Atkins 714.«

Paley schüttelte eine Zigarette aus der Schachtel und zündete sie an. »Sie gehören also zur Polizei von St. Louis, Sergeant?«

Blanchard nickte. »Ich habe sie bis Cincinnati verfolgt, und dann weiter bis hierher. Natürlich brauche ich für eine Festnahme Ihre Erlaubnis und Kooperation.«

Paley lehnte sich in seinem Sessel zurück und blickte gelangweilt aus dem Fenster. »Sieht aus, als wollte es heute noch regnen.«

Blanchard räusperte sich. »Meinen Sie nicht, wir sollten lieber losgehen?«

Paley stieß langsam Rauch aus. »Ich kann hier nicht weg, bevor ich den Captain gesprochen habe.«

Blanchards Blick wanderte bedeutungsvoll zu der Tür hinter Paley. »Ist das nicht sein Büro?«

Paley grinste. »Nur die Ruhe. Der Captain kommt erst in zehn Minuten zurück. Glauben Sie denn, wir kämen gerade rechtzeitig in East Atkins 714 an, um jemandem ein Glas aus der Hand zu schlagen?« Er wies auf sein Notizbuch. »Nach dem, was Sie mir erzählt haben, sind die beiden erst seit fünf Wochen verheiratet. Kaum lange genug, um sich einzurichten und die Versicherung abzuschließen. Ich glaube nicht, daß vorerst etwas passiert.«

Nora räumte den letzten Teller weg und trat ins Schlafzimmer. Das Glas auf dem Nachttisch war nicht geleert.

Harold blätterte eine Seite in seiner Zeitschrift um. »War irgendwas Interessantes in der Post?«

»Nur Reklame. Und ein Brief von der Versicherung.«

»Was wollen die denn?«

»Nichts weiter. Sie teilen uns nur mit, daß unsere Policen durchgegangen sind und heißen uns in der Herde willkommen. Mehr oder weniger ein Formbrief.«

Harold lächelte. »Na also, dann bin ich jetzt tot zwanzigtausend wert.«

»Sag nicht so was«, kam automatisch Noras Antwort.

Harold verschränkte die Hände hinter dem Kopf. »Zwanzigtausend. Also, das sollte dir aber ein Gefühl der Sicherheit geben.«

Ja, dachte Nora, Sicherheit. Wenn man es genau betrachtete, war Geld praktisch die einzige Sicherheit, auf die man bauen konnte. Jerome hatte ihr fünfzehntausend hinterlassen, und Bill siebzehn. Ihr Blick wanderte zu dem Glas. »Deine Medizin. Muß ich hier stehenbleiben und warten, bis du sie trinkst?«

»Gut, gut«, sagte Harold. »Ich trinke sie gleich.«

Sie drehte sich um und ging wieder in die Küche. »Du hast zehn Minuten Zeit, um das Glas zu leeren, keine Minute länger.«

Das Salzwasser in dem Topf auf dem Herd fing gerade an zu kochen. Sie nahm die Spaghetti aus der Packung, betrachtete sie nachdenklich und steckte die Hälfte wieder in die Zellophanhülle zurück. Harold hatte wahrscheinlich sowieso keinen Hunger, solange er bettlägerig war.

Sie blickte zur Schlafzimmertür, die einen Spalt breit offenstand. Drinnen konnte sie Harold sehen. Er war aus dem Bett gestiegen und stand mit dem Rücken zu ihr.

Sie beobachtete, wie er das Glas zu den Begonien auf dem Fensterbrett trug. Er goß den Inhalt in den Blumentopf und ging wieder ins Bett. Er grinste vor sich hin, während er seine Zeitschrift wieder aufnahm.

Nora kniff die Lippen zusammen. Sie nahm ein sauberes Glas aus dem Schrank, und holte die braune Flasche und das Zitronensaftkonzentrat aus dem Kühlschrank.

In der Kellergarage unter dem Polizeirevier gingen Paley und Blanchard zum Wagen.

Ein Mechaniker sah unter der offenen Kühlerhaube hervor. »Noch nicht ganz fertig. Zehn Minuten noch. Wollen Sie einen anderen Wagen nehmen?«

»Nein«, sagte Paley. »Ich mag die Kiste. Wir warten.«

Er und Blanchard gingen in das kleine Büro und schlossen die Tür gegen den Lärm draußen. Paley ließ sich in einem Drehstuhl nieder.

Blanchards Langmut bekam allmählich Risse. »Ich verstehe nicht, warum wir nicht einen anderen Wagen nehmen können.«

Paley antwortete milde: »Sie kriegen garantiert ein Magengeschwür. Nehmen Sie doch Sekunden und Minuten wie sie kommen.«

Blanchard starrte wütend auf seine Uhr und begann hin und her zu tigern.

Zwölf Minuten später machte der Mechaniker die Tür auf. »So, alles klar.«

Im Wagen ließ Paley den Motor an und fuhr gemächlich auf den Ausgang zu. »Wie wär's mit 'nem Kaffee und 'nem Sandwich?«

»Nein«, kläffte Blanchard. »Nein.«

Nora ging mit dem vollen Glas ins Schlafzimmer.

Harold sah auf. »Noch mehr Medizin?«

»Nicht *noch mehr*«, fuhr Nora ihn ärgerlich an. »*Die* Medizin. Ich habe gesehen, was du mit dem anderen Glas gemacht hast. Wahrscheinlich hast du die Pflanze vergiftet.«

Harold errötete schuldbewußt. »Wenn es einer Pflanze schadet, dann weiß ich nicht, was es mir nützen sollte.«

»Pflanzen und Menschen brauchen nicht unbedingt dieselben Dinge«, sagte Nora energisch. »Trink das.«

Harold nahm kleinlaut das Glas entgegen.

An der Haustür klingelte es.

Nora bewegte sich nicht. Ihre Stimme hob sich etwas. »Harold, trink deine Medizin. *Sofort.*«

»Ich kann das nicht so runterstürzen wie manche Leute«, beschwerte Harold sich. »Da wird mir ja übel. Du kannst ruhig die Tür aufmachen.«

Nora zögerte, dann nahm sie ihm das Glas aus der Hand. »Ich werde nicht dulden, daß du das hier auch ausschüttest, wenn ich draußen bin.«

Nach fünf Minuten kam sie wieder.

»Wer war das?« wollte Harold wissen.

»Ein Vertreter«, sagte Nora. »Ich habe ihn weggeschickt.«

Harold nahm widerwillig das Glas, das sie ihm hinhielt. Er probierte die Flüssigkeit und verzog das Gesicht. »Schmeckt bitter.«

Nora verschränkte die Arme und wartete.

Harold gab resigniert nach und trank langsam. Dann reichte er ihr das leere Glas. »Da. Ich hoffe, du bist jetzt zufrieden.«

»Ja«, sagte Nora, »jetzt bin ich zufrieden.« Sie lächelte. »Und nun versuche, ein bißchen zu ruhen.«

Um halb drei ging Nora erneut auf ein Klingeln zur Tür.

Sie hatte das Gefühl, daß die beiden Männer sie neugierig musterten, dann sagte der eine: »Mrs. Merrick?«

Nora nickte.

Sie zeigten ihre Ausweise. »Wir würden gern mit Ihnen sprechen, wenn es geht.«

Nora warf einen unsicheren Blick über die Schulter und öffnete die Tür etwas weiter. »Bitte reden Sie leise, wenn es geht. Mein Mann schläft. Er ist erkältet und hatte eine unruhige Nacht.«

Nora befühlte ihre Stirn. Ja, sie hatte Fieber. Sie rührte in dem Glas mit der braunen Flüssigkeit und trank dann.

Tatsächlich, etwas bitter. Vielleicht sollte sie nächstes Mal ein bißchen Zucker dazutun.

Sie schaute aus dem Fenster in den Regen hinaus.

Erst war Jerome an Lungenentzündung gestorben, dann Bill bei einem Autounfall. Und jetzt hatte die Polizei Harold mitgenommen und ihr eine lächerliche Geschichte erzählt, wie er seine Frauen vergiftet habe.

Sie seufzte. Also ich habe wirklich ein unglaubliches Pech.

Berufskiller günstig abzugeben

Wie alle meine Opfer, war auch George Franklin ziemlich entgeistert und erschrocken, als er mich mit der 45er-Automatik in einem seiner Sessel sitzen sah.

Er warf einen Blick auf den Lichtschalter, an dem er noch den Finger hatte, und überlegte wohl, ob ich vielleicht verschwinden würde, wenn er wieder ausschaltete.

Ich wies auf den anderen Sessel. »Kommen Sie doch bitte herein und machen Sie die Tür zu. Setzen Sie sich.«

Er tat wie geheißen und stellte die erste, angemessene Frage: »Was soll das sein? Ein Raubüberfall?«

Ich lächelte. »Nein, kein Raubüberfall.«

Er hielt inne, um zu einer weiteren Mutmaßung anzusetzen, und ich gab ihm die Information.

»Ich bin hier, um Sie zu töten«, sagte ich.

Wie zu erwarten, zeigte er sich schockiert. »Mich töten? Aber warum? Ich habe Sie noch nie gesehen!«

Ich gestattete mir ein weiteres Lächeln. »Ehrlich gesagt bin ich gar nicht besonders wild darauf, Sie umzubringen. Ich habe nichts gegen Sie persönlich. Für mich ist das nichts weiter als eine Geschäftsangelegenheit. Ich erledige nur eine Arbeit, für die ich bezahlt werde.«

Er machte große Augen. »Sie sind ein *Berufskiller*?«

Ich nickte.

Franklin fuhr sich mit der Zunge über die Lippen. »Wer hat Sie denn beauftragt? Meine Frau?«

Ich zog eine Augenbraue hoch. »Würde Ihre Frau es denn begrüßen, wenn Sie tot wären?«

Er überlegte. »Nun ja, wir kommen nicht sonderlich gut miteinander aus, aber ich glaube, das geht dann doch etwas weit, mich…«

»Es ist nicht Ihre Frau.«

Er machte einen neuen Versuch. »Mein vermaledeiter Schwiegersohn? Dem käme es nur allzu gelegen, wenn ich tot wäre. Da mache ich jede Wette.«

Ich seufzte. »Nichts liegt mir ferner, als Uneinigkeit und Mißtrauen in einer Familie zu säen. Nein, mein Auftraggeber ist kein direkter Angehöriger, nicht einmal entfernt verwandt, soweit ich weiß.«

»Wer hat Sie dann beauftragt?«

»Den Namen kann ich Ihnen nicht nennen. Das ist eine Sache des Berufsethos, wissen Sie. Aber es spielt keine Rolle, das können Sie mir glauben. Möglicherweise erinnern Sie sich nicht einmal an ihn. Immerhin liegt es eine Weile zurück.«

Er runzelte die Stirn. Offenbar durchforstete er seine Vergangenheit nach Hinweisen.

Ich selbst hole natürlich immer genaueste Erkundigungen über meine Opfer ein, bevor ich mich entschließe, ihnen gegenüberzutreten. Es gab also sehr wenig, das ich über diesen Mann nicht wußte.

George Channing Franklin sitzt dick im Immobiliengeschäft, Stadtrandentwicklung und ähnliches. Im Lauf der Jahre ist sein Name regelmäßig in den Zeitungen erwähnt worden, allerdings nie lobend. Er war dreimal wegen fragwürdiger Praktiken angeklagt, darunter Bestechung öffentlicher Angestellter. Aber trotz aller Anklagen hat er noch keinen Tag im Gefängnis gesessen.

Ich lächelte wieder. »Ich habe es beruflich mit den seltsamsten Menschen zu tun. Menschen, die über Jahre hinweg einen Groll mit sich herumtragen und dann plötzlich das Bedürfnis haben, sich zu erleichtern. Möglicherweise ist es auch nur, weil sie vorher nie die Gelegenheit hatten, jemanden wie mich kennenzulernen. Ich helfe ihnen, sich ihrer lange unterdrückten Wünsche zu entledigen.«

Franklin starrte mich wütend an. »Swenson? Ist es der? Es war nichts Illegales an dem, was ich getan habe. Es war Geschäft. Er hat seine Chancen wahrgenommen, und ich die meinen.«

»Nein, es ist nicht Swenson.«

»Mr. Clintock? Er kriegt keinen Pfennig mehr. Er kann von Glück sagen, daß ich ihm aus lauter Gutmütigkeit die fünftausend gegeben habe.«

Ich hob die Hand. »Ich habe nicht vor, mich von Ihnen auf eine Tour durch die Liste Ihrer Feinde schleifen zu lassen. Ich werde meinen Auftraggeber schlicht nicht preisgeben. Sie können sagen, was Sie wollen, es ändert meine Einstellung nicht.«

Nachdem dieser Weg ihm verstellt war, versuchte er es auf einem anderen. »Wieviel... wieviel hat dieser Unbekannte Ihnen denn bezahlt, damit Sie mich umbringen?«

Ich zuckte die Achseln. »Es schadet wohl nicht, wenn ich Ihnen das sage. Fünftausend Dollar.«

Ihm blieb der Mund offenstehen. »Fünftausend? Läppische fünftausend Dollar?«

Ich musterte ihn listig. »Guter Mann, fünftausend Dollar mögen ja für Sie läppisch sein, aber ich kann Ihnen versichern, für mich sind sie das nicht.«

Er entschuldigte sich rasch. »Ich wollte Sie nicht kränken. Ich meinte nur, warum sich mit fünftausend begnügen, wenn man das Doppelte kriegen kann.«

»Das Doppelte?«

Jetzt lächelte er zum ersten Mal. »Angenommen, ich gäbe Ihnen zehntausend dafür, daß Sie mich nicht umbringen?«

Ich ließ mir das Angebot durch den Kopf gehen und rieb mir das Kinn. »Dem steht die Berufsethik im Wege. Ich habe einen Vertrag abgeschlossen. Ich habe mein Wort gegeben.«

»In bar«, sagte er schnell. Er ging zur Wand und schob ein Gemälde zur Seite, hinter dem ein Safe zum Vorschein kam. Er fing an, Zahlen einzustellen. »Ich habe das Geld in meinem Safe. Bei meinem Beruf braucht man gelegentlich Bargeld für dringende Fälle.«

Er zog einen Umschlag aus dem Safe und schüttete den Inhalt vor mir auf den Couchtisch. »Zehntausend. Zählen Sie nach.«

Ich zählte, und es waren eindeutig einhundert Hundertdollarscheine. Während ich zählte, überlegte ich gleichzeitig.

Als ich fertig war, sah ich mir das Geld an und seufzte schließlich. Ich steckte die Scheine wieder in den Umschlag und den Umschlag in meine Jackettasche.

Franklin rieb sich die Hände. »So, dann erzählen Sie mir jetzt vielleicht, wer Sie beauftragt hat.«

Ich schüttelte den Kopf. »Sir, Sie haben Ihr Leben gekauft. Aber kein noch so hoher Geldbetrag wird mir den Namen meines Klienten entlocken. Trotz allem besitze ich noch so etwas wie ein Gefühl für Moral.«

Er musterte mich. »Aber damit bleibt mir ein Problem.«

»Problem? Was für ein Problem?«

»Was sollte Ihren geheimgehaltenen Klienten davon abhalten, einen anderen Killer anzuheuern?«

Ich dachte kurz darüber nach. »Eigentlich nichts.«

Er ging wieder an seinen Safe und kam mit einem zweiten dicken Umschlag zurück.

Ich fragte mich, wie viele solcher Umschläge er wohl in dem Safe hatte. Einen Augenblick war ich versucht, es herauszufinden, aber dann besann ich mich eines Besseren. Das war einfach nicht mein Stil.

»Noch mal zehntausend«, sagte Franklin. »Behalten Sie Ihre Moral, ich brauche den Namen nicht. Aber wenn dieser geheimnisvolle Mann Sie anheuern kann, um mich umzubringen, warum kann ich Sie dann nicht anheuern, ihn umzubringen? Ich meine, das ist doch nur gerecht, oder? Und ich zahle mehr, viel mehr.«

Ich seufzte tief und steckte den zweiten Umschlag in die Tasche. »Ich versichere Ihnen, wenn ich das Geld nicht so dringend nötig hätte, würde ich so etwas keine Sekunde überlegen ...«

»Natürlich«, unterbrach er mich. »Natürlich.«

Ich legte meine Pistole auf das Tischchen neben mir und stand auf, um meinen Mantel anzuziehen.

Franklins Hand bewegte sich blitzschnell. Im Nu hatte er die Waffe ergriffen und hielt sie jetzt auf mich gerichtet.

Mein Herz begann zu rasen, aber ich riß mich schnell zusammen und lächelte schwach. »Das war schrecklich unvorsichtig von mir.«

Er stimmte zu. »Wie fühlt man sich, wenn der Spieß plötzlich umgedreht ist?«

Ja, dachte ich, es ist zugegeben ein gewaltiger Unterschied, ob man vor oder hinter der Mündung steht.

»Setzen Sie sich«, befahl er.

Ich haderte einen Augenblick mit diesem Befehl und beschloß dann, mich zu setzen.

»Ich könnte Sie auf der Stelle erschießen. Ich glaube nicht, daß ich Schwierigkeiten bekäme, es der Polizei zu erklären.«

Während die Minuten verrannen, saß ich da und überlegte, ob er wirklich abdrücken würde. »Angenommen, Sie erschießen mich. Wäre das nicht im Grunde kontraproduktiv? Mein Tod würde ja nichts daran ändern, daß es da draußen jemanden gibt, der Sie so gern aus der Welt schaffen will, daß er bereit ist, dafür zu zahlen. Er wird einfach einen anderen beauftragen, der Ihnen dann vielleicht keine Gelegenheit zu Verhandlungen gibt.«

Das machte ihn nachdenklich, und er versuchte es noch einmal. »Also gut, wer hat Sie beauftragt, mich umzubringen?«

Ich lächelte knapp. »Selbst unter diesen Umständen bleiben meine Lippen versiegelt.«

Er betrachtete mich ein Weilchen. »Ich habe nachgedacht. Vielleicht sind Sie ja genau der Mann, nach dem ich mein Leben lang gesucht habe. Mit Geld kann man viele kaufen, aber nicht jeden. Hie und da treffe ich auf jemanden, der mir im Wege ist, wenn Sie verstehen, was ich meine. Ja, ich denke, Sie könnten mir helfen. Ich zahle Ihnen zwanzigtausend für jeden Auftrag. Das ist, glaube ich, ein großzügiges Angebot.«

Ich deutete auf die Pistole. »Warum richten Sie dann immer noch dieses Ding auf mich?«

Er tat das als unwichtig ab. »Nur ein Reflex. Ich sah die Waffe liegen und habe einfach danach gegriffen.«

Er gab mir die Automatik zurück. »Wie kann ich mich mit Ihnen in Verbindung setzen, wenn ich Sie brauche?«

»Ich setze mich mit *Ihnen* in Verbindung. Wenn Sie einen Auftrag für mich haben, geben Sie einfach eine Anzeige in der Zeitung auf. *Alles ist vergeben. Komm nach Hause. Ralph.* Dann melde ich mich sofort bei Ihnen.«

Als ich ins Hotel kam, verstaute ich die Pistole in meinem Koffer. Es machte mich nervös, sie mit mir herumzutragen, auch wenn ich wußte, daß sie nicht geladen war. Ich grinste halb schuldbewußt, halb verschämt vor mich hin. Das Wissen, daß sie nicht geladen war, hatte zu meiner Gelassenheit beigetragen, als sie auf mich gerichtet wurde. Ich überlegte, wie ich wohl reagiert hätte, wenn Patronen drin gewesen wären – ziemlich erbärmlich, fürchte ich. Ich bin ganz und gar kein Held, obwohl es mir Spaß macht, die Rolle zu spielen. Und ich würde mich auf diese dämliche Anzeige nie melden, sollte Franklin je auf die Idee kommen, sie in die Zeitung zu setzen.

Genaugenommen wollte ich der Stadt sofort den Rücken kehren. Ich habe nicht das Bedürfnis, mit einem so skrupellosen Menschen wie Franklin auch nur in derselben Stadt zu sein. Ich habe nie in meinem Leben einen Menschen umgebracht und habe nicht vor, es je zu tun. In dieser unsicheren Welt muß man allerdings zusehen, wie man an seine Dollars kommt, um Leib und Seele zusammenzuhalten, und es gibt viele Methoden, eine Gans zu rupfen oder ein Schaf zu scheren. Und ich fand, daß solche Schafe wie Franklin es mehr als verdienten, geschoren zu werden.

Yoricks Haus

Es war schon dämmrig, als ich die Scheinwerfer ihres Wagens in meine Auffahrt einbiegen sah. Ich beobachtete, wie der Wagen durch die Allee der knorrigen, kahlen Bäume herankam und direkt hinter meiner Limousine vor dem Haus anhielt.

Ich wartete, bis sie den Türklopfer betätigten, und ging dann aufmachen. »Guten Abend«, sagte ich düster.

Es waren Mr. und Mrs. Randall. Sie hatten mir geschrieben, daß sie mein Haus mindestens einen Monat lang mieten wollten.

Ich vermiete mein Haus nicht gern. Ich verabscheue es. Da ich jedoch keine andere Einkommensquelle habe, bin ich gezwungen, es regelmäßig zu tun.

Mr. Randall war groß, gutgekleidet und trug einen skeptischen Ausdruck im Gesicht. »Das ist also das Spukhaus?«

»Ja«, sagte ich. »Kommen Sie bitte herein.«

Sie traten in die große, düstere Diele, und ich führte sie direkt in mein Arbeitszimmer.

Mrs. Randall war von der Umgebung etwas mehr beeindruckt als ihr Mann. »Clara Mercer hat uns von Ihrem Anwesen erzählt.«

»A ja«, sagte ich. »Sie hat die Medusa gesehen, nicht?«

Mrs. Randall nickte eifrig. »Sie war oben im Schlafzimmer und hat sich die Haare gekämmt, als die Medusa direkt durch die Wand kam, mit glitzernden Augen und diesem gemeinen Lächeln auf den Lippen, und dann die Schlangen in ihrem Haar, die gezuckt und sich gewunden haben.«

Ich lächelte. »Der Sage nach hätte Mrs. Mercer eigentlich zu Stein werden müssen.«

»Also, zu Stein ist sie nicht geworden«, sagte Mrs. Randall. »Sie hat nur gekreischt und ist aus dem Zimmer die Treppe runter und durch die Haustür ins Freie gelaufen. Sie wäre um keinen Preis wieder ins Haus zurückgegangen. Ihr Mann mußte die Sachen packen, und dann sind sie sofort abgereist.«

»Er hat wochenlang nicht mit ihr gesprochen«, warf Randall ein. »Er war sauer, daß er das Geld für die Miete umsonst bezahlt hatte.«

»Das war natürlich höchst bedauerlich«, stimmte ich zu. »Aber ich habe meine Regeln; und ohne Regeln hätten wir anarchische Zustände auf dieser Welt, wissen Sie.«

Ich ging zu meinem Schreibtisch und holte ein vorgedrucktes Formular heraus. »Ich möchte Sie bitten, dies hier sorgfältig durchzulesen, bevor Sie unterschreiben. Es ist der Mietvertrag; damit vereinbaren wir außer dem Mietpreis, daß Ihnen keine Rückerstattung zusteht, wenn Sie beschließen, vor Ablauf des Monats abzureisen. Gleichzeitig bin ich, wie Sie sehen werden, der Verantwortung für alle Verletzungen enthoben, die Sie sich im Laufe der Mietdauer oder bei der Abreise zuziehen könnten – seien sie geistiger, körperlicher oder emotionaler Art.«

Ich lächelte kurz. »Vor einigen Jahren hat sich ein Mr. Wilkinson das Bein gebrochen, als er aus dem Haus floh. Er hat Anklage erhoben. Natürlich habe ich den Prozeß gewonnen, aber es war so lästig. Da habe ich mich entschlossen, diese Klausel aufzunehmen.«

»Wohnen Sie allein hier?« wollte Mr. Randall wissen.

»O ja. Ganz allein. Das ist mir am liebsten.«

»Aber es ist doch ein so großes Haus.«

»Ja, es ist ziemlich groß. Zweiundzwanzig Zimmer.«

Mr. Randall hatte sich inzwischen die Bilder angesehen, die an den Wänden hingen – die Schloßruine im Mondlicht, die Friedhofsszene aus Hamlet. Er schien sich besonders für das Ölgemälde zu interessieren, das die geifernden Wölfe bei der Verfolgung einer Troika in verschneiter Landschaft zeigte. Nun wandte er sich mir zu. »Und dieser Geist erscheint also als Medusa?«

»Nicht unbedingt«, sagte ich. »Er kann vielerlei Gestalt annehmen.«

»Er?« schnaubte Randall. »Hat dieser Geist einen Namen?«

»Ich nenne ihn Yorick.«

Randall lächelte verkniffen. »Ich habe noch nie einen Geist gesehen, und ich habe auch nicht vor, jemals einen zu sehen.«

»Schön für Sie, Sir.« Ich wandte mich an Mrs. Randall. »Haben Sie je irgendwelche Erscheinungen oder immer wiederkehrende Alpträume gehabt?«

»Komisch, daß Sie fragen«, meinte sie schaudernd. »Als ich ein kleines Mädchen war, bekamen wir die Milch immer ins Haus gebracht. Unser Milchmann war ein ungeschlachter Riese, der nur ein Ohr und eine schreckliche Narbe im Gesicht hatte. Meine Mutter sagte immer, wenn ich nicht artig sei, würde er mich eines Tages holen kommen. Und wissen Sie was? Ich habe bis heute noch schreckliche Alpträume, in denen das passiert.«

Ein plötzliches scharfes Geräusch drang von oben zu uns herunter, und Mrs. Randall fuhr zusammen. »Was war das?«

»Nur ein Ast, der an ein Fenster schlägt«, sagte ich. »Der Wind scheint aufzufrischen.«

Es ist außerordentlich schwer, ein großes viktorianisches Haus zu vermieten, das einsam auf dem Lande liegt. Die Leute mögen einfach keine Einsamkeit. Sie haben gern Nachbarn in der Nähe, Läden und so weiter. Weil ich das weiß, halte ich es für nötig, in meinen Inseraten zu erwähnen, daß es in meinem Haus spukt.

Es wird allgemein angenommen, daß Spukhäuser die Leute abschrecken. Aber in Wirklichkeit ist das Gegenteil der Fall. Sie ziehen die Leute an. Wie der Honigtopf die Fliegen.

Nicht etwa, daß die meisten Leute tatsächlich in einem Spukhaus wohnen möchten, aber es reizt sie, so ein Haus einmal auszuprobieren, für eine Nacht, eine Woche oder einen Monat – und sie sind bereit, ein ansehnliches Sümmchen dafür auszugeben.

Seit dem Frühjahr diesen Jahres habe ich mein Haus neunzehn Mal an Paare oder Familien vermietet. Meines Wissens ist keiner von ihnen auch nur eine Nacht geblieben.

Mr. und Mrs. Randall unterschrieben den Vertrag, bevor ich sie nach oben in das große Schlafzimmer führte, das ich für sie vorbereitet hatte. Als wir eintraten, blieb Mrs. Randall wie angewurzelt stehen und lauschte. »Haben Sie das gehört?« fragte sie ängstlich.

Ich nickte. »Diese alten Häuser haben ihre eigenen Geräusche – das Haus setzt sich, alte Balken knarren, vielleicht klettert mal ein Eichhörnchen übers Dach. Tagsüber bemerkt man diese Dinge kaum; aber im Dunkel der Nacht erscheinen sie seltsam verstärkt.«

Ich lächelte. »Ihr Mann wirkt so gelassen. Er hat offenbar noch nie einen Geist gesehen oder Alpträume gehabt wie die meisten phantasiebegabten Menschen.«

»Aber ja, er hat einen Alptraum, der ihn immer wieder heimsucht«, sagte Mrs. Randall. »Das fing an, nachdem wir den *Hund von Baskerville* gesehen hatten. In der Nacht ist er schreiend aufgewacht, weil er dachte, der Hund sei hinter ihm her. Und ich weiß immer genau, wann er wieder von dem Hund träumt, weil er dann mit den Füßen das Bettzeug zerwühlt, als ob er weglaufen wollte.«

»Dummes Zeug«, schnauzte Randall, »ich habe keine Alpträume von irgendwelchen blöden Hunden.«

Ich nickte anerkennend. »Diese Einstellung, Sir, ist Ihr bester Schutz. Sagen Sie sich einfach immer wieder, daß Sie keine riesige, geifernde braune Bulldogge sehen werden.«

Er runzelte nachdenklich die Stirn. »Geifernd?« Dann riß er sich zusammen und funkelte mich an. »Ich jedenfalls habe nicht vor, meine Phantasie heute nacht mit mir durchgehen zu lassen.«

Nachdem ich sie alleingelassen hatte, packte ich meine kleine Reisetasche und ging zu meinem Auto hinaus. In der Ferne hörte ich das Heulen eines Hofhundes. Bald darauf stimmte ein Chor anderer mit ein, und ihr Geheul schallte über die düstere Landschaft. Ja, eine perfekte Nacht.

Ich fuhr ins etwa fünf Kilometer entfernte Dorf und bekam mein übliches Zimmer in Mrs. McFees Pension.

Ich schlief gut. Am nächsten Morgen, nach einem famosen Frühstück, fuhr ich zu meinem Haus zurück.

Die Einfahrt war verlassen, und die Eingangstür schlug im Wind.

Ich ging nach oben zum Schlafzimmer der Randalls. Auch diese Tür stand offen. Ich sah mich um. Einer von ihnen hatte offenbar noch genügend Geistesgegenwart besessen, ihre Sachen zusammenzupacken, bevor sie gingen. Das ist nicht immer so.

Ich überlegte, was sie wohl gesehen hatten. Die riesige, geifernde, braune Bulldogge? Oder das Monster von einem Milchmann?

Ich lauschte dem scharfen Herbstwind, der an den Läden rüttelte und beschloß, es mit den Randalls als letzte Mieter für diese Saison gut sein zu lassen.

Es war eigentlich an der Zeit, mich für den Winter einzurichten. Ich bin ein ziemlich häuslicher Mensch. Es ist immer schmerzlich für mich, das Haus verlassen zu müssen, und sei es auch nur für eine Nacht.

Ich ging nach unten in mein Arbeitszimmer, machte Feuer und holte mir einen Band mit Fantasy-Geschichten, die ich immer wieder gern las.

Ich setzte mich in meinen Lieblingssessel.

Ja, es ist faszinierend, wie Menschen die Dinge sehen, die sie fürchten.

Ich habe selbst einen immer wiederkehrenden Traum, in dem ich mich in einem weitläufigen Opernhaus befinde. In einer der gegenüberliegenden Logen steht ein großer, in ein schwarzes Cape gehüllter Mann, dessen durchdringende, glänzende Augen auf mich gerichtet sind. Im Traum kommt es mir vor, als würden diese Augen immer größer – als würde eine Kamera sie immer näher heranzoomen, bis sein ganzes Gesicht nur noch aus den Augen besteht. Glimmend, furchteinflößend...

Ein milchiger, länglicher Nebel tauchte neben meinem Sessel auf. Er wirbelte und drehte sich und wurde langsam zu einer Gestalt im dunklen Cape mit riesigen, brennenden Augen, die sich bösartig in die meinen bohrten.

Ich nehme an, daß nur wenige von denen, die mein Haus gemietet haben und später in die Nacht geflohen sind, selbst jetzt noch glauben wollen, daß sie etwas anderes gesehen haben als das Produkt ihrer erhitzten Phantasie – angeregt durch die Atmosphäre des Hauses und vielleicht etwas Nachhilfe meinerseits.

Aber sie irren. Es gibt wirklich einen Geist in diesem Haus. Sein Name ist Yorick, und er kann jede beliebige Gestalt annehmen, die er will.

Jetzt schwebte er über mir, die Augen riesig und blitzend vor Boshaftigkeit.

Wir sind die besten Freunde, aber er war mal wieder zum Spielen aufgelegt.

»Komm schon, Yorick«, ermahnte ich ihn, »laß das.«

Er entschuldigte sich. »Tut mir leid, Henry, ich konnte einfach nicht widerstehen.« Er löste sich anmutig in die Luft auf, die mich umgab.

Ich zündete meine Pfeife an, und wir fingen an zu lesen.

Das Deveraux-Monster

»Hast *du* denn das Monster schon mal gesehen?« fragte meine Verlobte, Diana Munson.

»Nein«, sagte ich. Aber das stimmte nicht. Ich hatte es schon mehrmals gesehen. Ich lächelte. »Anscheinend sind sich alle einig, daß das Deveraux-Monster ziemliche Ähnlichkeit mit dem legendären Schneemenschen aufweist, nur daß seine Färbung eher unserem moderaten Klima angepaßt ist: dunkelbraun oder schwarz, glaube ich.«

»Ich würde das keinesfalls so auf die leichte Schulter nehmen, Gerald«, meinte Diana. »Immerhin hat mein Vater euer Familienungeheuer gestern nacht mit eigenen Augen gesehen.«

»Genauer gesagt, in der Dämmerung«, sagte Colonel Munson. »Ich kam gerade von einem kleinen Spaziergang zurück und wandte mich am Gartentor noch einmal um. Trotz des Nebels sah ich das Wesen deutlich in etwa zwanzig Metern Entfernung. Es starrte mich an, und ich lief auf der Stelle ins Haus, um meine Schrotflinte zu holen.«

Freddie Hawkins gab sich alle Mühe, Aufmerksamkeit zu heucheln. »Und haben Sie geschossen?«

Colonel Munson wurde rot. »Nein. Ich bin ausgerutscht und gestürzt. Durch den Aufprall verlor ich das Bewußtsein.« Er sah uns durchdringend an. »Ich bin nicht etwa in Ohnmacht gefallen. Keine Rede davon.«

»Selbstverständlich nicht«, sagte ich.

Colonel Munson, seit kurzer Zeit im Ruhestand, und

seine Tochter Diana waren vor etwa acht Monaten in unsere Gegend gekommen und hatten sich ein Haus am Dorfrand gekauft.

Als Sandhurst-Abgänger und wild entschlossen, Karriere zu machen, trat Munson am 12. November 1918 in sein Regiment ein; damit begann eine erstaunlich geradlinige Laufbahn.

Im Zweiten Weltkrieg hockte er während Montgomerys Nordafrika-Feldzügen in England. Als er schließlich seine Versetzung auf diesen Kontinent durchgesetzt hatte, traf er drei Tage, nachdem Rommels Truppen kapituliert hatten, dort ein. Während der Invasion ärgerte er sich unter der afrikanischen Sonne schwarz, und als er endlich ganz außer Atem in Frankreich ankam, hatte sich die Front nach Belgien verlagert. Vor Wut schäumend hielt er sich in einem Truppenübungslager in der Nähe von Cannes auf, während sich unsere Streitkräfte in Deutschland mit den Russen vereinigten. In den fünfziger Jahren traf er zu genau dem Zeitpunkt in Korea ein, als der Waffenstillstand verkündet wurde, und während der Suezkrise war er auf Gibraltar stationiert. Gerüchten zufolge sollen ihn die jüngeren Offiziere seines letzten Regiments anläßlich eines geheimen Treffens in aller Form für den Friedensnobelpreis vorgeschlagen haben.

Freddie seufzte. »Bei mir zu Hause gibt es bloß einen spukenden Royalisten, der durch die Gänge rennt, nach seinem Schwert brüllt und Cromwell verflucht. Ziemlich gewöhnlich, findet ihr nicht? Ich selbst habe ihn noch nie gesehen, gebe aber die Hoffnung nicht auf.«

Gedankenverloren runzelte Diana die Stirn. »Wer außer Vater hat das Deveraux-Monster eigentlich in letzter Zeit gesehen?«

»Norm Wakins, erst vor wenigen Tagen«, entgegnete Freddie.

Ich mußte lächeln. »Soso.«

Freddie nickte. »Ja, ich weiß. Seit Norm den Alkohol entdeckt hat, ist er keinen Abend mehr nüchtern ins Bett gekommen. Allerdings konnte er noch immer auf seinen eigenen zwei Beinen nach Hause gehen. Auch am Freitag abend war er durchaus noch in der Lage zu laufen. Norm verließ das Dorf zur gewohnten Zeit – als sein Lieblingspub dichtmachte. Auf dem Weg ereignete sich nichts Besonderes, bis unmittelbar nördlich des Worly Cairn etwas seine Aufmerksamkeit erregte. Als er aufsah, entdeckte er es: Geduckt hockte es auf einem dieser riesigen Steinbrocken und blickte auf ihn herunter. Da er keine Sekunde länger an diesem Ort verweilte, konnte er das Wesen nur vage beschreiben, doch soweit ich mir zusammenreimen konnte, glich es in etwa einem Menschenaffen mit baumelnden Armen, abstoßenden Gesichtszügen und gelbglühenden Augen. Er behauptete, es habe ein Raubtiergebiß gehabt und ihn heulend bis an die Türschwelle verfolgt.«

»In Zukunft werde ich meinen Revolver mit Silberpatronen laden«, murmelte ich.

»Die helfen nur gegen Werwölfe.« Freddie räkelte sich träge.

Während der vergangenen neunzig Jahre ist das Monster angeblich Dutzende Male gesehen worden.

»Sag mir, Gerald, wie ist deine Familie eigentlich zu diesem Monster gekommen?« wollte Diana wissen.

»Es gibt da finstere Gerüchte. Aber ich kann dir versichern, daß überhaupt kein Deveraux-Monster existiert.«

Freddie kratzte sich hinterm Ohr. »Geralds Großvater

hatte einen Bruder. Leslie. Dieser Leslie schlug von jeher aus der Art, und unmittelbar, bevor er verschwand...«

»Er ging nach Indien«, unterbrach ich ihn. »Und ist dort später auch gestorben.«

»...unmittelbar, bevor er *verschwand*, wurde er ein bißchen haarig.«

Ich mußte an einige Zeilen aus jenem Brief denken, den mein Großvater meinem Vater hinterlassen hatte – und den dieser an mich weitergegeben hatte.

Zum ersten Mal bemerkte ich, daß da etwas im Gange war, als ich Leslie zufällig im ›Roten Eber‹ traf. Das ist nicht mein gewohnter Pub – wenn ich schon mal in einen gehe –, aber ich befand mich nach einem Besuch bei meinem Schneider in der Nähe und hatte Durst auf ein Bier.

Als ich eintrat, stand mein Bruder mit dem Rücken zu mir am Tresen. Es fiel mir auf, daß die anderen Gäste von ihm abrückten und das Mädchen am Ausschank auffallend blaß wirkte.

Als Leslie sich zu mir umdrehte, blieb ich wie angewurzelt stehen. Seine Augenbrauen waren dicht und buschig geworden, der Haaransatz reichte fast bis zu den Augen herunter, und sein Gesicht war dunkelbraun. Er grinste, als er meiner ansichtig wurde, und enthüllte dabei fleckige gelbe Zähne.

Ich hatte ihn vor knapp zwei Stunden zuletzt gesehen, doch jetzt erkannte ich ihn kaum wieder!

»Gerüchten zufolge«, fuhr Freddie fort, »ist Geralds Großonkel nie nach Afrika oder Indien oder in ein ähnlich grauenhaftes Land gegangen. Vielmehr sah sich sein Bruder schließlich gezwungen, ihn einzusperren. Im Ostzimmer im dritten Stock, nicht wahr, Gerald?«

»Irgendwo im Haus, heißt es«, sagte ich. »Obwohl ich eigentlich davon ausgehen würde, daß man ein Monster eher im Keller einsperrt.«

»Zu feucht«, meinte Freddie. »Außerdem darfst du nicht vergessen, daß dein Großvater seinen Bruder – ob Monster oder nicht – sehr gern hatte.«

Diana starrte ihn ungläubig an. »Du willst doch damit nicht andeuten, daß ...?«

»O doch«, entgegnete Freddie. »Leslie hatte sich angeblich in das Deveraux-Monster verwandelt.«

»Wie entsetzlich«, rief Diana pflichtbewußt. »Aber warum nur?«

Freddie zuckte die Achseln. »Erbmasse möglicherweise. Schließlich entkam das Monster. Hat seine Ketten durchgebissen, glaube ich. Die Deveraux hatten schon immer gute Zähne.« Jetzt sah er mich an. »Entweder das, oder er wurde regelmäßig zu einem Verdauungsspaziergang rausgelassen.«

»Mein Großvater hätte ein Ungeheuer nie auf freien Fuß gesetzt«, sagte ich mit Nachdruck. »Ehrensache.«

Freddie rechnete nach. »Wenn dieses Monster menschlicher Natur ist ... ich meine, so richtig aus Fleisch und Blut, dann wäre es jetzt etwa neunzig Jahre alt, wenn man von Leslies Alter zur Zeit seiner Verwandlung ausgeht. Müßte inzwischen ziemlich klapprig sein. Haben Sie zufällig auf seinen Zustand geachtet, Colonel?«

Colonel Munson blickte finster zu Boden. »Kam mir ziemlich flink vor.«

»Ich weiß, daß einige Leute das Monster *gesehen* haben«, sagte Diana. »Aber ist es denn gefährlich?«

Freddie lächelte dünn. »Vor fünfundachtzig Jahren wurde ein Sam Garvis tot in der Heide gefunden. Er war grauenhaft zugerichtet.«

»Damals gab es in dieser Gegend ganze Rudel wilder Hunde«, sagte ich. »Garvis hatte das Pech, einem über den Weg zu laufen.«

»Schon möglich. Aber fünfzehn Jahre später wurde dein Großvater tot am Fuß einer Klippe gefunden.«

»Er ist hinabgestürzt«, entgegnete ich. »Hat sich den Hals gebrochen.«

»Wahrscheinlich, weil ihn das Monster verfolgt hat«, meinte Freddie. »Es wurde unmittelbar vor seinem Tod gesehen. Und dann war da noch dein Vater. Ist doch praktisch auf der eigenen Türschwelle vor Schreck gestorben.«

»Ich bin aber nicht ohnmächtig geworden«, murmelte Colonel Munson.

»Vater ist nicht vor Schreck gestorben«, sagte ich. »Ein schwaches Herz und zuviel Sport waren der Grund.« Ich warf einen Blick auf meine Uhr und erhob mich. »Ich muß jetzt gehen, Diana.«

Freddie stand ebenfalls auf. »Mutter erwartet mich. Außerdem braucht Gerald Begleitschutz über die Heide. Jemanden, der sich nicht fürchtet.«

Der Colonel brachte uns an die Tür. Er war ein breitschultriger, untersetzter Mann mit militärisch gestutztem Schnauzbart, in den sich die ersten grauen Haare mischten. »Ich werde Jagd auf die Bestie machen.«

»Viel Glück«, wünschte ich ihm.

»Das werde ich brauchen«, entgegnete er verdrossen. »Habe Tiger in Hinterindien gejagt, Leoparden in Kenia, Grizzlybären in Kanada. Und keine einzige dieser verdammten Bestien habe ich erwischt.«

Freddie und ich verabschiedeten uns, schlugen die Mantelkrägen zum Schutz gegen den frostigen Spätnachmittagsnebel hoch und machten uns auf den Weg.

»Ich beneide dich«, sagte Freddie.

»Ich bin jederzeit bereit, dir das Monster zu überlassen.«

»Ich meine Diana.«

»Das ist allerdings etwas anderes.«

»Natürlich kann ich ihr jetzt nicht mehr den Hof machen«, sinnierte Freddie. »Ihr habt doch so was wie eine feste Beziehung, oder?«

»Wir werden im Juni heiraten.«

Er seufzte. »Meine einzige Hoffnung besteht darin, daß dich das Monster zuvor umbringt.«

»Keine Schützenhilfe, bitte.«

»Daran würde ich nie denken. Schließlich kennen wir uns sozusagen seit Urzeiten. Haben im selben Regiment gedient. Ich habe dir das Leben gerettet.«

»Mit Müh und Not.«

»Ich bin eben ungeschickt mit Verbandszeug und solchen Sachen. Außerdem wußte ich nicht mehr, an welchen Stellen man Gefäße abbinden muß.«

Nachdem wir eine Weile schweigend weitergegangen waren, sagte er: »Du glaubst doch nicht im Ernst, daß es dieses Monster gibt, oder?«

»Natürlich nicht.«

Wir trennten uns an der Weggabelung, und ich ging weiter in Richtung Stonecroft.

Ich folgte dem Weg zwischen den moosbedeckten Steinen hindurch und blieb bei den Überresten der Hütten einen Augenblick lang stehen. Wo jetzt nur noch Relikte niedriger, runder Steinmauern erkennbar waren, hatten einst die Behausungen eines längst vergessenen Volkes gestanden, von dem nichts überliefert ist. Womöglich hatten dort aufrecht gehende Menschen gelebt, wenngleich ich stets das Gefühl hatte, daß sie vielleicht doch zottig waren und sich mit Vorliebe auf allen vieren fortbewegten.

Wieder einmal fragte ich mich, was aus ihnen geworden sein mochte. Waren sie wirklich allesamt tot und zu Staub zerfallen, oder flossen noch Reste ihres Blutes durch unsere Adern?

Als der Wind über der Heide erstarb, vernahm ich ein undeutliches Rascheln und blickte auf. Durch die wirbelnden Nebelschwaden glitt eine dunkle Gestalt langsam auf mich zu.

Als sie bis auf ein paar Meter herangekommen war, erkannte ich Verdie Tibbs.

Verdie ist ein einfältiger Mensch, wirklich sehr einfältig; und er streift gern durch die Heide.

Ich hatte den Eindruck, als sei er etwas enttäuscht, als er mich erkannte; doch als ich »Hallo, Verdie« rief, lächelte er.

»Ich dachte schon, es sei mein Freund«, meinte Verdie.

»Dein Freund?«

Verdie runzelte die Stirn. »Aber der rennt immer weg.«

»Wer rennt weg?«

Wieder lächelte Verdie. »Er hat ein Fell.«

»Wer hat ein Fell?«

»Mein Freund. Aber der rennt immer weg.« Verdie schüttelte den Kopf und verschwand im Nebel.

Zehn Minuten später erreichte ich Stonecroft. Niemand weiß genau, wie alt unser Familiensitz eigentlich ist. Vor Urzeiten wurde hier ein bescheidenes Steingebäude errichtet, das später Generationen von Deveraux ausgebaut haben – die letzte wesentliche Erweiterung erfolgte 1720. Mein Beitrag bestand in der Installation von Wasser, Strom und Telefon. Gegenwärtig bewohne ich nur den Mittelteil des dreigeschossigen Gebäudes, und auch den nur zu einem kleinen Teil.

Als ich an die mit Ziernägeln beschlagene Eingangstür kam, hörte ich, wie sich der große Schlüssel im Schloß drehte und der Riegel zurückgeschoben wurde. Dann öffnete sich die wuchtige Tür.

»Nun, Jarman«, sagte ich. »Haben Sie sich angewöhnt, die Tür zu verriegeln?«

Er lächelte kaum merklich. »Meine Frau besteht darauf, Sir. Sie meint, es sei im Augenblick klüger so.«

»Ich habe noch nie gehört, daß das Monster in Häuser eindringt.«

»Es gibt immer ein erstes Mal, Sir.«

Jarman, seine Frau und ihr zwanzigjähriger Sohn Albert sind derzeit meine einzigen Dienstboten. Auf Albert könnte ich vielleicht verzichten, aber es gehört nun mal zur Familiengeschichte, daß die Deveraux und die Jarmans fast gleichzeitig über die Schwelle von Stonecroft getreten sind. Einen Jarman aus dem Hause zu weisen würde bedeuten, einen Eckstein aus dem häuslichen Gefüge zu entfernen oder Stonecroft das Fundament zu entziehen.

Bei meinem späten Frühstück am folgenden Morgen fiel mir auf, daß Jarman beunruhigt und gedankenverloren wirkte. Als er den Kaffee brachte, fragte ich ihn: »Haben Sie Sorgen, Jarman?«

Er nickte. »Es ist wegen Albert, Sir. Gestern abend ist er ins Dorf gegangen. Er war um halb elf noch nicht zurück, doch dachten meine Frau und ich uns nichts dabei und legten uns schlafen. Heute morgen stellten wir fest, daß sein Bett unberührt war.«

»Wahrscheinlich hat er die Nacht bei einem Freund verbracht.«

»Ja, Sir. Aber er hätte wenigstens anrufen können.«

Freddie Hawkins kam durch den Garten herein und setzte sich an den Tisch. »Ich dachte, ich schaue mal rein und sehe nach, ob du müde bist.« Er nahm sich von dem gebratenen Speck. »Gut geschlafen?«

»Wie ein Murmeltier.«

»Nicht etwa schlafgewandelt?«

»Unsinn.«

»Du siehst etwas haarig aus, Gerald.«

»Ich muß dringend zum Friseur. Außerdem habe ich mich noch nicht rasiert. Mein gutes Recht als Junggeselle.«

»Hast du was dagegen, wenn ich mir deine Schuhsohlen genauer ansehe?«

»Laß den Blödsinn. Außerdem hätte ich wohl kaum Schuhe getragen, wenn ich gestern nacht als Monster durch die Heide gestreift wäre.«

»Es besteht immerhin die Möglichkeit, daß du erst von den Knöcheln aufwärts ein Monster bist, Gerald.« Er nahm sich etwas Rührei. »Du besuchst doch wohl nachher die Munsons?«

»Aber sicher.«

»Was dagegen, wenn ich mitkomme?«

»Du hast dich schrecklich verliebt, stimmt's?«

»Unsterblich. Wir männlichen Hawkins sind ausnahmslos lang und dürr, träge und konfus, fühlen uns aber stets zu energischen, praktisch veranlagten Frauen hingezogen. In dem Augenblick, in dem ich Diana sah und erfuhr, daß sie mal einen Kurs in Buchführung gemacht hatte, war ich wie elektrisiert. Du könntest nicht vielleicht für einen alten Waffengefährten das Feld räumen? Was meinst du, Gerald?«

»Unmöglich.«

»Natürlich«, meinte er düster. »Gehört sich nicht für einen Gentleman. Eine Beziehung abzubrechen ist das Vorrecht der Frauen.« Er schien noch etwas anderes auf dem Herzen zu haben, denn nach einer Weile fuhr er fort: »Gerald, gestern abend hat Diana das Monster gesehen.«

Ich runzelte die Stirn. »Woher weißt *du* denn das?«

»Sie hat meine Mutter angerufen«, entgegnete Freddie. »Die beiden verstehen sich recht gut.« Er setzte seine Kaffeetasse ab. »Kurz nachdem Diana zu Bett gegangen war, meinte sie draußen ein Geräusch zu hören. Sie ging ans Fenster, und da sah sie im mondhellen Garten das Monster. Bis sie den Colonel aufgeweckt und dieser sein Gewehr gefunden hatte, hatte sich das Wesen längst aus dem Staub gemacht.«

Ich zündete mir eine Zigarre an und rauchte nachdenklich mehrere Züge.

Freddie beobachtete mich. »Ich weiß auch nicht, was ich davon halten soll.«

Nachdem ich mich rasiert hatte, begaben wir uns zu den Munsons.

Diana begrüßte mich an der Tür. »Bitte, Gerald, ich würde gerne kurz mit dir allein reden.«

Freddie verabschiedete sich mit einem schlaffen Winken. »Ich gehe schon mal ins Dorf. In den ›Roten Eber‹, falls mich jemand dringend braucht.«

Sobald wir allein waren, sagte Diana: »Also wirklich, Gerald, mit diesem Scheusal kann ich mich nicht abfinden.«

»Aber Freddie ist doch ganz…«

»Ich meine das Deveraux-Monster.«

»Aber Diana, ich halte es für ausgesprochen gutartig – vorausgesetzt, daß es überhaupt existiert.«

»Gutartig, was du nicht sagst! Es ist gefährlich.«

»Selbst in diesem Fall haben anscheinend nur die männlichen Deveraux etwas zu befürchten.«

»Gerald, ich betrachte das Ganze rein pragmatisch. Ich kann es mir einfach nicht leisten, daß du nach unserer Hochzeit ermordet wirst, schon gar nicht, wenn wir Kinder haben. Ist dir eigentlich klar, daß die Erbschaftssteuer mich dazu zwingen würde, Stonecroft zu verkaufen? Vielleicht müßte ich sogar nach London ziehen, um dort Arbeit zu finden. Und ich halte nun mal nichts von berufstätigen Müttern.«

»Aber Diana…«

»Tut mir leid, Gerald, aber ich habe gründlich darüber nachgedacht. Besonders seit gestern abend. Ich fürchte, ich muß unsere Verlobung lösen.«

»Diana«, sagte ich – und zuckte zusammen, »ist da… gibt es da einen anderen?«

Sie dachte einen Augenblick lang nach. »Ich will offen sein, Gerald. Ich habe mir Freddie genauer angesehen. Anscheinend braucht er eine starke Hand. Ich habe seine Mutter kennengelernt, und wie es scheint, verbinden uns viele Gemeinsamkeiten.«

»Freddie hat auch sein Gespenst«, sagte ich mit Nachdruck. »Diesen Royalisten, der überall herumrennt und sein Pferd sucht.«

»Sein Schwert. Aber er ist völlig harmlos. Er läuft seit 1643 durch die Gegend und hat noch nie jemandem etwas zuleide getan.«

»Und was geschieht, wenn er sein Schwert findet?«

»Dieses Problem werden wir lösen, wenn es soweit ist.«

Ich ging ans Fenster. »Dieses verfluchte Monster.«

»Du bist selbst schuld«, meinte Diana. »Ihr Deveraux hättet eben besser auf eure Gene und dergleichen achten sollen.«

Anschließend ging ich ins Dorf und suchte den »Roten Eber« auf. Freddie war ziemlich bleich. »Ich habe es gerade erfahren«, sagte er. »Albert, Jarmans Sohn, wurde vor einer halben Stunde tot in der Heide aufgefunden. Mit eingeschlagenem Schädel. Ziemlich abscheuliche Sache.«

»Guter Gott! Und wer hat es getan?«

»Das weiß man noch nicht, Gerald. Aber ich fürchte, die Leute verdächtigen das Deveraux-Monster.« Er lächelte entschuldigend. »Ich fürchte fast, Gerald, daß ich dir damit ziemlich zugesetzt habe. Eigentlich will ich dir ja nur klarmachen, daß du dir unbedingt die Haare schneiden lassen mußt. Mehr nicht.«

Ich kehrte sofort nach Stonecroft zurück, doch die Jarmans waren offenbar ins Dorf gegangen.

Ich ging nach oben ins Ostzimmer und schloß die Truhe auf. Dann nahm ich den Brief meines Großvaters aus dem Umschlag und las ihn erneut.

... ich glaube, daß sich Leslie über meinen Gesichtsausdruck königlich gefreut hat. Ich nahm mich zusammen und wollte ihn schon um eine Erklärung bitten, doch da nahm er mich am Arm und führte mich nach draußen. »Später«, sagte er nur.

Wir saßen auf und ritten aus dem Dorf. Nach etwa einer halben Meile brachte Leslie sein Pferd zum Stehen und sprang aus dem Sattel. Er nahm seinen Hut ab und ließ mich zusehen, wie er sich verwandelte. Er zog an dem struppigen Haar, das bis tief in die Stirn reichte, bis er es in der Hand hielt. Seine buschigen Augenbrauen verschwanden auf dieselbe Weise. »Die Hautfarbe, mein lieber Bruder«, sagte er, »läßt sich abwaschen und durch kräftiges Zähneputzen verschwinden auch die Flecken auf den Zähnen.«

»Leslie«, fragte ich ihn streng, »was hat das zu bedeuten?«

Er grinste. »Ich bin dabei, ein Monster zu erschaffen. Das Deveraux-Monster.«

Er legte mir die Hand auf die Schulter. »Bradley, uns Deveraux gibt es seit grauer Vorzeit. Wir waren schon vor den Normannen da. Der Name Deveraux ist nicht französischen Ursprungs, sondern einfach eine Verballhornung urzeitlicher Knurrlaute, die einem unserer Vorfahren galten. Und trotzdem haben wir nicht einmal ein eigenes Gespenst. Ist dir das eigentlich klar, Bradley?«

Mit weit ausholender Geste deutete er zum Horizont. »Die Familie Hawkins hat ihren verfluchten Royalisten. Die Trentons haben ihr schluchzendes Dienstmädchen, das auf Johnnys Rückkehr vom Jahrmarkt wartet oder was weiß ich. Und sogar diese neureichen Burleys haben ihren verdammten Butler, der durchs Haus schwebt und nach den Fischgabeln sucht. Und was haben wir? Gar nichts.«

»Aber Leslie«, sagte ich, »das sind lauter echte Erscheinungen.«

»Echt, daß ich nicht lache! Die hat ein einfallsreicher Kopf erfunden, um dem Familiensitz den Reiz des Unheimlichen zu verleihen. Die Leute lassen sich von Gespenstern nicht etwa abschrecken; sie sind ganz versessen

drauf. Und wenn sie bei ihren Lügengeschichten über angebliche Erscheinungen nicht zu dick auftragen, glauben sie sie früher oder später selbst.«

»Bradley«, fuhr Leslie fort, »ich erschaffe das Deveraux-Monster. Und besser könnte man es doch gar nicht einfädeln. Die Dorfbewohner sehen mit eigenen Augen, wie ich mich allmählich in ein affenartiges Wesen verwandle. Und in ungefähr einer Woche werde ich, der Mensch Leslie Deveraux, verschwinden.«

Ich blinzelte. »Verschwinden?«

»Bradley, ich bin der jüngere Sohn. Ich kann unmöglich den Rest meines Lebens in Stonecroft zubringen und auf dein Ableben warten. Auf mich wirkst du erstaunlich gesund. Sicher, ich könnte dich vergiften, aber dazu schätze ich dich zu sehr. Daher bleibt mir als einzige Möglichkeit, in die Fremde zu gehen, um dort zu Ruhm und Ehren und dem ganzen Unfug zu gelangen. Doch bevor ich gehe – sozusagen als Abschiedsgeschenk –, hinterlasse ich dir das Deveraux-Monster. Man wird es – in voller Größe – durch die Heide streifen und hie und da einen des Wegs Kommenden verfolgen sehen. Ich habe ein vollständiges Kostüm zusammengestellt, Bradley. Es liegt gut verschlossen in einer Truhe im Ostzimmer; ich werde es auf meinen mitternächtlichen Streifzügen anlegen.«

Ich widersprach ihm sofort aufs heftigste, verurteilte seinen Plan als absolut lächerlich und verrückt und war, damals jedenfalls, der Meinung, es sei mir gelungen, ihn von der ganzen Sache abzubringen. Aber ich hätte Leslie und sein angedeutetes Lächeln, als er schließlich zustimmend nickte, besser kennen müssen.

Während der folgenden Woche streifte er, verkleidet als Deveraux-Monster, durch die Heide; allerdings erfuhr ich *davon erst später. Allem Anschein nach scheuten sich die Leute, mich auf die Existenz dieses Wesens aufmerksam zu machen, da allgemein der Eindruck herrschte, daß mein Bruder eine Verwandlung durchmachte.*

Und dann verschwand Leslie.

Erst nach einem Jahr schrieb er mir aus Indien. In der Zwischenzeit mußte ich jenen Freunden, die sich behutsam nach seinem Verschwinden erkundigten, die Antwort schuldig bleiben. In einem Anfall von Gereiztheit verkündete ich eines Tages, daß ich Leslie in Wirklichkeit im Ostzimmer eingesperrt hielt. Das war recht ungeschickt, denn einige Leute, die es besser hätten wissen müssen, nahmen meine Worte für bare Münze.

Als schließlich Leslies Brief eintraf, hätte ich dem Gerede ein Ende bereiten können; doch war in der Zwischenzeit in unserem Distrikt ein Gesetz gegen das Aufstellen von Fußeisen erlassen worden.

Ich habe auf meinem Grund und Boden nie Fußeisen ausgelegt, weil ich glaube, daß sie einem Wilddieb ohne weiteres ein Bein abtrennen könnten. Allerdings habe ich in der Umgebung und im Dorf bewußt den Eindruck erweckt, ich würde sie recht großzügig auf meinem Gelände verteilen. Das genügte völlig, um mir Wilderer weitgehend vom Leib zu halten.

Doch dann wurden, wie schon erwähnt, die Fußeisen per Gesetz verboten; und wenn es eins gibt, wofür ich bekannt bin, dann dafür, daß ich dem Gesetz Folge leiste – und das wußten die Wilderer. Umgehend fielen sie mit ihren Schlingen und Fallen über mein Land her und richteten bei den Schopfwachteln und Rebhühnern, die ich im Heideland angesiedelt hatte, unbeschreibliche Schäden an.

Natürlich versuchte ich alles, um ihnen Einhalt zu ge-

bieten. Ich wandte mich an die Behörden, stellte einen Wildhüter ein und drohte sogar damit, jeden Wilddieb, den ich auf meinem Grund und Boden erwischte, eigenhändig zu verprügeln.

Aber es nützte nichts.

Ich war verzweifelt. Da kam mir die verrückte Idee. Ich holte den Bund mit sämtlichen Hausschlüsseln und stieg zum Ostzimmer hinauf. Dort öffnete ich die Truhe, die Leslie zurückgelassen hatte, und fand darin das Kostüm des Deveraux-Monsters.

Es paßte mir wie angegossen.

Ich glaube, daß ich seitdem nichts mehr so genossen habe wie die folgenden Wochen. Wenn es Nacht wurde, schlüpfte ich in das Kostüm und wanderte umher. Ich kann Dir sagen, mein Sohn, daß es mir das köstlichste Vergnügen bereitete, dem älteren Garvis – mit einem Geheule, das einem das Blut in den Adern gerinnen ließ – bis unmittelbar vor die Tür seines Hauses nachzujagen.

Soweit ich weiß, hatte der ältere Garvis nie wieder gewildert; doch leider hat dieses Erlebnis – oder was er darüber berichtete – auf seinen Sohn keinerlei Eindruck gemacht. Dieser wilderte nach wie vor, bis er schließlich von einer Klippe stürzte und sich das Genick brach.

Es herrschte weitgehend die Meinung, daß sich dieser tödliche Sturz ereignete, während ihm das Monster nachstellte. Aber das stimmt nicht. Ich bin dem jungen Sam Garvis nie in der Heide begegnet. Allerdings habe ich auch nichts unternommen, um dieses Gerücht zu zerstreuen. Tatsächlich ist das Monster einige Male zu Zeiten »gesehen« worden, zu denen ich das Haus gar nicht verlassen hatte.

Und so hinterlasse ich Dir, mein Sohn, bevor ich Ab-

schied nehme, das Deveraux-Monster. Vielleicht kannst auch Du etwas damit anfangen.

In Liebe, Dein Vater,
Bradley Deveraux

Mein eigener Vater hatte eine Bemerkung hinzugefügt:

Gerald, es ist bemerkenswert, wie hartnäckig die Familie Garvis ist. Anscheinend muß jeder Garvis erst selbst seine Erfahrung mit dem Monster machen, bevor er das Wildern sein läßt.

Ich holte das Kostüm aus der Truhe und schlüpfte hinein. Im Spiegel erblickte ich abermals das Monster.

Ja, es konnte einem wirklich Angst einjagen. Der gute Colonel war eben doch ohnmächtig geworden.

Norm Wakins hatte das Deveraux-Monster gesehen, außerdem der einfältige Verdie Tibbs und Diana.

Aber Albert Jarman? Nein, der nicht.

Nachdem ich Diana flüchtig erschienen war, hatte ich mich umgehend nach Hause begeben. Unterwegs war mir niemand begegnet. Dann war ich sofort zu Bett gegangen. Und hatte tief und fest geschlafen – und geträumt.

Ich nahm den Kopf meiner Verkleidung ab und betrachtete mein Spiegelbild. Mußte ich mich schon wieder rasieren?

In der Dämmerung sah ich die Jarmans nach Stonecroft zurückkommen und öffnete ihnen die Haustür.

Mrs. Jarman, eine magere, dunkeläugige Frau, sah mich an, als beschäftigte sie etwas, was sie einfach nicht glauben wollte.

»Mrs. Jarman«, sagte ich, »ich möchte Ihnen gerne mein aufrichtiges …«

Sie ging an mir vorbei und verschwand im hinteren Teil der Halle.

Jarman runzelte die Stirn. »Mrs. Jarman ist fassungslos, Sir. Wir alle.«

»Natürlich.«

Jarman wollte an mir vorbeigehen, doch ich hielt ihn zurück.

»Sagen Sie, Jarman, hat die Obrigkeit irgendeinen Verdacht, wer Ihren Sohn getötet haben könnte?«

»Nein, Sir.«

»Gibt es irgend … irgendwelches Gerede?«

»Ja, Sir«, entgegnete Jarman. »Man redet über das Deveraux-Monster.« Er seufzte. »Entschuldigen Sie mich, Sir. Ich muß jetzt nach meiner Frau sehen.«

Bevor ich mich zur Ruhe begab, öffnete ich die Schlafzimmerfenster, um frische Luft hereinzulassen. Hell schien der Mond auf die sanften Hügel des Heidelandes, und in der Ferne heulte ein Hund. Ein kühler Windhauch wehte herein.

Da plötzlich bewegte sich etwas unten im Dunkeln. Ich strengte meine Augen an und erkannte schließlich eine geduckte Gestalt. Sie bewegte sich wieder und trat aus dem Schatten.

Es war Verdie Tibbs. Er warf einen kurzen Blick zurück zum Haus und verschwand dann in der Dunkelheit.

In dieser Nacht träumte ich abermals. Ich träumte, daß ich das Haus verließ und durch die Heide streifte, bis ich an einen Kreis aus Steinen gelangte. Dort blieb ich und wartete. Auf irgend jemanden.

Albert Jarmans Beisetzung fand am Donnerstag statt,

und natürlich wohnte ich ihr bei. Es war ein verhangener Tag, und als wir am Grab standen, ging der feuchte Nebel in leichten Regen über. Fast alle Nachbarn aus der Umgebung waren gekommen, und ich spürte deutlich, daß viele Augen verstohlen auf mich gerichtet waren.

Am folgenden Morgen kam Freddie Hawkins nach Stonecroft, als Jarman und ich gerade die Haushaltsbücher durchgingen.

Er setzte sich zu uns. »Frank Garvis ist heute morgen tot in seinem Garten aufgefunden worden. Erwürgt. Seine Finger hielten ein paar Haarbüschel... oder Fell... umklammert. Nach Angaben des Inspektors stammen sie eindeutig nicht von einem Menschen.«

Jarman blickte auf, sagte jedoch nichts.

Ich rieb mir den Nacken. »Was hältst du denn davon, Freddie?«

»Ich weiß nicht recht. Vielleicht ist ein Affe aus dem Zirkus entflohen oder so was.«

»Darüber hätten die Zeitungen aber doch berichtet.«

Er zuckte die Achseln. »Könnte es denn sein, daß es doch ein Deveraux-Monster gibt?« Sein Blick wanderte zu Jarman. »Was meinen Sie denn?«

»Ich habe dazu keine Meinung, Sir.«

Freddie grinste. »Vielleicht steht Gerald unter dem Einfluß einer geheimnisvollen Macht mitten in der Nacht auf und schleicht in die Heide, um einem Opfer aufzulauern.« Er schüttelte den Kopf. »Aber diese Möglichkeit scheidet wohl auch aus. Ich glaube kaum, daß er sich eigens zu diesem Zweck ein Fell wachsen ließe. Oder schlüpft er vielleicht in ein Affenkostüm?«

Freddie sah mich ein paar Sekunden lang an und wechselte dann das Thema. »Meine Mutter hat mir von deinem

Bruch mit Diana erzählt. Tut mir schrecklich leid, Gerald.«

»Ich glaube, daß sie dich ziemlich gern hat«, sagte ich.

Er lief rot an. »Wirklich?«

»Ohne Zweifel. Du hast sie mit deiner Intelligenz und Vitalität beeindruckt.«

Er lächelte. »Kein Grund, beleidigend zu werden.«

Nachdem er gegangen war, stieg ich ins Ostzimmer hinauf und öffnete die Truhe. Als ich die Hülle des Deveraux-Monsters herausholte, stellte ich fest, daß an beiden Ärmeln Haarbüschel fehlten.

An diesem Abend saß ich mit einer halbleeren Flasche Whiskey in meinem Arbeitszimmer, als Jarman hereinkam.

»Haben Sie noch einen Wunsch, Sir?« fragte er.

»Nein.«

Er warf einen Blick auf die Flasche und wandte sich zum Gehen.

»Jarman.«

»Ja, Sir.«

»Wie geht es Mrs. Jarman?«

»Sie ist... sie findet sich damit ab, Sir.«

Ich wollte mir noch ein Glas einschenken, allerdings nicht, solange Jarman zusah. »Haben die Behörden noch immer keine Verdächtigen für den Mord an Ihrem Sohn?«

»Nein, Sir. Keine Verdächtigen.«

»Haben Sie denn irgendwelche... Vermutungen?«

Seine Augenlider zuckten. »Nein, Sir.«

Jetzt goß ich mir doch noch ein Glas ein. »Hegt Ihre Frau denn irgendeinen Verdacht? Glaubt sie vielleicht, daß das Deveraux...?« Es war mir nicht möglich, weiterzusprechen.

Ich trank meinen Whiskey, und die folgenden Worte, die plötzlich aus mir herausbrachen, gingen ohne Zweifel auf das Konto des Alkohols. »Jarman, ich wünsche, daß Sie mich heute nacht in meinem Schlafzimmer einsperren.«

»Sir?«

»Sie sollen mich in meinem Schlafzimmer einsperren«, herrschte ich ihn an.

Er betrachtete mich nachdenklich und sichtlich besorgt.

Ich holte tief Luft und faßte einen Entschluß. »Kommen Sie mit, Jarman. Ich muß Ihnen etwas zeigen.«

Ich führte ihn ins Ostzimmer, öffnete die Truhe und reichte ihm den Briefumschlag. »Lesen Sie das.«

Ungeduldig wartete ich, bis er fertig war.

»Da sehen Sie es«, sagte ich. »In Wirklichkeit gibt es gar kein Deveraux-Monster.«

»Nein, Sir.«

»Hören Sie, Jarman, was ich Ihnen jetzt sagen werde, hätte ich unter anderen als den derzeitigen Umständen für mich behalten. Sie müssen mir Ihr Ehrenwort geben, daß Sie mit keiner Menschenseele darüber reden. Mit absolut niemandem, haben Sie mich verstanden?«

»Sie haben mein Wort, Sir.«

Ich ging im Zimmer auf und ab. »Sie wissen doch, daß uns die Wilderer wieder zu schaffen machen?«

Er nickte.

»Also, Jarman, ich bin in das Deveraux-Monster geschlüpft. Ich bin derjenige, der Norm Wakins bis zu seinem Haus gejagt hat. Und ich bin es, der dem armen, einfältigen Verdie über den Weg gelaufen ist. Durch Zufall, das kann ich Ihnen versichern. Er ist nämlich kein Wilddieb. Er hat sogar versucht, sich mit mir anzufreunden, so daß ich gezwungen war zu flüchten.« Ich hielt im Gehen inne. »Ich hatte einzig und allein die Absicht, die Wilderer zu verscheuchen.«

Jarman lächelte flüchtig. »Ist Colonel Munson denn ein Wilderer?«

Ich spürte, wie mir die Röte ins Gesicht stieg. »Das geschah ganz spontan. Es war ein Scherz.«

Kaum merklich hob er eine Augenbraue. »Ein Scherz, Sir?«

Ich überlegte kurz, daß ich ebenso gut die peinliche Wahrheit eingestehen konnte. »Jarman, Sie wissen doch, daß der Colonel und Diana Munson etwa vor acht Monaten hierher kamen? Und daß ich innerhalb von zwei Monaten verlobt war?«

»Ja, Sir. Ziemlich plötzlich.«

Da mußte ich ihm recht geben. Ich räusperte mich. »Ich hatte mich gebunden, und schließlich bin ich ein Gentleman. Ein Mann, der zu seinem Wort steht, jedoch…«

Jarmans Mundwinkel zuckten leicht. »Sie fühlten sich nicht ganz so glücklich, wie Sie hätten sein sollen?«

Wieder errötete ich. »Ich sah Colonel Munson ganz zufällig, während ich als Monster umherwanderte, und da kam mir plötzlich der Gedanke, daß der Colonel, und vielleicht auch Diana, wenn sie das Monster erst einmal gesehen hatten, womöglich nicht mehr so erpicht darauf waren, mich…« Ich wünschte, ich wäre unten bei meiner Flasche.

»Ich verstehe, Sir«, sagte Jarman. »Und ich bin sicher, daß Miss Munson mit Mr. Hawkins recht zufrieden sein wird.«

»Jarman«, fuhr ich fort, »ich habe mehrere Leute erschreckt, aber verletzt habe ich niemanden. Ich bin… ganz sicher ... daß ich Ihren Sohn nicht getötet habe.« Ich blickte auf das Deveraux-Monster in der Truhe und auf die kahlen Stellen an den Ärmeln.

Jarmans Stimme klang ruhig. »Wünschen Sie nach wie vor, über Nacht eingesperrt zu werden, Sir?«

Schweigen herrschte im Zimmer, und als ich aufblickte, sah ich, daß er mich beobachtete.

Schließlich sagte Jarman: »Ich weiß, daß Sie Albert nicht getötet haben.«

»Sie wissen es?«

»Ja, Sir. Vorgestern nacht kam Verdie Tibbs an die Hintertür und sagte mir, er habe gesehen, wie Albert umgebracht worden sei. Er sah den Mord aus einiger Entfernung, war aber zu weit weg, um Albert zu Hilfe zu eilen ... Das Verbrechen dauerte nur Sekunden.«

Jarman wirkte erschöpft. »Albert kam aus dem Dorf zurück und stieß offenbar auf ein paar Wildererschlingen. Verdies Erzählung zufolge muß sich Albert gebückt haben, um sie zu zerreißen, als plötzlich jemand mit einem Satz hinter ihm stand und ihn mit einem Stein erschlug.«

»Und wer war es?« fragte ich.

Einen Augenblick lang schloß Jarman die Augen. »Frank Garvis, Sir.«

»Aber warum ist Verdie dann nicht zur Polizei gegangen?«

»Verdie hatte Angst, Sir. Er hat irgendwo aufgeschnappt, man würde ihn möglicherweise in ein Heim stecken, und deshalb will er nichts mit Behörden zu tun haben. Doch selbst wenn er zur Polizei gegangen wäre, was hätte das schon genützt, Sir? Die Aussage des einfältigen Verdie hätte gegen die von Frank Garvis gestanden.«

»Aber wer hat dann Garvis vergangene Nacht getötet?«

Wieder sah ich auf die Truhe hinab und überlegte, ob ich wirklich nur geträumt hatte…

»Sir«, entgegnete Jarman ruhig, »die Jarmans und die Deveraux waren von allem Anfang an beisammen. Es gibt keine Geheimnisse, die ein Deveraux einem Jarman vorenthalten könnte – zumindest nicht lange.« Er lächelte kaum merklich. »Mein Großvater hat seinem Sohn auch einen Brief hinterlassen, und dieser wiederum hat ihn an mich weitergegeben.«

Er zog einen Schlüssel aus seiner Westentasche. »Der da sperrt die Truhe auch auf, Sir, und das Deveraux-Monster paßt auch mir – ebenso wie meinem Großvater und meinem Vater.«

Jarman seufzte. »Ich hätte es vorgezogen, Schweigen zu bewahren und Gras über die Sache wachsen zu lassen. Doch nachdem ich feststellen mußte, daß Sie zu fürchten begannen, Sie selbst seien dafür verantwortlich, mußte ich reden. Jetzt, wo Sie Bescheid wissen, werde ich meine Angelegenheiten regeln und dann zur Polizei gehen und ein Geständnis ablegen.«

»Was haben Sie denn Ihrer Frau gesagt?«

»Nur, daß Garvis Albert umgebracht hat. Sie sollte nicht dasselbe denken wie die Leute im Dorf.«

Ich rieb mir den Nacken. »Jarman, ich kann mir nicht vorstellen, daß irgend etwas… Gutes… dabei herauskommt, wenn Sie zur Polizei gehen.«

»Sir?«

»Das Deveraux-Monster hat Garvis umgebracht«, sagte ich. »Ich halte es für sehr viel klüger, wenn wir es dabei belassen.«

Nach einer Weile sagte Jarman kaum hörbar: »Ich danke Ihnen, Sir.«

Ich holte das Deveraux-Monster aus der Truhe. »Ich meine jedoch, daß wir das da vernichten sollten, finden Sie nicht, Jarman? Schließlich könnte es jemandem gelingen, die Haarbüschel, die Garvis umklammert hielt, dagegenzuhalten.«

Jarman nahm das Monster an sich. »Ja, Sir. Ich werde es verbrennen.« An der Tür wandte er sich noch einmal um. »Ist das Deveraux-Monster jetzt tot?«

Eine plötzliche Windbö aus der Heide rüttelte an den Fensterläden.

»Ja«, sagte ich. »Das Deveraux-Monster ist tot.«

Nachdem er gegangen war, schaute ich zufällig in den Spiegel.

Sonderbar. Ich mußte mich schon wieder rasieren.

Nachweis

Alle Geschichten erscheinen hier erstmals in Buchform.
›Das Deveraux-Monster‹ wurde von Irene Rumler, alle übrigen
Geschichten von Monika Elwenspoek übersetzt.

Umschlagzeichnung von Tomi Ungerer

Nachweis

[illegible]

[illegible] Monica [illegible]

Copyright © [illegible] by the Literary Estate of Jack Ritchie

[illegible] © 1959 by H.S.D. Publications

[illegible] © [illegible] by Jack Ritchie, renewed [illegible]

[illegible] © [illegible] by Renown Publications

[illegible] © [illegible], renewed by Jack Ritchie Estate

[illegible] © [illegible], renewed by Jack Ritchie Estate

[illegible] © [illegible], renewed by Knight Publishing Corp.

[illegible] © [illegible], renewed by Jack Ritchie Estate

[illegible] © [illegible], renewed by Jack Ritchie Estate

[illegible] © [illegible], renewed by Jack Ritchie Estate

The [illegible] © [illegible] by Davis Publications

[illegible] © [illegible] by H.S.D. Publications

[illegible] © [illegible], renewed by Jack Ritchie Estate

[illegible] © [illegible], renewed by Jack Ritchie Estate

[illegible] a Song for [illegible] © 1966 by H.S.D. Publications

[illegible] © [illegible], renewed by Jack Ritchie Estate

[illegible] © [illegible] by Jack Ritchie

[illegible] © [illegible], renewed by Jack Ritchie Estate

[illegible] © [illegible], renewed by Jack Ritchie Estate

[illegible] © [illegible] by [illegible]

The [illegible] © [illegible] by Jack Ritchie Estate

[illegible] © [illegible], renewed by Jack Ritchie Estate

[illegible]

Jack Ritchie im Diogenes Verlag

»Eine Lektüre für Leser, die auch an sehr schwarzem Humor und überraschenden Effekten Genuß finden – beispielsweise Freunde der ARD-Krimistunde.«
Das Neue Buch, München

»Jack Ritchie ist einer der originellsten Kriminalschriftsteller und gleichzeitig der am knappsten schreibende.« *Anthony Boucher/The New York Times*

»An seinen Erzählungen fasziniert die Raffinesse des Vorgehens. Das Blut fließt relativ sparsam, die Fäuste fliegen nicht, es gibt keine Auto-Verfolgungsjagden. Ritchies Täter arbeiten mit dem Kopf, sie denken leise, ihnen ist kein Winkelzug unbekannt; aber auch jene, die sie zu Fall bringen, sind mit allen Wassern gewaschen. So entsteht eine Spannung, die der beim Schach ähnlich ist. Schwarzer Humor, Ironie und Intellekt sind die Substanzen, aus denen der Autor seine süffigen Geschichten braut.«
Walter Gallasch/Nürnberger Nachrichten

Der Mitternachtswürger
Geschichten. Aus dem Amerikanischen
von Alfred Probst

Für alle ungezogenen Leute
Geschichten. Deutsch von
Dorothee Asendorf

Gedächtnis ade
Geschichten. Deutsch von Elfriede Riegler
und Dorothee Asendorf

Bei Anruf Alibi
Geschichten. Deutsch von Jobst-
Christian Rojahn

Vor Redaktionsschluß Mord
Geschichten. Deutsch von
Monika Elwenspoek

Agatha Christie im Diogenes Verlag

Der Fall der enttäuschten Hausfrau

Sechs Kriminalgeschichten. Auswahl und Einleitung von Peter Naujack. Aus dem Englischen von Günter Eichel und Peter Naujack

Geschichten der berühmtesten und erfolgreichsten Autorin der Welt, darunter *Zeugin der Anklage,* von Billy Wilder mit Marlene Dietrich und Charles Laughton verfilmt.
Seit Lucrezia Borgia hat keine Frau so viel an Morden verdient wie Agatha Christie.

Villa Nachtigall

Sieben Kriminalgeschichten. Auswahl von Peter Naujack. Deutsch von Günter Eichel und Peter Naujack

Geschichten der Schöpferin von Hercule Poirot und Miss Marple. Die Titelstory *Villa Nachtigall* wurde unter dem Titel *Love from a Stranger* zweimal verfilmt.

»Agatha Christie appelliert an die menschliche Neugier in uns allen.« *Margery Allingham*

Meistererzählungen

Deutsch von Maria Meiner, Marfa Berger und Ingrid Jacob

Alle Geschichten von Agatha Christie sind gut; die besten wurden für diesen Sonderband ausgewählt, darunter die mit Marlene Dietrich verfilmte *Zeugin der Anklage*.

Cyril Hare im Diogenes Verlag

»Cyril Hare, Pseudonym für Alfred Alexander Gordon Clark (1900–1958), geboren in Mickleham, England, studierte in Rugby und Oxford, arbeitete als Rechtsanwalt und später als Richter. Seine Romane und Detektivgeschichten sind ›A Must for Agatha Christie-Fans‹.«
Encyclopedia of Mystery & Detection

Mörderglück
und andere Detektivgeschichten
Auswahl und Einleitung von Michael Gilbert. Aus dem Englischen von Elizabeth Gilbert und Peter Naujack

Tragödie im Gerichtssaal
Roman. Deutsch von Robert Picht

Selbstmord ausgeschlossen
Roman. Deutsch von Karin Polz

Solo für Lucy
Roman. Deutsch von Kurt Bracharz

Mit einer Nadel bloß
Roman. Deutsch von Jobst-Christian Rojahn

Mord made in England
Roman. Deutsch von Klaus Prost

Der Tod ist nicht fair
Roman. Deutsch von Peter Naujack

Margery Allingham im Diogenes Verlag

»Margery Allingham sticht ins Auge wie strahlend helles Licht. Alles, was sie schreibt, ist von vollendeter Form.« *Agatha Christie*

Die Handschuhe des Franzosen
Fünf Kriminalgeschichten. Aus dem Englischen von Peter Naujack. Zeichnungen von Georges Eckert

Trau keiner Lady
Roman. Deutsch von Gerd van Bebber

Gefährliches Landleben
Roman. Deutsch von Brigitte Mentz

Süße Gefahr
Roman. Deutsch von Peter Fischer

Judaslohn
Roman. Deutsch von Edith Walter

Wenn Geister sterben
Roman. Deutsch von Brigitte Mentz

Überstunden für den Totengräber
Roman. Deutsch von Theda Krohm-Linke

Tänzer in Trauer
Roman. Deutsch von Irene Holicki

Polizei am Grab
Roman. Deutsch von F. A. Hofschuster

Blumen für den Richter
Roman. Deutsch von Marie Rieger

Der Hüter des Kelchs
Roman. Deutsch von Edith Walter

Der Geist der Gouvernante
Roman. Deutsch von Edith Walter

Der Fall Pig
Roman. Deutsch von Karin Polz

Ein böser Nachbar
Roman. Deutsch von Karin Polz

Zur Hochzeit eine Leiche
Roman. Deutsch von Edith Walter

Unschuldiger gesucht
Zwei Geschichten. Deutsch von Monika Elwenspoek

Gedankenschnüffler
Roman. Deutsch von Irene Holicki

Verschwundene Fracht
Roman. Deutsch von Klaus Schomburg

Der Dank des Einbrechers
Kriminalgeschichten. Deutsch von Anne Uhde

Schlag mich mit Blindheit
Roman. Deutsch von Gerd van Bebber

Der vollkommene Butler
Geschichten. Deutsch von Otto Bayer

Jim Thompson im Diogenes Verlag

»Thompsons Romane sind so rabenschwarz wie die Seelen seiner Helden. Die Sprache ist dem Inhalt angepaßt: kurz, hart, lakonisch. Pflichtlektüre für Anhänger des Hard-boiled-Krimis.« *Kölner Stadtanzeiger*

»Thompson macht kein Hehl daraus, daß er mit der Weltsicht seiner Helden zutiefst übereinstimmt. Das Land der unendlichen Möglichkeiten: In seinen Romanen ist es ein einziges Nest von beschränkten, gefräßigen, geilen Provinzlern, die Zeit der Depression zur Ewigkeit geworden.« *Der Spiegel, Hamburg*

Der Mörder in mir
Kriminalroman
Aus dem Amerikanischen von Ute Tanner und Ulrike Wasel

Getaway
Kriminalroman
Deutsch von Günther Panske und Klaus Timmermann

Gefährliche Stadt
Kriminalroman
Deutsch von Ute Tanner und Werner Rehbein

Zwölfhundertachtzig schwarze Seelen
Kriminalroman
Deutsch von E. R. von Schwarze und Andre Simonoviescz. Mit einem Nachwort von Wolfram Knorr

After Dark, My Sweet
Roman
Deutsch von Andre Simonoviescz

Eine klasse Frau
Roman
Deutsch von Andre Simonoviescz

Revanche
Roman
Deutsch von Andre Simonoviescz

Muttersöhnchen
Roman
Deutsch von Andre Simonoviescz

Kill-off
Roman
Deutsch von Andre Simonoviescz

Guy Cullingford
im Diogenes Verlag

»Guy Cullingford hat interessante, ungewöhnliche Kriminalromane geschrieben, deren typisch englische Atmosphäre jeden, sogar jeden Engländer, überzeugt. Wenn man Guy Cullingford etwas als Fehler anlasten wollte, dann höchstens, daß ihre Schilderungen so unterhaltend sind, daß man über ihnen Verbrechen und Opfer aus den Augen verlieren kann…«
Twentieth Century Crime and Mystery Writers

Constance Lindsay Taylor, geboren 1907, publizierte jahrelang unter dem Namen Guy Cullingford erfolgreiche Kriminalromane, bis sie ihr sorgfältig gehütetes Pseudonym preisgab. Die Schriftstellerin lebt in der Nähe von London.

Post mortem
Roman. Aus dem Englischen von Helmut Degner und Peter Naujack

Wenn Wünsche töten könnten
Roman. Deutsch von Irene Holicki

Der Zauberer von Soho
Roman. Deutsch von Irene Holicki

Frauen gemeinsam sind stark
Roman. Deutsch von Nikolaus Stingl

My Unfair Lady
und andere Geschichten. Deutsch von Irene Holicki

Wer andern einen Strick dreht
Roman. Deutsch von Irene Holicki

Prügelknaben
Roman. Deutsch von Stefanie Neumann

Schritt ins Verderben
Roman. Deutsch von Irene Holicki

Patrick Quentin im Diogenes Verlag

»Quentin zeigt anschaulich, worauf Ernst Bloch einmal in einer Verteidigung des Kriminalromans aufmerksam gemacht hat: Der Kriminalroman auf einer gewissen Ebene kann, ohne die Spannung vernachlässigen zu müssen, private und gesellschaftliche Syndrome sichtbar machen, und zwar in einem Verfahren, das mit der Psychoanalyse auffallend parallel läuft... was Patrick Quentin eindrucksvoll bestätigt.«
Hessischer Rundfunk, Frankfurt

»Patrick Quentins Geschichten sind unübertrefflich.«
The New York Times

»Für mich ist Patrick Quentin die Nummer Eins der amerikanischen Kriminalautoren.« *Francis Iles*

Bächleins Rauschen tönt so bang...
Kriminalgeschichten
Aus dem Amerikanischen von Günter Eichel

Familienschande
Roman. Deutsch von Helmut Degner

Puzzle für Spinner
Roman. Deutsch von Alfred Dunkel

Puzzle für Spieler
Roman. Deutsch von Matthias Fienbork

Puzzle für Söhnchen
Deutsch von Uwe Anton

Puzzle für Sünder
Roman. Deutsch von Ulrike Wasel und Klaus Timmermann

Puzzle für Puppen
Roman. Deutsch von Ulrike Wasel und Klaus Timmermann

Ross Macdonald im Diogenes Verlag

»Ross Macdonald gilt schon heute als ein Klassiker des Kriminalromans. Kein anderer lebender Thriller-Autor ist in den USA und in Großbritannien so gefeiert worden wie er: die ›New York Times Book Review‹ und ›Newsweek‹ widmeten ihm mehrere Titelgeschichten – kein anderer ist so erfolgreich.
Lew Archer, Macdonalds grauhaariger und keineswegs heldenhafter Privatdetektiv, gehört zu der Spezies, wie sie vor ihm etwa Hammetts Sam Spade und, vor allem, Chandlers Philip Marlowe verkörperten.«
Luzerner Neueste Nachrichten

Durchgebrannt
Roman. Aus dem Amerikanischen von Helmut Degner

Geld kostet zuviel
Roman. Deutsch von Günter Eichel

Die Kehrseite des Dollars
Roman. Deutsch von Günter Eichel

Der Untergrundmann
Roman. Deutsch von Hubert Deymann

Dornröschen war ein schönes Kind…
Roman. Deutsch von Wulf Teichmann

Unter Wasser stirbt man nicht!
Roman. Deutsch von Hubert Deymann

Ein Grinsen aus Elfenbein
Roman. Deutsch von Charlotte Hamberger

Die Küste der Barbaren
Roman. Deutsch von Marianne Lipcowitz

Der Fall Galton
Roman. Deutsch von Egon Lothar Wensk

Gänsehaut
Roman. Deutsch von Gretel Friedmann

Der blaue Hammer
Roman. Deutsch von Peter Naujack

Der Drahtzieher
Sämtliche Detektivstories um Lew Archer I. Mit einem Vorwort des Autors. Deutsch von Hubert Deymann und Peter Naujack

Einer lügt immer
Detektivstories um Lew Archer II. Deutsch von Hubert Deymann

Sanftes Unheil
Roman. Deutsch von Monika Schoenenberger

Der Mörder im Spiegel
Roman. Deutsch von Dietlind Bindheim

Blue City
Roman. Deutsch von Christina Sieg-Welti und Christa Hotz

Patricia Highsmith
im Diogenes Verlag

»Die Highsmithschen Helden, gewöhnt an die pflaumenweiche Perfidie und hämisch-sanfte Tücke des Mittelstandsbürgertums, trainiert aufs harmlose Lügen und Verstellen, begehen Morde so, als wollten sie mal wieder Ordnung in ihre unordentlich gewordene Wohnung bringen. Da gibt es keine moralischen Skrupel, die bremsend eingreifen, da herrscht nur die Logik des Faktischen. Meist sind es Paare, enttäuschte Liebhaber, Beziehungen, die in der Sprachlosigkeit gestrandet sind, sich nur noch mittels Mißverständnissen einigermaßen arrangieren, ehe das scheinbar funktionierende Getriebe einen irreparablen Defekt bekommt. Diese ganz normalen Konstellationen sind es, übertragbar auf alle Gesellschaften, die die Autoren und Filmer im deutschsprachigen Kulturraum so faszinieren. Denn Patricia Highsmith findet für ihre seelischen Offenbarungseide immer die schauerlichsten, alptraumhaftesten Rahmen, die ihren ›Beziehungskisten‹ den rechten Furor geben.
Die Highsmith-Thriller sind groteske, aber präzise Befunde unserer modernen bürgerlichen Gesellschaft, die an Seelenasthma leidet.«
Wolfram Knorr/Die Weltwoche, Zürich

Der talentierte Mr. Ripley
Roman. Aus dem Amerikanischen von Barbara Bortfeldt

Ripley Under Ground
Roman. Deutsch von Anne Uhde

Ripley's Game
oder Ein amerikanischer Freund
Roman. Deutsch von Anne Uhde

Der Junge, der Ripley folgte
Roman. Deutsch von Anne Uhde

Ripley Under Water
Roman. Deutsch von Otto Bayer

Venedig kann sehr kalt sein
Roman. Deutsch von Anne Uhde

Das Zittern des Fälschers
Roman. Deutsch von Anne Uhde

Lösegeld für einen Hund
Roman. Deutsch von Anne Uhde

Der Stümper
Roman. Deutsch von Barbara Bortfeldt

Zwei Fremde im Zug
Roman. Deutsch von Anne Uhde

Der Geschichtenerzähler
Roman. Deutsch von Anne Uhde

Der süße Wahn
Roman. Deutsch von Christian Spiel

Die zwei Gesichter des Januars
Roman. Deutsch von Anne Uhde

Kleine Geschichten für Weiberfeinde
Eine weibliche Typenlehre in siebzehn Beispielen. Deutsch von Walter E. Richartz. Zeichnungen von Roland Topor

Kleine Mordgeschichten für Tierfreunde
Deutsch von Anne Uhde

Der Schrei der Eule
Roman. Deutsch von Gisela Stege

Tiefe Wasser
Roman. Deutsch von Eva Gärtner und Anne Uhde

Die gläserne Zelle
Roman. Deutsch von Gisela Stege und Anne Uhde

Ediths Tagebuch
Roman. Deutsch von Anne Uhde

Der Schneckenforscher
Elf Geschichten. Deutsch von Anne Uhde. Mit einem Vorwort von Graham Greene

Leise, leise im Wind
Zwölf Geschichten
Deutsch von Anne Uhde

Ein Spiel für die Lebenden
Roman. Deutsch von Anne Uhde

Keiner von uns
Elf Geschichten
Deutsch von Anne Uhde

Leute, die an die Tür klopfen
Roman. Deutsch von Anne Uhde

Nixen auf dem Golfplatz
Erzählungen. Deutsch von Anne Uhde

Suspense
oder Wie man einen Thriller schreibt.
Deutsch von Anne Uhde

Elsie's Lebenslust
Roman. Deutsch von Otto Bayer

Geschichten von natürlichen und unnatürlichen Katastrophen
Deutsch von Otto Bayer

Meistererzählungen
Deutsch von Anne Uhde, Walter E. Richartz und Wulf Teichmann

Carol
Roman einer ungewöhnlichen Liebe.
Deutsch von Kyra Stromberg

Über Patricia Highsmith
Zeugnisse von Graham Greene bis Peter Handke. Mit Bibliographie, Filmographie und zahlreichen Fotos. Herausgegeben von Franz Cavigelli und Fritz Senn